JN441009

평민 출신의 제국 장교, 무능한 귀족 상관을
짓밟고 출세하다
THE RISING OF THE COMMONER-ORIGIN OFFICER: BEAT UP ALL
THE INCOMPETENT NOBLE SUPERIORS!
「분명 헤이젠이
수석일 줄 알았는데 말이야.」
「걱정하지 마.
헤이젠은 내가 지킬 거야.」
EMA=DONAIRE
에마 도네어
동급생
RAY FA
레이 화
호위

THE RISING OF THE COMMONER-ORIGIN OFFICER: BEAT UP ALL
THE INCOMPETENT NOBLE SUPERIORS!

평민 출신의 제국 장교, 무능한 귀족 상관을 짓밟고 출세하다

THE RISING OF THE COMMONER-ORIGIN OFFICER:
BEAT UP ALL
THE INCOMPETENT NOBLE SUPERIORS!

CONTENTS

AUTHOR: KOSAKA HANANE / ILLUSTRATOR: KUROGIRI

DESIGNER: KAI SUGIYAMA

CHARACTER

헤이젠 하임

주인공. 전생은 최강의 마법사. 압도적인 실력과 비정함으로 무능한 상관을 짓밟으며 출세한다.

에마 도네어

헤이젠의 학원 시절 동급생. 그의 몇 안 되는 이해자이며 친구로서 함께 지냈다. 자신이 원하던 대로 중앙의 문관으로 배치됐다.

야 린

헤이젠이 발견한 소녀. 겉모습은 여섯 살 같지만 실은 열세 살. 똑똑하고 요령도 좋은 데다 마법에도 재능이 있다.

레이 화

헤이젠의 호위. 에마와 마찬가지로 헤이젠의 동급생이었지만 졸업 후에 그에게 고용됐다. 상냥한 성격과 달리 압도적인 무력을 지녔다.

모스피처
중위. 핏줄에 비해 지위가 별로인 헤이젠의 상관.

게도르
대령. 기회주의자이며 결단력이 없다. 요새를 지휘하고 있다.

시먼트
소령. 감정적이고 자기중심적. 게도르 일파.

쵸모
상사. 부하를 괴롭히는 게 취미. 헤이젠이 부임한 소대에 소속되어 있다.

버시아
쿠민족의 우두머리. 『푸른 여왕』이라 불리며 경외시되고 있다.

기자르
디오르도 공국의 장군. 호전적이며 강하다.

로렌초
대위. 모스피처의 상관이며 사고방식이 유연하다.

난다르
상인. 얀에게 쿠민족의 말을 가르쳐줬다. 장사에 재능이 있다.

버즈
상사. 헤이젠의 충실한 부하.

에다르
이등병. 헤이젠의 소대에서 문관으로서의 능력이 가장 뛰어나다.

이 책은 2022년부터 2023년에 카쿠요무에서 실시된 「제8회 카쿠요무 Web소설 콘테스트」에서 특별상(카쿠요무 프로 작가 부문)을 수상한 「사상 최강의 마법사로 칭송되던 남자가 전생해서, 제국 장교의 정점을 노린다」를 제목 변경 및 가필 수정한 것입니다.

제1장 좌천

가스트로 제국. 천 년 이상의 역사를 지닌 대륙에서 가장 오래된 성숙한 국가다.

그 수도 중심에 있는 천공 궁전은 장엄하면서도 아름다웠다. 호화롭기 그지없는 황궁과 상급 귀족의 저택이 줄지어 선 거주구. 중앙 제국 장관들이 모여서 정사를 다스리는 행정구. 대륙 전체의 모든 환락을 모아두고 황족 및 귀족의 교류와 국빈을 접대하는 환락구.

거의 모든 문화와 기능이 이 장소에 집약되어 있다.

어느 날 달과 술에 취한 귀족이 불쑥 이런 말을 했다.

천공 궁전에 살지 않는 자는 인간이 아니다, 라고.

그런 화려한 무대에서 신임 장교의 임명식이 거행됐다.

올해는 스물네 명. 제국의 중추를 맡을 엘리트 후보생이다. 천공 궁전 안에서의 화려한 생활. 약속된 출세. 고귀한 신분을 지닌 이들 간의 화려한 사교적 교류. 그런 눈부신 미래를 상상하며 부푼 가슴을 안고 있는 신임 장교들이 정렬한 가운데 검은 머리의 청년이 불쑥 이렇게 중얼거렸다.

“썩은 내가 진동하는군.”

“……윽.”

이 장소에 걸맞지 않은 발언에 옆에 서 있는 소녀── 에마 도네어는 아연실색했다. 그녀는 다른 이들이 못 들었는지 확인하고 울상을 지으며 그 말을 한 사람을 노려봤다.

“입조심 해. 가능하면 이제 한마디도 안 했으면 좋겠는데.”

“이런, 미안해. 나도 모르게.”

“남이 들었다간 큰일 날 발언을 『나도 모르게』라며 슬쩍 넘기지 마!”

“뭐? 무심코, 니까 어쩔 수 없지 않을까?”

“그럼, 평생 입 다물고 있으세요!”

에마는 발끈하면 존댓말을 쓰게 되지만 검은 머리의 청년은 전혀 동요하지 않았다.

그 청년의 이름은 헤이젠 하임이라고 한다.

그 또한 신임 장교, 새내기 1학년이다. 하지만 들떠 있는 주위 사람들과 다르게 무표정한 얼굴로 인사를 하는 상급 귀족을 쳐다보고 있었다.

“……하아.”

시간 낭비라고 생각한 헤이젠은 한숨을 내쉬었다. 이런 의식을 통한 충성심과 연대감의 향상 효과를 부정하는 건 아니지만, 필요 이상으로 단상에 서는 사람이 많아서 시간이 오래 걸렸다. 내용 또한 얄팍했고 준비해 온 원고를 그저 담담히 읽기만 하는 사람마저 있었다.

이래서는 신임 장교를 위한 자리가 아니라 상사들의 비위를

맞춰주는 자리에 지나지 않았다.

상급 귀족들의 인사가 세 시간 이상 이어졌을 때, 드디어 신임 장교의 선서 인사가 시작됐다.

수석인 레저드 리그라가 호명되더니 단상에서 인사를 시작했다.

“분명 헤이젠이 수석일 줄 알았는데 말이야.”

에마가 옆에서 그렇게 중얼거렸다. 그녀는 한때 같은 학교에 다닌 사이이다. 강의, 점심 식사, 그 외의 이벤트에서도 함께한 이른바 학우라 할 수 있다.

“3위면 충분해.”

“……너 말고 다른 사람이 그런 소리를 했다면 억지처럼 들렸을 거야.”

에마는 무심코 쓴웃음을 머금었다.

매년 수십만이 넘는 인재가 장교 시험에 응시한다. 그중 합격하는 것 자체가 엄청난 난관일 정도로 그 문은 좁다. 내용은 마법 실기와 필기뿐이다. 평민과 귀족의 귀천을 묻지 않는, 완전히 실력만으로 유능한 인재를 평가한다고 선전하며 응시자를 모집하고 있다.

어디까지나 대외적으로는 말이다.

발표된 성적과 합격자의 가문을 조사해 보니 평민 출신의 수석 합격자는 이제까지 단 한 명도 존재하지 않았다. 차석도 없으며 최고위는 3위다. 또한 수석과 차석은 항상 명문 귀족이 독점하고 있다. 성적이 자의적으로 조작되고 있는 게 명백했다.

즉, 명문 귀족보다 성적이 뛰어난 평민 장교는 필요 없다는 것이다.

하지만 시험 자체가 어렵다는 사실에는 변함없다. 귀족이든 평민이든 각자가 시험을 통과하기 위해 전력을 다하기에 『순위를 조작하자』는 생각조차 하지 못한다.

하지만 헤이젠 하임이란 남자에게 그 정도는 당연한 일이다.

제국의 중추를 목표로 삼고 있는 만큼 전략적인 사고방식은 필수 불가결하다. 특히 상급 귀족이 우글거리는 천공 궁전 안에서는 신중하게 행동해야만 한다. 압도적으로 우수하지는 않지만 나름 유능한 평민 출신 장교. 그것이 헤이젠이 바라는 출발 지점이다.

선서 인사도 끝나자 신임 장교의 배치 발표로 이어졌다. 배치 부서는 신임 장교가 가장 관심을 가지는 점이며 앞으로의 경력에 큰 영향을 끼치는 일대 이벤트다. 처음에 발표된 이는 방금 단상에서 인사를 한 수석 장교였다.

"레저드 리그라. 천공 궁전 호위성."

"네!"

용맹한 인상의 청년이 힘차게 답하자 신임 장교들이 술렁거렸다.

"역시, 수석은 중앙의 무관으로 배치됐네."

에마가 무심코 쓴웃음을 머금었다.

천공 궁전 호위성은 황족 및 상급 귀족의 신변 경호를 담당하는, 이른바 출세 코스다. 레저드의 아버지인 가자리아는 손꼽히는 명문 귀족인 리그라 가문의 가주다. 그는 상급 귀족 안에서 세 번째 지위인 『대동(大東)』이다. 그러니 아들인 레저드의 배치는 성적만이 아니라 그의 출신 가문도 크게 영향을 끼친 결과이리라.

"에마 도네어. 천공 궁전 농무성."

"아, 네!"

다소 허둥대면서도 그녀는 환한 목소리로 대답했다. 원래 문관 지망이었던 만큼, 그녀는 가슴을 쓸어내리는 것 같았다. 장교 시험 내용은 성적과 시험관이 적성을 심사한다. 거기에 문무(文武)의 차별은 없기에 희망하지 않는 부서로 배치되는 자도 많다.

그 후, 장교들이 차례차례 호명됐다.

헤이젠은 그런 이들을 곁눈질하면서 "심각하군." 하고 중얼거렸다.

명백하게 작위가 높은 이부터 차례로 호명되며 이른바 좋은 관청으로 배치됐다. 수석인 레저드와 차석인 에마는 성적도 우수해서 분간이 안 됐지만, 이리 명백하게 차별을 하면 바보라도 눈치챈다. 이런 관례는 조직의 축소도라 할 수 있다. 제국이 황족과 상급 귀족 계급에 의해 좌지우지되고 있다는 게 훤히 들여다보이는 듯했다.

"다음……은, 헤이젠 하임. 북방 가르나 지구. 국경 경비."

"네."

마지막으로 호명된 평민 출신 청년은 무기질적인 목소리로 그렇게 답했다. 하지만 주위에 있는 이들은 아까보다 더 술렁거렸다. 곳곳에서 실소가 들려왔고, 다들 냉소를 머금고 있었다.

중앙의 천공 궁전 배치가 아니라 지방의 최전선 근무. 명백한 좌천이다.

북방 가르나 지구는 배치된 이 중 사상자가 절반 이상인 격전지다. 지리적으로 디오르도 공국과 인접해 있지만 국교는 맺지 않았고 관계 또한 좋지 않다. 서로의 영토를 빼앗거나 빼앗기는 전투가 밤낮으로 벌어지고 있다.

게다가 이민족이 때때로 습격해 오는 것도 대응해야 한다. 보통 그런 위험 지역에는 준위 이상의 하사관이 배치되며 간부 후보인 장교는 파견되지 않는다.

헤이젠이 지령서를 받기 위해 단상에 서자 상급 귀족이 히죽거리면서 말했다.

"안됐군. 뭐, 힘내게."

"감사합니다."

하지만 헤이젠은 개의치 않으면서 제국식으로 예를 표하고 그대로 단상에서 내려왔다.

임명식이 끝난 후, 헤이젠과 에마는 복도로 나갔다. 그곳에서는 백은색 장발이 인상적인 소녀가 기다리고 있었다. 작고 호리호리한 에마와 달리 수련을 통한 탄탄한 몸과 풍만한 가슴이 인상적이었다.

"레이 화! 오래간만이야."

에마가 기뻐하며 다가가자, 은발 소녀는 환한 미소를 머금으며 그녀의 머리를 상냥히 쓰다듬어줬다. 레이 화. 그녀는 신체 능력이 뛰어난 제크선 민족이다. 세 사람은 학우 관계이며 졸업 후에 헤이젠은 그녀를 호위사로 고용했다.

제국 장교는 직위에 따라 일정 숫자의 호위사를 거느릴 수가 있다. 레이 화는 문관으로서의 성적은 뛰어난 편이 아니지만 무예는 압도적인 수준이다.

"헤이젠과 레이 화는 북방 가르나 지구행이구나. 엄청난 장소로 가게 됐네."

"걱정하지 마. 헤이젠은 내가 지킬 거야."

레이 화는 풍만한 가슴을 두드리며 그렇게 말했다.

"……천 번을 죽여도 안 죽을 녀석이니까 그런 걱정은 안 해."

에마는 말로 형용할 수 없는 쓴웃음을 머금었다.

"최전선이라니, 바라던 바야. 최단기간에 공적을 쌓고 돌아오겠어."

"크큭…… 허세 부리기는."

뚱뚱한 청년 귀족이 히죽거리면서 그들의 잡담에 끼어들었다.

"으음…… 너는 도메이터 케어스였지?"

헤이젠은 어찌어찌 그 이름을 떠올렸다. 어렴풋이, 머릿속 구석의 구석에서도 구석에 그 이름이 남아 있었다. 그도 같은 학교의 졸업생이다. 학교에 다닐 때는 단 한 번도 이야기를 나눈 적이 없었던 것으로 기억한다.

"불쌍한 놈. 평민이 필사적으로 공부해서 제국 장교가 됐는데, 배속지가 지방 최전선이잖아. 부질없는 노력을 하느라 수고 많았네~."

"……."

아무래도 이 말이 정말 하고 싶었던 것 같았다. 도메이터는 의기양양한 미소를 머금으며 헤이젠의 어깨를 두드렸다.

“에마. 나는 상공성에 배치됐어. 너 같은 명문 귀족 가문의 인간이 평민 따위와 계속 어울리는 것도 좋지 않지. 사귀는 인간은 가리도록 해.”

“……하하.”

그녀는 말로 형용하기 어려운 쓴웃음을 머금었다.

“그리고 너.”

“아, 네.”

상대방이 부르자, 레이 화는 자세를 고치며 대답했다.

“너도 내 호위사로 고용해 줄까? 박봉에 가혹한 전장에 가는 것보다 훨씬 나은 생활을 할 수 있을 거야.”

“…….”

뚱뚱한 청년 귀족이 레이 화의 몸을 핥듯이 쳐다봤다.

바로 그때, 당혹스러운 표정을 짓고 있는 두 사람 앞으로 헤이젠이 나섰다.

“도메이터. 내 학우들을 난처하게 만들지 말아 주겠어?”

“뭐, 뭐라고?”

“굴지의 명문 귀족이라는 막대한 어드밴티지를 가지고 있는데도 그녀들은 너를 『사귈 가치가 없다』고 판단하고 일개 평민 따위인 나를 학우로 골랐어. 이게 어떤 의미인지 너는 이해가 되려나?”

헤이젠은 환한 미소를 머금으며 고개를 갸웃거렸다.

“큭…….”

“만약 내가 지금 네 처지인데 에마가 호의를 보인다면 수치

심을 못 이겨 그 자리에서 자결했을 거야. 뭐. 너는 하위 중의 하위 성적인데도 명문 귀족이라는 장점 하나만으로 제국 장교가 된 것을 우쭐대는 터무니없는 인간성의 소유자니까, 그다지 개의치 않을지도 모르지. 네 그 둥글둥글한 체형만큼이나 넙데데한 뻔뻔함은 어떤 의미론 부러울 지경인걸."

"……윽."

빙긋. 검은 머리의 청년은 구김 없는 아름답기 그지없는 미소를 머금었다.

"덧붙여서 한마디 하자면 레이 화도 너한테는 눈곱만큼도 흥미가 없을걸?"

"네, 네놈이 그걸 어떻게 아는데?!"

얼굴이 시뻘게져서 혈관이 금방이라도 터질 듯한 면상의 도메이터가 헤이젠을 노려보며 그렇게 외쳤다.

"레이 화의 철저하게 단련된 저 아름다운 육체를 보면 일목요연하지 않으려나? 너처럼 볼이고 배고 칠칠하지 못하게 늘어진 외모를 선호한다면 저렇게까지 단련하지는 않을걸?"

"……윽."

"그러니까 너는 자기와 마찬가지로 명문 귀족이라는 브랜드가 유일한 아이덴티티인 불쌍한 가치관의 친구와 사이좋게 지내면서, 나태함의 상징인 그 3단 접힘 뱃살이 취향인 여친이라도 만들어서 즐겁게 살아. 가능하면 앞으로는 절대로, 평생, 내세에도, 나와 얽히지 말아 준다면 고맙겠는걸. 그럼 잘 있어."

헤이젠이 환하게 웃으며 걸음을 내딛자 얼굴이 창백해진 다른 두 사람이 그를 쫓아갔다.

"어버버버버벗……."

학창 시절에 몇 번이나 봤던 광경이다. 상대가 누구일지라도 인정사정없다. 적으로 여긴 순간 철저하게 박살 낸다. 그런 스트롱 라이프를 살아온 헤이젠은 압도적일 만큼 주위 사람에게 미움을 받아왔다. 그래서 이 두 사람 말고는 친구가 없었지만 당사자는 눈곱만큼도 신경 쓰지 않았다.

"왜 그래? 기분이라도 안 좋아?"

"너, 너…… 무, 무슨 짓을……."

"사실이잖아."

"아무리 사실이라도 해선 안 되는 말이 있거든?!"

"왜 적을 늘리는 건데! 언젠가 걔들이 한꺼번에 너한테 달려들걸?!"

"하핫."

"……윽."

두 사람은 울상을 지으며 호소했지만, 헤이젠은 깔끔하게 무시했다. 그는 이미 다른 생각을 하고 있었다.

"그건 그렇고…… 상상했던 것보다 훨씬 심각한걸."

제국이라는 커다란 나무의 줄기는 크고 굵다. 하지만 국가로서는 너무 익어버리고 말았다. 명백하게 뿌리가 썩어들어가고 있다. 특히 중앙의 천공 궁전에서 그 어둠이 얼마나 깊은지 어렴풋이 본 듯한 느낌이 들었다. 지방은 이렇지 않다면 좋겠지만…….

"뭐, 그렇다고 할 일이 달라지진 않아. 나는 내가 할 일을 할 뿐이야."

"하지만 지방 가르나 지구에서는 조심하는 편이 좋을 거야. 그 지역에는 디오르도 공국이 자랑하는 아르게이드 요새가 있잖아."

"그래. 그렇다면 그 아르게이드 요새를 함락시키면 되는 건가."

"그, 그건 불가능하거든?"

에마는 크게 숨을 삼켰다. 그것도 그럴 것이 10년 넘게 함락된 적이 없는 견고한 요충지이다. 디오르도 공국군 또한 막강한 정예들로 갖춰져 있다고 들었다.

"……하지만 거기를 함락시키지 않는 한 디오르도 공국의 영지를 차지할 수 없는 거잖아?"

"그렇게 간단한 문제가 아니야. 그나마 가능성이 있는 건 그 주변을 다스리는 쿠민족의 영지를 빼앗는 것 아닐까?"

쿠민족은 북방 가르나 지구의 산악지대를 지배하는 이민족이다. 그들은 제국만이 아니라 디오르도 공국과도 적대하고 있으며 밤낮없이 격렬한 전투를 벌이는 중이라고 들었다.

"이민족 토벌의 중요성은 부정하지 않겠지만 매력이 느껴지지 않는걸. 애초에 제국은 산악지대보다 평지의 확대에 힘을 쏟고 있어. 디오르도 공국의 영지를 차지하는 편이 전략적 가치가 크지."

"무리라니까 그러네. 애초에 그건 상층부에서 결정할 일 아냐? 신임 장교는 잡일이나——."

"괜찮아. 어떻게든, 될 거야."

"……너를 맞이하게 될 북방 가르나 지구의 제국 장교, 적,

전원이 불쌍하단 생각이 들어."

헤이젠은 에마의 말을 듣더니 자신만만한 미소를 지었다.

*

제도를 출발해서 말로 약 20일간 이동하여 북방 가르나 지구에 도착했다. 보통은 마차로 가재도구 등도 같이 옮기지만, 헤이젠은 짐이 매우 적었다. 그래서 일반 귀족보다 훨씬 빨리 도착했다.

디오르도 공국과의 국경지대를 지키는 만큼 겉보기에도 튼튼해 보이는 요새였다. 주변에는 거대한 담이 설치되어 있으며 그것이 서로의 국토를 나누는 경계선 역할을 하고 있었다.

즉시 요새에 들어갔다. 그곳은 천공 궁전처럼 화려하게 꾸며져 있지 않았다. 간소하고 효율을 중시한 구조다. 군 사령실 앞에 서서 노크하고 안에 들어가 보니 몇 명의 군인이 서 있었다.

"새로 배치된 헤이젠 하임입니다. 잘 부탁드립니다."

경례하며 인사했다. 다들 입을 떼지 않으며 차가운 시선만 보내는 가운데 홀로 자리에 앉아 있던 노인이 미소를 머금으며 답했다.

"자네가 평민 출신 장교인가. 실로 10년 만이군. 나는 게도르 마그노. 이곳을 지휘하는 대령이지. 잘 부탁하겠네."

"잘 부탁드립니다."

"자네는 소위로 배속되었지? 그러면 제8소대에 배치하도록 하겠네. 마침 결원이 생겼거든."

"네."

제국에는 작위와 계급이 존재한다. 작위는 귀족에게 주어지는 특권적 지위이며 계급은 장교에게 주어지는 실무상의 계급이다. 당연히 평민 출신의 헤이젠에게는 작위가 없지만 간부 후보생 장교이기에 하사관인 준위, 상사, 하사, 상병, 병졸을 지휘하는 지위다.

"다른 이의 자기소개는 다음에 하도록 하지. 지금 중요한 이야기를 나누고 있거든. 소집 때까지 제8소대의 훈련을 실시하도록."

"알겠습니다."

"질문 있나?"

"없습니다."

"그래……. 그럼, 잘해 보게."

"네."

대답을 하고 밖으로 나갔다. 몇 초 후에 뒤통수를 문에 대자 군 사령실에서 목소리가 들려왔다.

"꽤 무뚝뚝한 놈인걸. 평민 주제에 말이야. 뭐, 금방 뒈질 테니 상관없나."

"하지만 대령님도 너무하시군요. 그 문제아만 모아둔 제8소대에 배치하다니 말입니다. 그놈들이 신입 간부 후보생의 지시를 순순히 따를 리가 없지 않습니까."

"상관없다. 중앙에서도 그러라고 여기에 일부러 파견한 걸 테지. 평민 장교 따위는 누구도 바라지 않지 않아. 특히 우수한 장교는…… 말이지."

"……."

대화와 비웃음을 끝까지 듣고서 헤이젠은 복도를 걸었다. 아무래도 그다지 환영받고 있는 것 같지 않았다. 그래도 바로 사지로 내몰다니 군인답게 알기 쉬운 이들이다. 헤이젠 또한 이 편이 오히려 적성에 맞았다.

자신의 방에 가보니, 레이 화가 서 있었다. 호위사는 할 일이 없는 시간이 많은 만큼 꽤 졸려 보였다.

헤이젠은 방 중앙으로 가더니, 아영(牙影)을 손에 쥐었다. 이것은 마장(魔杖)이라 불리는 것이며, 마법사가 마법을 쓰기 위한 법구다. 형태는 종류에 따라 다르다. 아영은 가늘고 낭창낭창한 교편 같은 형태다.

훈련장에 도착했다. 꽤 넓은 평원이며 차폐물도 건물도 없었다. 거기서는 제8소대가 훈련 중이었다. 인원은 마흔 명 정도이며 다섯 명의 군인이 감독하고 있다. 무예 훈련 중이지만 각자의 움직임이 매우 산만했으며 연계 또한 제대로 되고 있지 않았다.

헤이젠은 감독자 중 한 명에게 다가갔다. 눈매가 험악하고 뚱뚱한 중년 남성이었다.

"준위는 있나?"

"아앙? 너는 뭐야?"

"헤이젠 하임. 제8소대의 신임 소위다."

"아하."

뚱뚱한 중년 남성은 비아냥거리는 듯한 미소를 머금었다.

"이름이 어떻게 되지?"

"쵸모다. 이 소대의 상사지. 뭐, 기억할 필요는 없어."

"어째서지?"

헤이젠이 묻자 쵸모 상사는 웃음을 흘리며 이마를 내밀었다.

"불가사의하게도 말이지. 이 소대의 준위나 소위는 금방 뒈지거든."

"그래. 하고 싶은 말이 뭔지 알겠다. 준위는 없고 상사인 너희가 지휘하고 있는 건가. 그러면 쵸모 상사. 전원을 모으도록."

"아앙? 왜?"

"그런 것도 모르는 건가? 상관 명령이라서다."

"신임이잖아? 얌전히 있으라고."

쵸모 상사는 비웃음을 흘리며 대답했다.

"……이 자식을 구속해라."

헤이젠이 지시를 내리자 레이 화가 즉시 상대의 등 뒤로 돌아가서 두 팔을 잡았다.

"컥…… 야 이 망할 자식아! 뭐 하는 거야?! 놔!"

쵸모 상사는 필사적으로 버둥거렸지만 완전히 제압당한 탓에 꼼짝도 할 수 없었다.

"헛수고다. 완력도 기술도 너보다 아득히 위다."

"크…… 농담하는 게 아니라고, 어이! 놔! 놔!"

"너는 지금 죄를 범했다. 첫 번째는 상관인 내 명령을 거스른 것. 두 번째는 내 말의 의미를 바로 이해하지 못한 것. 그리고 마지막 세 번째는 상관인 나에게 지시를 내린 것. 이 죄에 따라 장형(杖刑)을 내리겠다."

헤이젠은 쵸모 상사의 뒤편으로 이동하더니 그의 엉덩짝을 겨냥해 마장을 힘껏 휘둘렀다.

"끄, 끄으으으으으으윽."

새된 비명이 울려 퍼지자 제8소대 전원의 시선이 몰렸다. 한편, 쵸모 상사는 입으로 침을 흘리면서 버둥거렸다. 그의 제복에서 새빨간 피가 묻어나왔다.

하지만 헤이젠은 그런 것은 전혀 개의치 않으며 마장을 두 번 더 휘둘렀다. 그러자 옷이 찢어지면서 피가 뿜어져 나왔고 입에 거품을 문 쵸모 상사는 눈이 까뒤집히며 기절했다.

그 광경을 본 제8소대 전원은 얼이 나갔다. 하지만 검은 머리의 청년은 개의치 않았다. 그리고 그들을 향해 환한 미소를 머금었다.

"헤이젠 하임. 제8소대의 신임 소위다. 오늘부로 너희의 상관이 됐지. 잘 부탁한다."

"……."

"대답은?"

"네!"

한목소리로 답했다.

"이 쵸모 상사와 같은 지위인 상사는 너희인가?"

헤이젠은 감독을 맡고 있던 네 명을 쳐다봤다. 그중에서 덩치가 작고 빼빼 마른 남성이 다가왔다.

"네."

"자네, 이름이 뭐지?"

"디케트입니다."

덩치가 작고 빼빼 마른 남자가 답했다.

"이 훈련의 목적은?"

"그야 물론, 전투를 위해서입니다."

디케트 상사는 퉁명한 어조로 그렇게 답했다.

"그래. 그럼, 훈련을 변경하겠다. 전원, 지금부터 해가 질 때까지 구보를 하도록."

"……알겠습니다. 어이, 너희들, 뛰어라."

"착각했나 본데 상사들도 뛰도록."

"……네?"

"전투를 위해 이런 낮은 수준의 훈련밖에 실시하지 못한다면 구보로 체력이나 향상하는 편이 나아. 그리고 달리기만 한다면 감독자는 한 명이면 충분하지."

"……."

디케트와 다른 상사들의 눈동자에 적의가 어렸다. 하지만 헤이젠은 개의치 않았다.

"대답은?"

"……네."

"다른 자들은?"

헤이젠이 주위를 둘러봤다. 상사들은 분한 듯한 표정을 지으면서도 일단 대답했다.

"내 눈에 보이는 범위에서 저 나무와 저 나무 사이를 서른 번 왕복하도록. 한 시간 주지. 못 해낸 자는 추가로 서른 번 더 왕복시키겠다. 부정행위는 용서치 않겠어. 발각된 경우 쵸모 상사와 마찬가지로 장형에 처하겠다."

"……윽."

상사를 비롯한 소대원 전원은 연이어 혹독한 지시를 내리는 헤이젠을 노려봤지만 그는 개의치 않았다. 무기질적으로 시작 지시를 내려서 그들을 달리게 했다.

해가 지자 훈련이 끝났다. 하사관 대부분은 한 시간 안에 성공했다. 아마 몸을 혹사하는 데 익숙한 것이리라. 하지만 평소 감독을 빙자해 농땡이만 부리던 상사들 그리고 하루하루의 훈련을 게을리 한 소수의 병사는 평원을 더 뛰어야만 했다.

"달리는 것이야말로 보병 전투의 기본이다. 최소한의 체력이 붙을 때까지 매일 구보를 시행하겠다. 이상이다."

그렇게 말한 다음 헤이젠은 그대로 돌아갔다. 뒤따르던 레이 화가 그들을 쳐다보며 말했다.

"다들 이쪽을 노려보고 있거든? 특히 쵸모라는 상사 자식이 말이야."

"노려보는 건 군율 위반이 아니니까 문제 될 건 없어."

"……그런 문제가 아니라고 생각하는데 말이야."

말은 그렇게 했지만, 그녀는 헤이젠의 성격을 잘 알기에 더는 아무 말도 하지 않았다.

방에 돌아가서 지급된 일용품을 내려놨다. 칫솔, 컵, 머리빗. 마장 이외에는 가져오지 않았기에 방 내부는 꽤 간소한 느낌이었다. 딱딱한 1인용 침대에 누워서 대원 명부를 보고 있을 때 노크 소리가 들렸다.

"누구지?"

헤이젠은 복도에 있는 레이 화에게 물었다.

"쵸모 상사야."

"……들여보내."

문이 열리자, 뚱뚱한 중년 남성이 웃음을 흘리며 들어왔다.

"저기, 환영회 준비를 마쳐서 모시러 왔습니다."

"환영회? 도저히 환영하는 분위기는 아니었을 텐데?"

헤이젠은 대원 명부를 쳐다보며 그렇게 말했다.

"아니, 저희도 딱히 당신과 적대할 생각은 없어요. 서로를 좀 오해하고 있는 것 같으니까 맛있는 술과 요리로 친목을 다질까 하거든요."

"……."

부질없는 짓이다, 란 말이 입에서 나오려 했지만 참았다. 쵸모 상사의 눈동자에서는 적의가 번들거리고 있었다. 헤이젠은 한숨을 내쉬면서 몸을 일으켰다.

"……알았다. 식당으로 가면 되지?"

"아뇨. 상사가 모이는 다른 방이 있습니다."

"그래. 고맙군. 그러면 거기로 가면 되는 거지?"

"헤헤. 안내하겠습니다."

"헤이젠. 나도 같이 갈까?"

레이 화가 그렇게 말하자 쵸모 상사의 표정이 흐려졌다.

"호위는 필요 없어요. 같은 부대 동료잖아요. 설마 동료를 의심하는 겁니까?"

"……하아."

헤이젠은 무심코 한숨을 내쉬었다. 이런 멍청한 자가 상사 지위를 맡은 건가. 아랫사람을 괴롭히면서 얼마나 기고만장해진 건지 짐작이 됐다.

"괜찮아. 나 혼자 다녀오겠어."

"어이쿠. 그렇게 흉흉한 건 두고 가자고요."

쵸모 상사는 헤이젠이 마장을 챙기려 하자 말렸다.

"호위용이다. 언제 어디서 무슨 일이 있을지 모르니 말이야."

"그러니까 걱정할 필요 없다고요. 상사가 모여 있는 자리니까 적들이 쳐들어와도 저희가 지켜드리죠. 그래도 무서운 겁니까?"

"……알았다. 그럼 가자."

그런 뻔한 도발에 걸려든 척을 한 헤이젠은 마장을 두고 방을 나섰다.

쵸모 상사가 안내한 방 안에 들어가 보니, 상사 네 명이 이미 자리에 앉아 있었다. 그들은 수상한 웃음을 머금고 있었다.

"……."

테이블을 쳐다보니 와인 병이 여섯 개 놓여 있었다. 고기와 생선이 풍성하게 들어간 호화로운 요리도 있었다. 쵸모 상사는 자랑하듯 와인 병 하나를 손에 쥐었다.

"헤헷, 끝내주죠? 요리사에게 특별히 주문한 겁니다."

"……그래."

아마 억지로 시켰을 것이다. 정말 부질없는 짓이라고 헤이젠은 생각했다. 하지만 그들이 마련한 이벤트를 헛되이 할 수도 없었기에 체념하며 자리에 앉았다.

"자아, 저희의 마음입니다. 한 잔 쭉 들이켜시죠."

쵸모 상사는 와인의 코르크 마개를 따더니, 헤이젠의 잔에 따라줬다.

"……."

"자, 왜 그러죠? 독은 안 넣었어요. 설마 무서우신 건가요?"

쵸모 상사가 도전적인 눈빛으로 쳐다봤다. 헤이젠은 그의 눈동자를 똑바로 바라보면서 다른 와인 병을 골라서 코르크 마개를 땄다. 그 순간 이 자리에 있는 전원이 흠칫했다.

"아니, 나만 마시는 건 그럴 것 같군. 건배를 하자. 다들 술을 즐기지? 내가 한 잔씩 따라주겠어."

"네?! 아, 아니, 저희는 소위님이 마신 후에 직접 따라 마시겠습니다."

"뭘 그렇게 사양하지? 환영회니까 『첫 잔은 다 같이 건배』를 하는 게 세간의 상식 아닌가?"

헤이젠은 억지로 쵸모 상사의 잔에 술을 따라준 후, 다른 상사들에게도 차례차례 술을 따라줬다.

"그럼, 앞으로 잘 부탁한다. 건배."

짤막하게 인사를 하고 헤이젠은 단숨에 술을 들이켰다.

"좋은 와인이군. 맛있는걸……. 어라, 왜 그러지? 표정이 안 좋잖아. 상관이 따라준 술을 못 마시겠다는 건가?"

"…………."

"안심하도록. 독은 안 들었다. 안 그런가? 이 와인은 너희가 준비한 것이잖아."

"……윽."

칠흑빛의 날카로운 눈동자가 새파랗게 질린 상사들의 얼굴을 주시했다.

*

상사들은 땀을 비처럼 흘리고 있었다. 왜, 들킨 거지? 이 독은 맛과 향기가 없으며 변색도 되지 않는다. 아니, 애초에 코르크 마개를 따지도 않았다. 하지만 눈앞에 있는 상관은 망설임 없이 독이 든 와인을 자신들의 잔에 따르더니 상쾌한 미소를 머금고 있었다.

"……한때 독 연구에 몰두한 적이 있었거든. 그래서 알 수 있지. 와인에 독이 들었는지 안 들었는지…… 한눈에 말이다."

"히익."

"하하, 농담이다."

헤이젠은 환한 미소를 머금었다.

"어이, 빨리 마셔라. 와인은 공기에 닿으면 맛이 나빠져."

"저, 저기, 속이 좀……."

"설마, 마실 수 없는 이유라도 있는 건가?"

"……윽."

쵸모 상사는 다른 상사들에게 눈짓을 보냈다.

죽일 수밖에 없다.

지금 이 남자의 곁에는 그 막강한 호위도 마장도 없다. 보아하니 근육도 없어 보인다. 전원이 포위하고 두들겨 패 죽인 후 평소처럼 처분한다면 원래의 일상으로 되돌아갈 수 있다.

"……우와아아아앗."

결심을 마친 쵸모 상사가 자리에서 벌떡 일어나더니 그대로 달려들었다. 다른 상사들도 그 뒤를 따르려──.

툭.

"……어?"

그 순간, 쵸모 상사의 머리가 지면에 떨어졌다.

"헉…… 커억……."

머리를 잃은 목에서 대량의 선혈이 뿜어져 나오더니, 실 끊어진 꼭두각시처럼 그 자리에서 무너졌다. 공처럼 데구르르 굴러간 머리는 입을 쩍 벌린 채 새파랗게 질린 버즈 상사의 오른팔에 닿았다.

"마법사가 지닌 마장이 꼭 하나뿐일 거란 보장은 없다. 대부분은 하나뿐이니 착각하는 것도 무리는 아니지만 말이지. 쵸모 상사는 사망했으니 신경 쓸 필요가 없지만 너희는 기억해 두도록."

한편. 헤이젠은 피로 물든 자신의 검은 머리카락을 냅킨으로 닦으면서 구김 없는 환한 미소를 머금었다. 그가 손에 쥔 것은 짤막한 나뭇가지 같은 마장이었다. 그것을 휘둘러서 순식간에 쵸모 상사의 목을 벤 것이다.

"어…… 으…… 아…… 어어."

디케트 상사는 쵸모 상사의 머리와 몸통을 번갈아 쳐다보며 괴성을 토했다. 무슨 일이 일어난 건지 전혀 이해가 안 됐다. 항상 자신들이 죽이는 쪽이며 상대방은 죽는 쪽이었다. 그런데 이렇게 순식간에, 꼼짝없이…….

상사들이 당황한 가운데 헤이젠은 자신의 흉기를 담담히 설명했다.

"이건 풍참(風斬)이라고 한다. 품속에 항상 넣어두는 호신용

마장이지. 이걸 휘두르면 순식간에 날카로운 바람 칼날을 날릴 수 있어. 쓰임새가 좋고 가지고 다니기도 편해서 위력이 약한데도 애용하는 편이야."

"……윽."

정상이 아니다. 사람을 죽이는 것에 눈곱만큼의 주저도 없다. 이번만이 아니다. 이 남자는 이렇게 담담하게 수백이 넘는 인간을 죽였을 것이다. 이렇게 위험한 놈에게 맞서는 건 무리라고 생각한 상사 전원이 체념에 빠졌다.

하지만…….

"마셔라."

"히익."

완전히 전의를 상실한 상사들에게 다가간 헤이젠은 다시 와인을 권했다.

"……너도 안 마실 건가?"

"힉…… 흐윽……."

압도적 공포. 헤이젠이 고개를 살짝 갸웃거리면서 그렇게 묻자 새무어 상사는 무릎을 꿇었다.

"잘못했습니다, 잘못했습니다, 용서해 주십시오! 독을 넣은 건 쵸모 상사입니다! 저 자식이 저희를 부추겨서……."

"독? 이 술에 독이 들어있는 건가? 말도 안 돼."

헤이젠은 그 사실을 이제야 처음 안 듯한 표정을 지었다.

"착각하지 말아줬으면 하는데 쵸모 상사는 상관에게 폭력을 행사하려 했기 때문에 군율에 따라 처벌했을 뿐이다. 반역은 사형이거든. 만약 이 술에 독이 들었다는 것을 인정한다면 나는 너희를 처형해야만 해. ……군율에 따라서, 말이지.”

“……히, 히익, 흑.”

제레거 상사는 침을 질질 흘리며 신음했다.

“다시 묻지. 이 술에는 독이 들었나?”

선혈로 범벅이 된 검은 머리의 청년이 조용히 물었다.

“들어 있지…… 않습니다.”

“그래. 다행이군.”

헤이젠은 순진무구한 미소를 머금었다. 그 표정을 보자 방금 대답한 버즈 상사는 구사일생했다고 생각하며 가슴을 쓸어내렸다.

“그러면 마실 수 있겠지?”

“……어?”

그 질문을 들은 순간 다들 믿기지 않는다는 표정을 지었다. 이 남자는 대체 무슨 소리를 하는 걸까. 마실 수 있을 리가 없다. 왜냐하면 독이 들어 있으니 말이다.

하지만…….

“상관이 따라준, 독이 들어 있지 않은 술이다. 못 마실 이유가 없을 텐데?”

“……윽.”

이 술을 먹일 생각이다. 자신들이 준비한 독이 든 와인을, 자신들에게 먹여서 자살시키려 하는 것이다.

“히…… 힉…… 히익…….”

디케트 상사의 몸에서 온갖 체액이 흘러나왔다.

“가, 가족이 있습니다! 제발, 용서를…….”

"미안하지만 즐거운 환담은 건배 후에 하도록 하지. 그게 상식이잖아?"

"히, 히이이익! 제발. 제발, 용서……."

"가족이 있다고 했나? 만일 이 와인을 마시고 뜻밖의 사고가 발생한다고 치자. 그건 제국의 군율상 순국(殉國)한 것이 된다. 나 또한 순국한 부하에게는 극진하게 사후 포상을 해줄 생각이지."

"……."

"그러나 이 술을 마시지 못한다면, 나에게 독을 먹이려 한 게 된다. 그것은 명백한 반역죄야. 가족은 당연히 사후 포상을 못 받으며 즉시 쵸모 전 상사와 같은 운명을 맞이하게 되겠지."

헤이젠은 머리를 주워들면서 구김 없는 미소를 머금었다.

"……정말 순국 처리를 해주실 겁니까?"

"그래. 물론이다."

"……."

버즈 상사는 고향에 있는 아내와 자식을 떠올렸다. 자신은 죽는다. 하지만 유족연금이라는 형태로 가족에게 조금은 돈을 남겨줄 수 있을 것이다. 그는 눈을 꼭 감고 이제까지 자신이 한 일을 참회했다. 올해 상사로 취임하고서 쵸모 상사의 명령을 거역하지 못해서 그의 말에 계속 따라왔다. 그 대가를 지금 치르는 것이다.

"그럼 건배할까? 힘차게 단숨에 들이켜도록."

"……윽."

전원이 부들부들 떨면서 잔을 들었다.

"건배!"

버즈, 새무어, 제레거 상사는 술을 그대로 들이켰고, 디케트 상사는 부들부들 떨면서 꼼짝도 못 했다.

"부탁입니다! 살려 주십시오! 저는 죽고 싶지 않아요. 죽고 싶지 않아, 죽고 싶지——."

세 번째 목숨 구걸을 끝까지 말하기도 전에 바닥에 떨어진 디케트 상사의 머리가 그대로 굴러갔다.

"네놈은 병졸 실격이다. 죽을 각오도 없는 주제에 남을 죽이려 들다니."

헤이젠은 무릎을 꿇고 있는 머리 없는 시체를 향해 그렇게 말했다. 그리고 오열하며 괴로워하는 다른 세 사람 앞에서 같은 와인을 잔에 따르더니, 그대로 입을 댔다.

"안심해라. 이건 평범한 와인이다."

"큭…… 끄어억…… 어어?"

세 명의 상사는 경악에 찬 표정을 지었다.

"간단한 트릭이지. 눈치 못 챈 건가? 너희가 내 잔을 주시하고 있을 때 와인의 위치를 바꾼 거다. 너희는 통찰력을 좀 더 길러야겠는걸."

헤이젠은 독이 든 와인 병을 손에 쥐면서 웃음을 흘렸다.

"……."

"대답은?"

"""네!"""

전원이 한목소리로 대답했다.

"상사 이하의 장병에게 전하도록. 나는 군율에 따른 행동을 규범으로 삼는다. 그것을 어긴 자는 봐주지 않겠다. 내일 그들 모두에게 저 두 사람의 머리를 보여주며 똑똑히 알려주도록……. 물론 너희의 책임으로 말이야."

"""네, 넷!"""

세 사람은 즉시 벌떡 일어서더니 차렷하며 경례했다.

"좋다. 그러면 나는 씻어야겠으니 잠시 자리를 비우겠다. 그 사이 너희는 식사와 와인을 즐기도록."

헤이젠은 그렇게 말하고 방에서 나갔다.

*

그날 밤. 헤이젠은 꿈을 꿨다. 새로운 몸을 얻기 전의, 예전의 자신이 나왔다. 수면에 비친 자신의 팔과 다리는 앙상해서 몸만 겨우 지탱했다. 그때 눈치챘다.

이것이, 죽기 직전의 영상이라는 것을 말이다.

다른 대륙에서 200년이나 되는 세월을 지낸 신체.

"이것이 사상 최강의 마법사로 칭송되던 자의 최후인가. 안됐는걸."

그리운 제자의 목소리가 들렸다. 심장을 움켜쥔 채 몸을 웅크리고 있는 자신이 드러누워 있었다. 발작으로 괴로워하며 약을 먹으려고 몸을 억지로 움직이고 있었다.

꼴사나운 죽음이다. 그래도 상관없다. 그것이 늙는다는 것이다. 인간은 누구나 늙고 죽는다. 그것이 만물의 섭리다.

하지만 헤이젠은 실험을 하고 있었다.

그것은 자신의 목숨과 혼을 건 실험이다.

결과는 어느 쪽이든 상관없다.

죽어야 마땅한 운명인가.

아니면.

신 혹은 악마가 미소 지어줄 것인가.

결과적으로.

악마가 미소 지어줬고.

헤이젠은 젊은 육체를 가지고 깨어났다.

지금으로부터 3년 전의 일이다.

*

오전 다섯 시. 헤이젠은 햇빛을 받고 잠에서 깨어났다. 세면대로 바로 향해서 이를 꼼꼼하게 닦고 찬물로 세수하고 옷을 척척 갈아입었다. 5분도 지나기 전에 준비를 마치고 식당으로 향했다.

조리장으로 향해서 요리사에게 지시를 내렸다. 계급에 상관없이 균등하게 배분할 것. 리필은 두 번까지. 술은 밤에 석 잔까지. 식사는 단련의 근본이다. 그리고 군인들에게는 휴식 시간이다. 충분한 양을 배분해서 일정한 릴렉스 효과를 줘야만 한다.

이미 어제 일은 다 들었을 것이다. 요리사는 겁을 집어먹은 채 고개를 끄덕였다.

오전 일곱 시. 훈련장에 가보니 전원이 줄지어 서 있었다. 다들 표정에 긴장감이 흐르고 있었다. 어제 일로 반항할 마음이 싹 가신 것 같았다.

"자아, 훈련을 개시한다."

헤이젠은 담담히 지시를 내렸다. 우선 어제와 마찬가지로 그들을 달리게 했다.

"전투에 있어서 가장 중요한 것은 이동속도다. 쓸데없는 군살을 우선 다 없애겠다."

"……읏, 네."

옆구리의 살점을 잡힌 제레거 상사는 고통을 참으며 대답했다.

어제와 달리 전원이 한 시간 안에 목표를 달성했다.

"좋아. 한 번 더 하도록."

"……네!"

그들은 불평을 늘어놓기는커녕 시키는 대로 순순히 반복했다. 그로부터 한 시간이 지나 몇 명이 탈락했다. 그들은 추가로 더 뛰게 했다.

"다른 이들은 스쿼트, 복근, 배근 운동을 하도록. 2인 1조로 상대의 몸을 철저하게 괴롭혀 줘라. 몸을 더 빠르게 움직이기 위해서다. 순간의 차이로 목숨이 오갈 수 있다는 걸 명심하도록."

"네!"

대답하는 목소리가 또렷해졌다. 원래 전투의 최전선에 있는 자들이다. 강자를 따르면 살아남을 수 있다는 생각을 본능적으로 가지고 있는 것이리라.

오전 훈련을 마치고 점심을 먹었다. 메뉴는 아비토라는 생선을 이용한 찜 요리였다. 대부분 눈빛이 확 바뀌며 음식에 달려들었다. 하지만 그중 몇 명은 밥을 잘 먹지 못했다. 아마 힘든 훈련 탓에 식욕이 달아난 것이리라. 헤이젠은 그들이 식욕을 되찾을 수 있도록 휴식 시간을 길게 잡았다.

"식사는 몸만들기의 기초다. 긴급상황에서는 며칠 동안 식사를 못할 수도 있지. 먹을 수 있을 때 꼭 먹어두도록."

"네!"

"농땡이를 부리는 거라고는 생각 마라. 휴식을 앞당긴 만큼 너희의 훈련은 더 길어질 거다. 훈련량은 다른 대원과 같아."

"알겠습니다."

오후. 지금부터는 검을 이용한 훈련을 시작했다. 2인 1조의 실전 형식이다. 5분 간격으로 상대를 교대시켰다. 그러자 다른 이들보다 돋보이게 유연한 검술을 펼치는 이가 있었다.

"버즈 상사."

"네!"

"너는 검술이 특기인가?"

"네!"

"그렇다면 다른 이들을 가르치도록. 너 말고도 솜씨가 괜찮은 사람을 두 명 정도 직접 뽑아서 검술을 가르치게 해라."

"네!"

버즈 상사는 기쁜 듯이 힘찬 목소리로 그렇게 말했다. 이어서 한 사람에게 중갑주를 걸치게 하고 셋이 공격하는 연계 훈련을 시행했다. 여기서도 버즈 상사와 그가 뽑은 살리마 일등병, 아반다 일등병이 지도를 맡았다.

해가 지자 훈련을 종료했다. 즉시 전원이 널브러졌다. 아무래도 다들 한계였던 것 같았다.

"수고했다. 지금으로부터 30분 후에 식사하겠다. 15분 동안 휴식을 취하고 즉시 식당으로 향하도록. 리필은 두 번까지, 술은 석 잔까지 마셔도 된다."

"어? 저기, 누구나 말입니까?"

신병으로 보이는 병사가 놀란 표정으로 되물었다.

"이번 달, 제8소대는 경비 담당이 아니니까 말이다. 하지만 과음은 자기가 책임지도록. 그리고 컨디션 불량에 따른 훈련 경감은 없다. 전원에게 동일한 강도의 훈련을 시행하겠다."

"……네!"

신병은 환한 목소리로 답했다. 상사들은 복잡한 표정으로 이쪽을 쳐다보고 있었다. 아마 쵸모 상사를 중심으로 한 무리가 술을 독점하고 있었을 것이다.

헤이젠은 훈련장을 벗어나 방으로 돌아갔다. 남는 시간 동안 독서를 하고 있을 때 식사가 방으로 배달됐다. 서둘러 1인분을 먹고서 두 번 더 배달을 시켰다. 그리고 그것을 레이 화에게 지급했다. 그녀는 응축된 근력을 지녔다. 그래서 남들 곱절의 에너지가 필요하다.

식후에 에다르 이등병을 불렀다. 그는 소대 안에서 문관으로서의 능력이 가장 뛰어나다. 사전에 정리하라고 지시한 디오르도 공국과의 교전 시각 및 지점, 쿠민족의 습격 시각과 지점까지. 그가 작성한 자료를 훑어보고 덮었다.

"좋은 자료군. 문제없다. 내일부터도 부탁하지."

"어, 벌써 다 읽으셨습니까?"

"얼추 말이야. 속독이 특기거든. 너도 단련해 두도록. 1페이지당 1초에 읽으면 살면서 시간을 상당히 아낄 수 있을 거다."

"……하하."

에다르 이등병은 말로 형용하기 힘든 쓴웃음을 머금었다. 뭔가 이상한 소리를 한 건가, 하고 생각한 헤이젠은 고개를 갸웃거렸다.

"추가로 분석을 부탁해도 될까? 쿠민족 출몰 지점을 예측해 줬으면 한다."

"알겠습니다."

"수고에 걸맞은 대가를 못 받는다고 느낀다면 나한테 말하도록. 검토 후 대처하지."

"아뇨…… 이것도 임무니까요."

"임무에는 대가가 발생한다. 대원 전원이 받는 일상적인 훈련, 경비, 전투 행위는 기존 임금에 대한 대가이며 이것은 여분의 일이지. 그러니 너는 대가를 받아야만 해."

헤이젠은 사양하는 에다르를 설득했다. 뚜렷한 임금 체계. 막연하게 출세를 언급하면서 자기 뜻대로 사람을 부리는 방식을 헤이젠은 좋아하지 않는다. 능력과 성과. 어디까지나 이 두 가지를 고려해 부하를 운용한다면 불만을 품는 자도 적을 것이다.

에다르 이등병은 놀람과 당황이 뒤섞인 표정을 지었지만 곧 미소를 머금으며 고개를 끄덕였다.

"알겠습니다. 감사히 받겠습니다."

"감사는 됐다. 일에 대한 포상이니 말이야. 자기 능력과 노력에 긍지를 가지면 돼."

"아뇨. 그래도 저는 소위님께 감사드리겠습니다. 이제까지는…… 칭찬을 받은 적이 없었으니까요."

"……네가 품고 있는 감정까지 없앨 권리는 나에게 없다. 멋대로 하도록."

"네, 멋대로 하겠습니다."

그 말을 남기고 에다르 이등병은 돌아갔다.

북방 가르나 지구에 파견되고 일주일이 지난 후의 오후. 훈련 중에 군 사령실로부터 호출을 받았다. 그곳에는 상관들이 모여 있었다.

"부르셨습니까?"

헤이젠이 묻자 게도르 대령이 미소를 머금으며 다가왔다.

"놀랐네. 아직 살아 있었군."

"일지는 매일 제출했습니다만……."

그렇게 대답하자 왼편에 있던 신경질적인 인상의 덩치가 작은 사내의 눈이 희미하게 떨렸다. 게도르 대령은 그 남자를 돌아봤다.

"그런가? 모스피처 중위."

"저한테는 올라오지 않았습니다."

"그래. 하긴, 자네는 바쁘니까 말이야."

게도르 대령은 다시 헤이젠을 돌아보았다.

"이야, 미안하네. 제8소대는 문제아들의 집합소라서 그들을 통제할 수 있는 인재가 좀처럼 없었지. 그런 그들을 제대로 훈련시키고 있다는 이야기를 듣고 자네에 대한 인식을 바꿨다네. 자네를 시험하는 듯한 짓을 한 걸 사과하지."

"아닙니다."

헤이젠은 표정을 전혀 바꾸지 않으며 대답했다.

"그럼 직속상관을 소개하지. 이쪽이 모스피처 중위라네. 별개의 임무로 부재중이었으니 오늘 처음 대면하는 거려나."

"네. 잘 부탁드립니다. 헤이젠 하임입니다."

"……자기소개를 하기 전에 한 가지 질문해도 될까?"

모스피처 중위는 신경질적인 날카로운 눈동자로 쳐다봤다.

"그러시죠."

"배치 첫날. 부하인 쵸모 상사와 디케트 상사를 죽였다지?"

"네."

"나는 그 보고를 너한테서 받지 못했어."

"아뇨. 일지에 써서 보고를 올렸습니다."

"그러니까 나는 그 일지를 못 받았단 말이야."

"그렇다면 어떻게 쵸모 상사와 디케트 상사의 죽음을 아신 겁니까?"

그렇게 묻자 모스피처 중위의 눈썹이 파르르 떨렸다.

"다른 부하에게 전해 들었어. 보통 중요한 정보는 구두로 전해야 마땅하다고 생각하거든. 그렇지 않나?"

"옳습니다."

"그렇다면 왜 구두로 보고하지 않은 거지?"

"중요하지 않다고 판단했기 때문입니다."

"그 판단을 내리는 건 네가 아냐."

"그렇다면 일지를 읽어 주십시오. 보고 내용이 적혀 있으니 정보의 중요 여부를 중위께서 판단해 주십시오."

"……뭐라고?!"

모스피처 중위가 언성을 높였다.

"중요성의 판단을 부하의 재량에 맡길 수 없다면 그렇게 해 주십시오. 구두로 모든 내용을 보고하는 건 시간 낭비니까요. 일지를 읽어주시는 게 가장 효율적이라고 생각합니다."

"내 말은 그런 뜻이 아냐!"

"그렇다면 대체 무슨 말이 하고 싶으신 겁니까?"

헤이젠은 의아한 표정을 지었다. 대체 이 상관은 왜 이렇게 흐트러진 모습을 보이며 발끈하는 것일까. 자신은 그저 군율에 따라 대답하고 있을 뿐인데 말이다.

"그런 건 감으로 알 수 있잖아! 그런 건 보통 구두로 보고하지 않나? 중대하다고 생각하지 않은 거냐?!"

"네. 감각적으로도 군율상으로도 중요하지 않다고 판단했습니다."

"그렇다면 네 감각이 이상한 거군. 부하를 두 명이나 죽여놓고 말이지. 은폐로 받아들여져도 이상하지 않을 행위야."

"은폐가 아닙니다. 일지에 적어서 보고했습니다."

"그러니까 받지 않았다잖아!"

모스피처 중위는 언성을 높이며 책상을 내려쳤다.

"서류를 작성한 건 일주일 전 일입니다. 받은 사람은 제5소대의 가비 준위입니다."

"호오. 만약 그가 받지 않았다고 말하면 어쩔 거지?"

"수령 시에 날짜와 사인을 받았습니다. 그가 위증한다면 그것을 제출하죠."

헤이젠은 기본적으로 타인을 신용하지 않는다. 귀찮다는 말을 듣더라도 전달 기록을 꼼꼼하게 받아둔다.

"……."

모스피처 중위는 땀을 삐질삐질 흘리며 입을 다물었다. 한편 헤이젠은 의아한 표정을 짓고 있었다. 아까부터 이 상관은 대체 무슨 소리를 하는 것일까.

"설령 가비 준위가 그것을 건네지 않았을지라도 일주일 전 일입니다. 지적한다면 준위가 즉시 대처하지 않았을까요?"

"……바빠서 말이지. 주말에 몰아서 읽거든."

"일지를 말입니까? 당일의 중요한 정보가 적혀 있을지도 모를 서류의 내용을 일주일 후에 확인하고 그것을 상관에게 보고하는 겁니까?"

헤이젠이 경악에 찬 표정을 짓자 모스피처 중위는 또 입을 다물었다.

"……크큭."

다른 상관일까. 주위에서 실소가 들려오자 이 신경질적인 사내의 얼굴이 시뻘겋게 변했다.

"제8소대는 이번 달에 비번이다! 국경 경비 임무를 맡은 소대의 보고는 당연히 매일 읽고 있어. 어디까지나 비번인 소대만 주말에 몰아서 읽는 거지. 중요도에 우선순위를 매긴 거야! 당연하잖아!"

모스피처 중위는 큰 목소리로 변명했다.

“그렇다면, 역시 중요하지 않은 정보겠군요.”

“뭐라고?”

“제가 중요하지 않은 정보라고 판단했고 중위님 또한 비번인 소대의 정보는 중요시하지 않고 방치했습니다. 구두로 다른 대원에게 들었는데도 불구하고 즉시 저를 부르지 않았으며 일지 또한 읽지 않은 것 아닙니까. 즉, 저와 중위님의 견해는 일치했습니다.”

“큭…… 긴급하지 않다고 판단했을 뿐이야! 중요시하지 않았다고는 말 안 했다고!”

“…….”

얼굴이 시뻘게지고, 눈에 핏발이 섰으며 몸을 부들부들 떨고 있는 중위를 본 헤이젠은 그가 왜 이렇게 화를 내는지 이해가 안 됐다. 『중요도에 우선순위를 매긴 거야!』라고 당당하게 말했으면서 말이다.

“애초에 부하를 둘이나 죽여놓고 아무렇지 않은 거냐?”

“네. 군인이니까요. 군율에 의거해 죽일 필요가 있다면 죽입니다.”

“어이가 없군. 이렇게 비정상적인 윤리관을 지닌 자가 제국을 짊어질 장교라니…….”

“……그 말씀은 『윤리관을 군율보다 중요시하라』라는 의미입니까?”

“그, 그런 말은 한 적 없어!”

“그러면 하고 싶으신 말이 대체 뭡니까?”

"크……."

모스피처 중위는 세 번이나 입을 다물었다. 그 모습을 관찰한 헤이젠은 한숨을 내쉬었다. 이 쓸데없는 시간은 대체 뭘까. 군대라는 곳은 합리적인 규칙에 근거해 합리적인 판단을 추구해야 하는데 말이다.

헤이젠도 중위에게 원한이 있는 건 아니다. 상관에게 적의를 품어봤자 귀찮아질 뿐이다. 예전에 질리도록 경험했다. 그래서 이번에는 그런 일을 겪지 않으려고 장교 시험까지 치렀는데 이래서는 아무런 의미가 없다.

어떻게든 상대의 분노를 가라앉혀서 원만하게 수습하고 싶다.

모스피처 중위의 침묵이 이어지자 이 자리의 분위기가 나빠지기 시작했다. 그런 와중에 게도르 대령이 모스피처 중위와 헤이젠에게 시선을 보내며 제안했다.

"뭐, 헤이젠 소위. 자네가 은폐할 생각이 없었다는 건 알겠네. 하지만 모스피처 중위도 『중요하다』고 판단한 만큼 이 자리에서 설명해 주지 않겠나?"

"그러면 설명하겠습니다. 그들은 상관의 독살을 획책했기에 군율에 따라 처벌했습니다."

"증거는?"

모스피처 중위가 힘차게 추궁했다.

"현행범입니다. 독이 든 와인에 관해 추궁했더니 쵸모 상사가 저항하며 달려들었습니다. 그것은 자백과 동등한 행위에 해당합니다. 디케트 상사 또한 자기 입으로 죄를 인정했습니다."

"그랬다고 부하를 처형한 거냐?"

"상황 증거로 충분하다고 생각했습니다."

"그건 네 주장일 텐데? 객관적인 증거는?"

모스피처 중위가 혀를 차며 노려봤다.

"쵸모 상사의 방에서 독극물이 검출됐습니다."

"설마 당사자인 네가 조사한 건 아니겠지?"

"제6소대의 토머스 준위가 입회한 자리에서 실시했습니다."

"큭…… 디케트 상사의 방은 어땠지?"

"독극물은 검출되지 않았습니다. 쵸모 상사가 주범이라 그렇겠죠."

"그러면 너는 주범도 아닌 자까지 처형한 거냐?"

"네. 주범이든 아니든 군율로는 극형감이니까요."

"하지만 너무 비정하다고 생각하지 않나?"

"네. 군율에 따른 행동입니다."

헤이젠은 그때 불안을 느꼈다. 어쩌면 이 모스피처 중위는 군율을 모르는 게 아닐까, 하는 생각이 든 것이다.

"……하지만 결과적으로 두 명의 손실이 우리 부대에 발생했어. 그 책임은 어떻게 질 거지?"

"부대의 질만 본다면 상승했습니다. 군의 역할을 충분히 수행한다면 인원이 줄어들더라도 문제없다고 생각합니다."

"그것을 어떻게 증명할 거지?"

"선택지는 세 가지가 존재합니다. 감사. 모의 훈련. 전장에서의 활약. 정확성을 추구한다면, 세 번째인 전장에서의 활약이 가장 적절하리라 생각합니다."

"자신감이 넘치는군. 하지만 그건 시간이 걸려. 지금 바로 증명해야 한다면 어떤 방법이 있지? 물론 네 주관적인 감상이 아니라 객관적인 평가가 듣고 싶군."

모스피처 중위가 의기양양한 어조로 그렇게 말했다.

"게도르 대령님."

"음?"

"대령님께서는 조금 전에 제8소대의 평가를 언급하셨는데 그 보고를 대령님께 드린 분은 누구십니까?"

"……웰러 소령이라네. 제8소대의 훈련을 우연히 봤는데 다른 부대보다 훈련에 기합이 들어가 있을 뿐만 아니라 연계도 잘 되고 있었다더군."

"감사합니다. 모스피처 중위님. 웰러 소령님은 란바르 소령님의 휘하에 조직되어 있는 저희 부대와는 별개 소속의 부대를 이끌고 계십니다. 이것은 객관적인 평가로서 충분하다고 생각합니다만 어떻게 생각하시는지요?"

"……."

얼굴이 창백해진 모스피처 중위가 입을 다물었다. 헤이젠은 왜 이러는 건지 생각했다. 바로 대답했는데 말이다. 그것도 완벽하게 납득이 될 만한 설명을 해줬는데 말이다.

헤이젠 자신은 대국의 군대에 소속되어 있었던 경험이 없다. 하지만 상명하복의 풍토에 따르며 군율에 근거한 행동을 규범으로 행동하는 것이 옳다고 생각했는데, 대체 어디가 잘못된 것일까.

"웰러 소령님의 증언으로 부족합니까? 신빙성의 문제입니까? 자질 문제입니까?"

"그, 그런 말이 아니다! 이, 인정하지. 확실히 질은 떨어지지 않았어."

"그렇습니까. 그렇다면 문제가 없겠군요."

"하, 하지만! 하지만 말이야! 그 두 사람이 죽었다는 사실에는 변함이 없어. 그들에게도 가족이 있을 거라고."

"그럴지도 모릅니다."

"죄책감은 느끼지 않는 거냐?"

"네."

"가족에게 미안하지도 않은 건가?"

"네."

"어째서지? 전사자가 발생했는데 네놈은 그들의 가족에게 미안하다고 생각하지 않는 거냐? 책임감을 느끼지 않는 거냔 말이다."

"그들은 전사한 게 아닙니다. 군율 위반은 반역과 맞먹는 죄입니다. 그러니 그들의 가족에게 보상을 해줘야 할 의무와 책임도 없습니다."

"……."

모스피처 중위는 또 입을 다물었다. 이 남자가 대체 뭘 하고 싶어 하는 건지, 헤이젠은 진심으로 고민했다.

"……군율 위반자와 전사자를 동일하게 취급하라는 겁니까?"

"그런 말이 아니잖아!"

"그러면 무슨 말씀이십니까?"

"크……."

상대방이 또 입을 다물자, 헤이젠도 슬슬 질리기 시작했다.

어쩌면 이 모스피처 중위의 자질에 문제가 있는 걸지도 모른다는 생각이 들기 시작했다.

이대로 이야기를 이어가는 것은 시간 낭비이기에 반론을 해보기로 했다.

"기록을 확인해 봤습니다만 이제까지 제8소대에 배치된 소위 및 준위 열 명이 전부 의문사를 당했습니다."

"……무슨 말이 하고 싶은 거지? 그게 쵸모 상사의 짓이니 자기를 봐달라 같은 소리냐?"

"아닙니다. 모스피처 중위님은 열 명이나 되는 손실을 소대에 입힌 책임에 대해 어떻게 생각하십니까?"

"……그들이 죽은 원인을 몰랐어."

"열 명이나 되는 이들이 의문사를 당했는데, 그 이유를 규명하지 않은 겁니까? 그것은 문제가 있지 않을까요?"

"무, 문제가 있다고? 이 자식! 무슨 소리를 하는 거냐!"

모스피처 중위는 주위를 둘러보며 우왕좌왕했다.

"첫 번째 희생자가 발생한 시점에 대처했다면 두 번째 희생자가 발생하기 전에 그 원인을 줄일 수 있었을 겁니다. 세 번째 희생자 이후에라도 그렇게 했다면 열 명이나 되는 희생자가 발생하지 않았을 테죠. 그러지 않은 건 무능해서거나…… 혹은 일부러 눈감아준 것이겠죠. 그렇게 생각할 수밖에 없을 겁니다."

헤이젠이 딱 잘라 그렇게 말하자 주위에 있는 이들이 술렁거렸다.

"헛소리 마라! 이건 상관에 대한 모욕이야!"

"그렇다면, 다른 명확한 이유가 있습니까?"

"……나, 나는, 제8소대만 이끌지 않아. 다른 부대와 함께 관리해야 하기에 거기에만 시간을 할애할 수 없었을 뿐이야."

"원인은 조사했습니까?"

"……."

모스피처 중위는 얼굴이 점점 창백해졌다.

"혹시 그것조차 안 한 겁니까? 열 명이나 죽었는데 말입니다."

"무, 물론, 시켰지."

"그렇다면 조사 결과를 정리한 자료를 보여주십시오."

"왜, 왜 네놈에게 그걸 보여줘야 하는데?!"

"다름 아닌 중위님께서 방금 저에게 요구하신 『객관적인 증거』를 확인하기 위해서입니다."

"지, 지금 바로 내주는 건 어려워."

"어디에 보관해 두셨습니까? 알려주시면 제가 찾아보겠습니다."

"……생각이 안 나."

"생각이 안 난다고요? 열 명이나 의문사를 당한 사건 자료의 보관 장소를 잊으신 겁니까?"

"……."

모스피처 중위가 주위를 둘러보자 다들 자기와는 상관없는 일이라는 듯이 쓴웃음을 머금고 있었다. 아무래도 형세가 나쁘다고 판단하고 침묵을 지키는 것 같았다.

물론 이 건의 책임을 따지자면, 그것은 모스피처 중위의 상관에게도 있다. 하지만 그들도 바쁘다. 즉, 중요하다고 생각하지 않은 것이다. 실제로 헤이젠 또한 중요한 일이라고는 눈곱만큼도 생각하지 않았다.

그런데도 눈앞에 있는 이 신경질적인 남자는 그 건을 언급하며 이렇게 난리를 피우는 것이다. 그래서 그가 그렇게 중요시하는 증거를 보여달라고 요구했다.

"모스피처 중위님. 당신은 열 명이나 손실을 냈습니다. 그리고 인원을 일부러 파견해서 굳이 조사를 시킨 자료의 보관 장소를 잊었다는 겁니까?"

"지, 지금, 생각이 나지 않을 뿐이야! 네놈의 소대와 다르게 중대는 많은 임무를 맡고 있거든!"

"많은 임무를 맡고 있다면, 열 명의 인적 손실 정도는 넘어가도 된다는 겁니까?"

"그, 그래! 나는 200명 이상의 부하를 이끌고 있어. 그중 열 명이면 1할도 채 안 되지! 매일 발생하는 전사자가 몇 명인 줄 알기는 해? 그런 걸 일일이 신경 쓸 수는 없다고!"

"그렇다면 입을 다물어주시겠습니까?"

"……뭐?"

그 말을 들은 모스피처 중위는 믿기지 않는다는 표정을 지었고 주위에 있는 이들도 술렁거렸다.

"중위님의 논리에 따르면, 전사자의 수에 비하면 의문사를 당한 열 명 정도는 신경 쓸 가치도 없는 숫자입니다. 그렇다면 부하의 숫자와 비교해 『1할 이하라면 문제가 없다』는 인식인 것 아닙니까? 그렇다면 저 또한, 전체 인원이 40명인 제8소대에서 2명의 인적 손실을 발생시켰을 뿐입니다. 이것은 당신이 낸 손실과 마찬가지로 1할 이하죠. 그렇다면 그 책임을 추궁당할 이유가 없습니다."

"헉…… 큭……."

기가 막혀 말이 안 나오는 듯한 모스피처 중위는 금방이라도 쓰러질 것 같았다. 하지만 헤이젠은 공격의 기세를 늦추지 않았다. 자신의 칠흑색 눈동자로 마음속 밑바닥을 도려내는 듯한 시선을 보냈다.

"그런데도 『중요하다』고 말씀하시겠다면, 외부에 조사를 요청해도 상관없습니다. 물론 중위의 건도 조사되어야 마땅하겠죠. ……철저하게 말입니다."

"히익…… 으극…… 그, 그건…… 헉."

모스피처 중위의 낯빛이 새파랗다 못해 다 죽어갈 지경에 이르자 보다 못한 게도르 대령이 쓴웃음을 머금으며 끼어들었다.

"알겠네. 이번 일은 헤이젠 소위의 말처럼 문제 될 것이 없어. 모스피처 중위도 조금 감정이 앞선 것 같군. 이만하도록 하지. 깨끗하게 흘려보내도록 하게. 두 사람은 상관과 부하 사이니까 말이지. 중위, 알겠나?"

"……에……."

모스피처 중위는 대답이라고 할 수 없는 신음을 흘렸다.

"헤이젠 소위도 괜찮지?"

"물론입니다. 모스피처 중위님. 앞으로 잘 부탁드립니다."

헤이젠은 시원시원한 미소를 머금으며 손을 내밀었다.

군 사령실을 나서자 레이 화가 걱정스러운 표정으로 서 있었다.

"고함이 제법 들려오더라?"

"그래. 상관인 모스피처 중위의 목소리야. 꽤 신경질적인 사람 같으니 조심해야겠네."

"……조심하는 것처럼은 전혀 들리지 않았거든?"

"그래?"

헤이젠으로서는 꽤 신경을 쓰면서 배려심을 가지고 이야기를 했는데 말이다.

"하긴, 헤이젠에게 이런 말을 해봤자 소용없을 거야."

"그렇지 않아. 상관과의 의사소통을 통해 손발을 맞추는 것도 군인의 소임이지."

"……소용없는 정도가 아니라 완전 헛수고인 것 같네."

레이 화는 그렇게 말하며 한숨을 내쉬었지만 그 의미를 전혀 파악 못 한 헤이젠은 그냥 무시하기로 했다.

며칠 후. 제5소대의 가비 준위가 훈련을 실시 중인 헤이젠을 향해 허겁지겁 뛰어왔다.

"소위, 준위의 긴급 소집입니다. 쿠민족이 나타났습니다. 대회의실에 집합하랍니다."

"알았다."

헤이젠은 즉시 돌아서더니 가비 준위와 함께 이동했다.

대회의실에 들어가자 이미 대다수의 소위 및 준위가 모여 있었다.

"늦어! 뭘 한 거냐!"

모스피처 중위는 명백하게 헤이젠을 향해 고함을 질렀다.

"늦지 않았습니다. 최단거리로 이곳에 왔습니다."

"닥쳐!"

그렇게 고함치며 헤이젠의 뺨을 때리려던 순간 레이 화가 그의 손목을 잡고 비틀었다.

"이, 이 자식. 놔."

"……레이 화. 손목을 으스러뜨리진 마."

그렇게 지시한 순간, 모스피처 중위의 얼굴이 새하얗게 질렸다.

"히익, 놔, 놔. 놓으라고."

몇 번이나 그렇게 말하며 버둥거렸지만, 레이 화는 놔주지 않았다. 그저 아무 말 없이 손목을 계속 잡고 있었다. 이윽고 헤이젠이 "놔줘." 하고 명령하자, 레이 화는 바로 놔줬다.

"송구합니다. 호위사는 군에 소속되어 있지 않은 만큼 중위님의 명령에 따르지 않죠. 제 호위 및 명령만을 수행하도록 지시해 뒀습니다."

"뭐, 뭐라고?"

"물론 제가 잘못된 행위를 했을 때는 벌을 받겠습니다. 그때는 레이 화에게도 끼어들지 말라고 지시를 내리죠. 하지만 방금처럼 모호한 판단기준에 따라 불합리한 질책을 받을 생각은 없습니다. 또한 무의미하고 도리에 맞지 않는 폭력 행위에 관해서도 레이 화의 호위가 옳다 판단해 말리지 않을 겁니다."

"……."

모스피처 중위의 입술이 부들부들 떨리고 있었다.

"조심하시길. 레이 화는 일반인의 손을 부스러뜨리는 데 1초도 걸리지 않으니까요."

"……."

모스피처 중위의 이마와 등에서 땀이 폭포수처럼 흘러내렸다. 차근차근 주의를 줬는데도 이해가 안 되는 것일까.

"그것보다 빨리 회의를 시작하시죠. 괜한 문답에 시간을 낭비하고 있습니다."

"……아, 알고 있어. 쿠민족의 출현 위치는 어디지?"

"국경 남쪽에서 3킬로미터 정도 떨어진 지점입니다."

제4소대의 아사락 준위가 대답했다.

"인근에 카나하르 마을이 있었지. 몇 명이나 살지?"

"100명 정도일 겁니다."

"……제8소대. 선발대로서 마을의 방위를 맡도록. 우리는 상황에 맞춰 지원하겠다."

"알겠습니다."

헤이젠은 즉시 대답하고 서둘러 대회의실을 나섰다.

"작전의 상세한 내용은 안 들어도 돼?"

레이 화가 뒤를 따르며 물었다.

"필요 없어. 그것보다, 한시라도 빨리 전장에 도착하는 게 중요해."

묶어뒀던 말을 몰아서 훈련장에 도착했다.

"지점. 남55 서37에 집합. 에다르 이등병. 지점을 확인하고 보병 부대를 선도하도록. 버즈 상사, 지휘를 맡으며 대기해라."

"네!"

헤이젠이 말을 타고 달려가자 전원이 즉시 달리기 시작했다. 말의 속도 때문에 병사들과의 거리는 점점 벌어졌다. 하지만 헤이젠은 개의치 않으며 달렸다. 선두에 선 지휘관은 대표로서 상징적인 역할을 수행하면 된다.

5분 후, 적인 쿠민족이 보이기 시작했다. 반사적으로 수풀에 숨으며 말을 세웠다. 그로부터 4분 후에 보병 부대가 헤이젠이 지정한 장소에 도착했다.

"타이밍 좋게 도착했군."

"하아…… 하아…… 감사합니다."

버즈 상사는 숨을 헐떡이며 대답했다. 헤이젠은 이어서 쿠민족을 관찰했다. 그들은 행군 중이었다. 인근 마을에 피해가 발생했는지는 확실치 않았다.

쿠민족은 이 일대의 산에서 사는 이민족이다. 하체가 튼튼하며 손도끼를 주무기로 쓴다. 모피를 걸치고 몸 절반에 페인트를 칠했다. 먼 옛날부터 이 토지에 살아온 만큼 여기서는 저들이 선주민이다.

"그들 중에 마법사는 있나?"

"보아하니 한 명 정도 있는 것 같습니다. 커다란 관을 쓴 저 남자입니다."

에다르 이등병이 손가락으로 가리키며 그렇게 말했다.

"근거는 뭐지?"

"관은 쿠민족에게 있어 용사의 증표입니다. 하지만 어떤 마장을 가졌는지는……."

"알았다. 그럼 내가 저놈을 유인하지. 상대는 내가 지휘관인 것을 알면 혼자 나설 거다. 쿠민족의 마법사를 해치우는 즉시 협공하자."

"네."

마법사 간의 전투는 일대일로 치러지는 경우도 많다. 마법을 쓰지 못하는 자가 마법사와 싸우려면 상당한 실력자 혹은 수적 우세를 점할 필요가 있기 때문이다. 저 쿠민족의 부대는 중대 규모의 군대다. 상대방의 지휘관은 소위급일까.

헤이젠은 제8소대와 거리를 벌리더니 다른 수풀에서 모습을 드러냈다.

몇 초 뒤 쿠민족 중 한 명이 눈치를 챘다. 협공을 위해 일부러 적을 유인하며 거리를 벌렸다.

바로 그때 등 뒤에서 얼음으로 된 원형의 고리가 날아왔다. 헤이젠은 말의 고삐를 조종해 피했지만 그 후에도 얼음 고리가 계속 날아왔다.

"그래. 이게 마장의 능력이군."

쿠민족의 마법사는 마장의 끝에 도끼 같은 얼음을 구현시켜서 던진다. 그것이 고속으로 회전하며 고리 모양을 형성하는 것이다.

헤이젠은 공격을 피하는 것을 관두고 자신의 마장인 아영을 수직으로 휘둘렀다. 그러자 자신의 그림자에서 발생한 돌풍이 얼음 고리의 궤도를 틀어서 헤이젠을 비껴가도록 했다.

아영에는 그림자와 바람을 조종하는 능력이 있다. 학교에 다니던 시절에 헐값에 제작한 마장이기에 출력은 그렇게 뛰어나지 않지만 범용성은 마음에 들었다.

이어서 아영이 좌우로 흔들리자 자신의 그림자에서 얇은 종이 같은 그림자가 무수히 생겨났다. 그림자 종이는 쿠민족 마법사에게 달려들었다.

바람에 실린 그림자 종이의 불규칙한 움직임을 본 쿠민족 마법사는 그대로 농락당한 끝에 꼼짝 못 하게 묶이고 말았다.

헤이젠은 그대로 아영을 하늘 높이 들었다.

그 신호에 맞춰 제8소대의 돌격이 개시됐다. 전방에는 마법사인 헤이젠, 후방에는 제8소대. 수적으로는 두 배 넘게 우세하지만 헤이젠의 뜻대로 협공하게 됐다.

쿠민족 부대는 헤이젠을 향해 돌격했다. 수적 우세로 밀어붙여서 마법사를 해방하려는 의도이리라. 즉시 말을 돌리고 적절히 거리를 벌리면서 아영을 빙글빙글 돌렸다. 그러자 그림자 소용돌이가 무수히 발생했다. 다시 전방을 가리키자 그림자 소용돌이가 차례차례 적에게 돌격했다.

"크아아악."

쿠민족 전사들이 튕겨 날아갔다. 그림자로 바람의 길을 형성해서 주위에 소용돌이 형태의 풍압을 자아낸다. 직접적인 공격은 아니지만 대열을 무너뜨리는 데 효과적인 마법이다.

대열이 무너진 쿠민족 부대에게 제8소대의 병사들이 달려들었다. 평소 훈련에 맞춘 작전을 세웠기에 전원의 움직임에는 흔들림이 없었다. 쿠민족 전사가 차례차례 쓰러졌다.

승패가 갈렸다. 쿠민족은 도망치기 시작했다. 헤이젠이 손을 치켜들자 제8소대가 일제히 함성을 질렀다.

"각 상사는 피해를 확인하도록."

"네!"

헤이젠이 담담한 목소리로 내린 지시에 상사들이 힘차게 대답했다.

"경상자 5명, 중상자 0명, 사망자 0명입니다."

"그래."

쿠민족 중 절반은 죽었고 남은 절반은 도망쳤다. 실질적인 대승리라 할 수 있다. 헤이젠은 그림자 종이로 포박한 쿠민족 마법사에게 다가갔다.

"우리 말을 할 줄 아나?"

"우르! 나리아가! 코라!"

쿠민족의 말 같았다. 헤이젠은 지면에 떨어진 마장을 줍더니 버즈 상사 쪽을 쳐다보았다.

"포박해라."

"네? 죽이지 않는 겁니까?"

"포로는 정중히 대하도록. 교섭의 도구로 써먹을 수 있을지도 모르니 말이다."

"알겠습니다."

"포로에게 폭력을 가할 경우 군율에 따라 엄하게 벌하겠다. 전사로서 예우하도록."

"네!"

그로부터 30분 후, 모스피처 중위가 이끄는 중대가 도착했다.

"늦으셨군요. 이미 적은 궤멸시켰습니다."

"……도, 독단적으로 행동한 거냐?"

"네."

"왜 지시를 구하지 않은 거지?!"

모스피처 중위는 얼굴을 시뻘겋게 붉히며 언성을 높였다.

"지체했다간 쿠민족 부대가 인근 마을을 습격했을 겁니다. 그래서 단독으로 전투에 임했습니다."

"그, 그건 결과론이잖아! 뭘 위해서 선발대를 보낸 건데! 내 쪽으로 정보를 전달하는 게 네놈의 일이라고!"

"지시를 구할 시간이 없다고 판단했습니다."

"판단을 내릴 자격은 네놈에게 없어!"

"……선발대로 임명 및 파견된 시점에 현장 판단의 재량권을 받았다고 인식했습니다. 이것은 제국의 천공 궁전과 저희 북방 가르나 지구 국경 경비의 관계와 동일합니다. 중위의 발언은 그 관계를 부정하는 내용입니다만 괜찮으시겠습니까?"

"큭…… 그런 말 한 적 없어!"

"그렇다면 하시고 싶은 말씀이 대체 뭡니까?"

헤이젠이 의아한 표정을 지으며 묻자 모스피처 중위는 입을 다물었다. 결과만 본다면 사망자 제로의 압승이다. 헤이젠을 선발대로 파견한 것은 『보병 부대의 특성을 살려 잠입하고 기습을 감행하라』라는 의도라고 생각했다.

물론 최대한 후속 부대를 기다렸지만 30분 후에 도착할 정도로 그들의 행군은 느렸다.

"그것보다, 왜 이렇게 시간이 걸린 겁니까?"

"네, 네놈들이 정보를 전해 주지 않으니까, 이쪽은 서두르고 싶어도 그럴 수가 없었어."

"어떤 정보를 원하신 겁니까?"

"이, 이런저런 정보를 말이다. 쿠민족의 부대 규모나……."

"그 정보가 들어왔으니, 선발대를 파견한 것 아닙니까?"

"이, 이런저런 정보라고 했잖아! 마법사가 몇 명 있나, 라든가……."

"설령 마법사가 여러 명일지라도 『마을 습격을 저지한다』라는 행동 지침이 달라지지는 않을 텐데요? 그러니 합류하고 파악해도 되지 않습니까?"

"……네놈! 쿠민족 마법사와 일대일로 싸웠다지?!"

갑자기 모스피처 중위가 화제를 바꿨다. 그렇다면 조금 전 문제는 해결된 것으로 봐도 될까.

"네, 그랬습니다."

"공적을 독점하려 한 것 아니냐? 그래서 선발대의 단독 기습을 감행한 거지?"

"최선책이라고 판단해 실행했습니다."

"그, 러, 니, 까! 그건 결과론이라고!"

"그러면, 제가 행한 기습 이외에 중위님께서 예정하고 계셨던 작전을 가르쳐 주시겠습니까?"

"……윽."

모스피처 중위는 또 입을 다물고 말았다. 그 후 현장에서는 거북한 침묵만이 흘렀다. 대체 뭐하는 거지, 하고 헤이젠은 생각했다.

"애, 애초에 일대일로 싸워서 진다면 어쩔 생각이었지?"

"저는 지지 않습니다. 제 실력을 의심하신다면 중위님과 일대일로 싸워서 증명해 보일까요?"

"뭐, 뭐라고?"

모스피처 중위는 뒷걸음질 쳤다.

"중위님은 상당한 실력자인 듯하니 한 수 가르침을 받고 싶습니다."

"……어째서 내가 실력자라고 생각한 거지?"

모스피처는 그 말이 썩 싫지 않은 듯한 표정으로 헤이젠을 쳐다봤다.

"이제까지의 언동으로 추측하건대, 중위님은 무능하십니다. 그러니 마법사로서의 실력으로 그 지위까지 올라가셨다고 생각했습니다."

"무, 무례하군!"

모스피처 중위는 시뻘겋다 못해 보라색으로 변한 얼굴로 절규를 토했다.

"이런, 죄송합니다. 무능하다는 표현은 지나쳤군요. 지능이 현저히 낮고 성격이 음험하며 윤리성이 모자란 데다 도량이라고는 눈곱만큼도 없으니 실력이라도 뛰어나실 거라 판단했습니다."

"……."

헤이젠이 딱 잘라 그렇게 답하자, 모스피처 중위는 세 번째 침묵에 잠겼다. 왠지 주위에 있는 소대장도 숨을 삼키면서 이쪽을 쳐다보고 있었다. 그런 와중에, 제5소대의 가비 준위가 머뭇거리며 입을 뗐다.

"저기, 너무 무례한 것 아닙니까?"

"사실을 지적했을 뿐이니 무례하다고 할 수 없습니다. 저는 어디까지나 객관적인 분석에 근거해 사실을 보고하고 있습니다."

"……그, 그렇습니까."

"중위님. 더는 질문이 없으시다면 이만 실례하겠습니다. 인근 촌락의 피해 상황을 확인해야 하니까요."

헤이젠이 뒤돌아서서 제8소대로 돌아가자 전원이 경악에 찬 표정을 지었다.

"왜 그러지? 뭔가 예상치 못한 사태라도 벌어졌나?"

"아뇨…… 저기, 헤이젠 소위는 그 어떤 사람을 대할 때도 변함없다고 생각했을 뿐입니다."

버즈 상사가 떨리는 목소리로 그렇게 대답했다.

"무슨 소리를 하는 거지? 그건 당연한 일 아닌가?"

"……보통은 당연한 일이 아니니까요."

"그래? 하긴, 누구나 타인과 다른 점이 있을 테니 말이야. 그것보다 인근 촌락을 둘러보며 피해를 확인하도록."

헤이젠은 큰 목소리로 지시를 내리고 말을 몰았다.

제2장 얀 린

몇 시간 후. 제8소대는 카나하르 마을에 도착했다. 이곳이 쿠민족의 출몰 지점에서 가장 가까운 마을이지만 아무래도 피해가 없는 것 같았다.

겸사겸사 어떤 마을인지 시찰하고 있을 때 마을 사람들이 무슨 일인가 싶어 몰려들었다. 그들은 쿠민족 포로를 보자 눈빛이 변했다.

"꼴좋다.", "화형이나 당해버려라.", "군인 형씨, 이 자식에게 따끔한 맛을 보여줘.", "제 오빠도 저들이 죽였어요.", "제 할아버지도 그래요.", "응당한 대가라고."

마을 사람들은 불쾌한 표정을 지으면서 독설을 내뱉었다. 헤이젠이 그들을 쳐다보며 걷고 있을 때였다.

"에레레르 아르소르!"

쿠민족 마법사가 주위를 둘러보며 고함을 질렀다. 말은 통하지 않지만 아무래도 자기를 욕하는 마을 사람들에게 욕설을 되받아치고 있는 모양이었다.

"뭐라고 떠드는 거야, 이 야만인아!"

마을 사람 중 한 명이 고함을 지르면서 쿠민족 마법사를 향해 돌멩이를 던졌다. 하지만 헤이젠이 그 돌멩이가 명중하기 전에 공중에서 움켜쥐었다.

"왜, 왜 방해하는 거야!"

"포로 학대는 금지되어 있다. 그리고 그에게 위해를 가할 경우 군율에 따른 처벌이 내려지지."

"이 자식들이 아버지를 죽였단 말이야! 돌 정도는 던지게 해줘!"

"군율에 따른 조치다."

"우리는 군인이 아냐! 그딴 규칙에 따를 이유는 없어!"

맞아, 맞아, 하고 주위 사람들이 외쳤다. 헤이젠은 그런 마을 사람들을 둘러보면서 크게 한숨을 내쉬었다.

"그렇다면 이 전사를 풀어주도록 하지. 군의 관여가 필요 없다면 우리는 돌아가겠다. 그는 마법사니까 하룻밤 안에 이 마을 사람들을 몰살시킬 수 있겠군."

"……윽."

정적이 주위를 지배했다. 마을 사람들은 하나같이 경악에 찬 눈길로 헤이젠을 쳐다봤다. 이윽고 아까 돌을 던진 마을 사람이 분노에 사로잡혀 입술을 부들부들 떨었다.

"너, 아무리 제국 군인이라도 착각하지 말라고. 그딴 짓을 하고 용서받을 수 있을 것 같아?"

"너야말로 착각하지 마라. 우리의 보호 대상은 어디까지나 선량한 제국 국민만이다. 이것은 너희에게 있어 권리이며 우리에게 있어서는 의무지. 하지만 이렇게도 말할 수도 있다. 군인의 지시에 따르지 않으며, 권리를 내팽개친 제국 국민을 지킬 의무 같은 건 우리에게 없어."

"헉…… 크……."

"이번에 우리 제국군은 서둘러 출동하여 쿠민족의 습격으로부터 이 마을을 지켰다. 하지만 너희가 『군인의 관여를 필요치 않는다』, 『이쪽의 지시에 따르지 않는다』면, 다음부터는 『보호할 필요가 없다』고 상관에게 보고하지. 그러니 언제든지 연락해라."

헤이젠은 환한 미소를 지으며 그렇게 말했다.

"그, 그럴 리가 없잖아!"

"그렇다면, 참아라. 전쟁이란 그런 것이지. 보호받을 권리를 얻기 위해선, 자격이 필요해."

헤이젠은 태연한 어조로 그렇게 말하고 걸음을 내디뎠다. 그러자 마을 사람들은 헤이젠을 괴물이라도 본 듯한 눈길로 쳐다봤지만 개의치 않았다. 버즈 상사는 그 광경을 경악에 찬 눈길로 쳐다보고 있었다.

"왜 그러지? 내 얼굴에 뭐라도 묻었나?"

"아, 아뇨. 헤이젠 소위님은 마을 상황을 누구보다 먼저 확인하려 하셨기에 민중을 위해 헌신하는 분인 줄 알았습니다."

"피해 확인은 우리의 책무다. 그리고 상대가 민중인지 아닌지 따위는 나에게 아무런 의미도 없어."

한때는 그런 영웅적인 생각에 취했던 시기가 있었다. 그저 민중을 위해 최선을 다한다. 그것이 얼마나 오만하고 기만으로 가득 찬 생각이었는지 뼈저리게 깨닫게 됐다.

"세상에는 악한 민중도 있고, 선량한 귀족도 있지. 그 반대도 존재해."

"……그렇습니다."

"즉, 출신만으로 사람을 판단할 수는 없어. 그 출신으로 무엇을 하느냐, 어떻게 사느냐. 그것만이 그 사람의 가치라고 나는 생각한다."

헤이젠이 그렇게 답하자, 버즈 상사는 이해한다는 표정으로 고개를 끄덕였다. 그에게는 자기가 부재 시에 제8소대를 지휘할 권한을 줄 생각이다. 그러니 최대한 자기 생각을 전달해 둘 필요가 있다.

그 후로 다시 걸음을 내디디려던 순간 사고회로에 약간의 노이즈가 발생했다.

"……음?"

그 이유를 생각해 본 헤이젠은 곧 한숨을 내쉬었다.

"……하나만 정정하지."

"네?"

"아주 조금. 아주 조금, 사심이 섞여 있었다. 나는 저항하지 못하는 자에게만 오만하게 구는 것들이 구역질 날 정도로 싫거든."

"……."

"저 백성이 『살해당한 아버지의 원한을 풀고 싶다』란 생각을 품고 있다면 즉시 행동에 옮겼어야 마땅해. 상대가 힘을 잃은 순간에 비난하려 드는 건 비겁한 짓이라고 생각한다."

『상관에게 보고한다』고 협박했지만 그런 귀찮은 짓을 할 생각도 없었다. 저런 것들은 눈앞의 공포에 민감하게 반응하며 위축된다. 결국 저자의 원한은 그것밖에 안 되는 것이다.

입에 담을 생각은 없지만 헤이젠은 군율에 따라 행동하고 있는 건 아니다. 자기 행동에 군율을 이용하고 있을 뿐이다. 제국 헌법이든 제국군 최고위의 원수이든 설령 황제 폐하이든 그 어떤 규율, 법률, 명령이든 간에 거기에 속박될 생각은 눈곱만큼도 없다. 군인이라는 지위를 이용해서 제국이라는 거대한 거처를 먹어치우겠다. 그것만이 이 남자의 진정한 목적이다.

거기까지 생각한 헤이젠은 작게 한숨을 내쉬었다.

"조금 피곤한걸."

"……네? 지금, 뭐라고 하셨습니까?"

버즈 상사가 되물었다.

"나도 푸념 정도는 할 때가 있다. 인간이니 말이야. 역시 군인이 되니 주위를 신경 써야만 해서 피곤하군."

"주위를…… 신경 쓴다고요?"

그는 환청이라도 들은 듯한 표정을 지었다.

"그래. 부하인 너희는 물론이고 상관, 동료 그리고 제국 국민을 말이지. 물론 각오는 되어 있다. 하지만 장교란 위치 탓에 어깨가 결리는군."

"……그렇습니까."

버즈 상사는 말로 형용할 수 없는 쓴웃음을 머금었다. 어째서일까, 하고 헤이젠은 생각하며 고개를 갸웃거렸다. 역시 부하에게 푸념을 늘어놓는 이는 상관으로서 실격인 것일까.

헤이젠은 그렇게 받아들이면서 다시 마음을 다잡았다.

그 후 제8소대는 다른 마을도 몇 곳 돌아본 후에 마지막으로 디나스텔드라는 조그마한 마을에 도착했다.

이 마을도 쿠민족에게 적의를 보였지만 카나하르 마을처럼 강하지는 않았다. 아마 지리적으로 다른 마을보다 내지라서 큰 피해를 본 적이 없는 것으로 추정됐다.

"한라 노르 크라."

바로 그때, 쿠민족 마법사가 또 뭐라고 중얼거렸다. 이윽고 버즈 상사가 돌아왔다.

"있나?"

"아뇨. 역시, 적대 중인 이민족이니까요."

"……그래."

쿠민족과 의사소통이 가능한 인재를 찾고 있는데 여기에도 없었다. 반쯤 포기하며 걷고 있을 때 분홍색 머리카락의 소녀가 물이 담긴 잔을 들고 와서 쿠민족의 입가로 내밀었다.

"뭐 하는 거지?"

헤이젠이 소녀를 쳐다보며 물었다.

"저기, 『물이 마시고 싶다』고 말해서요. 줘도 될까요?"

여섯 살 정도일까. 나이에 비해 유창하게 말하는 소녀였다.

"그래. 하지만 『말했다』고 했나? 너는 쿠민족의 말을 알아듣는 건가?"

"조금뿐이지만요."

"어째서지?"

"쿠민족이 착용하는 곡옥이 시장에서 비싸게 팔리거든요."

헤이젠은 깜짝 놀란 표정으로 소녀를 응시했다.

"너는 쿠민족과 교역을 하고 있는 건가?"

"그렇게 거창한 건 아니에요. 비싸게 팔리는 만큼 이익을 반씩 나눠요."

"위험하지 않나?"

"기본적으로, 그들은 아이들에게 해를 끼치지 않아요."

"그건 알 수 없는 일일 텐데? 쿠민족 안에도 다양한 성향의 이들이 있을 테니 말이야."

"그들에게 규율은 절대적이에요. 아이를 건드린 쿠민족은 마을에서 따돌림을 당하니까 제국 국민보다 안전해요."

"……더욱 놀라운걸. 그 나이에 말이야."

헤이젠은 무심코 그렇게 말했다. 쿠민족과의 의사소통만이 아니라, 그들의 문명을 이해하며 장사까지 하고 있다.

흥미에 찬 눈길로 쳐다보자 그 소녀는 약간 멋쩍은 투로 이렇게 말했다.

"저기, 사실 저는 열세 살인데요."

"……발육에 문제가 생기는 병에 걸렸나?"

아무리 봐도, 여섯 살 정도로만 보였다. 게다가 얼굴이 앳되기에 더 어려 보일 정도였다.

"모르겠어요. 저는 고아원 출신이라 의사한테 가본 적이 없거든요."

"그러면, 진찰을 좀 해봐도 될까?"

"어? 혹시 마법 의사세요?"

"아니, 군인이지만 의학에도 해박하지."

그렇게 대답한 헤이젠은 말에서 내리더니 소녀의 동그란 눈을 응시했다.

"……."

"저기, 눈이 이상한가요?"

"아냐."

이 소녀가 지닌 눈동자 빛을 헤이젠은 예전부터 알고 있다. 어떤 이는 누구나 존경하는 희대의 마법사로 칭송됐다. 어떤 이는 천재라 불리면서도 그 탁월한 재능에 빠져서 어둠의 길로 빠져들었다. 그리고…… 어떤 이는 그 깊은 업(業) 탓에 불로불사의 괴물이 되고 말았다.

"……너, 이름이 어떻게 되지?"

"얀 린이에요."

"그래. 얀, 너는 마법을 쓸 수 있나?"

"마법? 못 쓰는데요. 평민이니까요."

"평민 출신 중에도 마법을 쓸 수 있는 자가 있을 텐데?"

"저는 못 써요."

"……."

헤이젠은 소녀의 뒤통수를 살짝 만져봤다. 그러자 그녀의 내부에서 마그마처럼 샘솟고 있는 마력의 고동이 느껴졌다. 정신을 차리고 보니 자기 이마에서 대량의 땀이 흘러나오고 있었다.

"……그런 건가."

"뭔가 알아내셨나요?"

"얀. 너의 어마어마한 마력이 육체의 성장을 막고 있어. 몇 년 안에, 폭발적인 발육이 시작될 테지."

"마력…… 하지만 저는 마법을 쓸 수 없는데요."

"지금은 그럴 거야. 하지만 언젠가 쓸 수 있게 돼. 단, 조건이 있어."

"조건?"

얀은 고개를 갸웃거렸다.

"내 곁에 있어야 한다는 거야."

"네엣?! 어째서요?"

"마력이 발현됐을 때, 너의 그 조그마한 몸은 그것을 억누를 수 없을 거야. 이윽고, 마력이 폭주해서 네 존재 그 자체를 소멸시킬 가능성이 커."

"주, 죽는다는 건가요?!"

"그래. 하지만 너는 운이 좋아."

"……정말인가요?"

"나는 거짓말을 안 해."

"그런 말을 하는 사람일수록 대부분 숨 쉬듯이 거짓말을 하는데요."

얀이 그렇게 답하자 헤이젠은 무심코 쓴웃음을 머금었다.

맞는 말이기 때문이다.

"신용할 수 없는 거야?"

"……신용은 할 수 있지만, 신뢰는 못 할 것 같아요."

"그래. 통찰력이 좋은걸. 뭐, 아무래도 상관없어."

"네?"

"얀. 내가 너를 데려가는 건 확정 사항이야."

?!

"어, 어째서죠? 막무가내로 그런 소리를 하는 사람을 따라가고 싶진 않은데요."

"네 의지 같은 건 아무래도 상관없어."

"……윽."

헤이젠도 딱 잘라서 망설임 없이 그렇게 말하자 얀은 당황했다.

"그, 그건 유괴 아닌가요?"

"물론 정식 절차를 밟을 거야. 너는 미성년자니까, 친권자가 보호자일 테지?"

"저, 저는 안내하지 않을 거예요!"

"이렇게 조그마한 마을에 고아원이 몇 개나 있지는 않겠지. 버즈 상사."

"아, 네!"

"탐문한 다음 고아원으로 안내하도록."

"알겠습니다!"

"……윽."

얀이 깜짝 놀란 표정으로 얼어붙자 헤이젠이 그녀를 안아 들어서 말에 태웠다.

"뭐, 뭐 하는 거예요?"

"같이 데려가려는 거야. 돌아갈 때는 말을 빠르게 몰 거니까 지금부터 적응해 둬라."

"시, 싫어요! 제가 돌아갈 곳은 당신과 같은 곳이 아니에요!"

"……어쩔 수 없지."

"뭐…… 뭐 하는 거예요……. 꺄, 꺄아아아아앗!"

단호하게 저항하는 얀을 헤이젠은 쿠민족과 마찬가지로 아영

을 써서 구속했다.

얀이 사는 고아원에 도착했다. 겉보기에 꽤 낡아 보였으며 곳곳에 수리한 흔적이 있었다. 그곳에는 조그마한 안뜰이 있으며 아이들이 거기서 놀고 있었다. 하지만 면적이 부족한 탓에 좁아 보였다.

버즈 상사가 미리 손을 써둔 덕분에 이미 이 시설의 관리인으로 보이는 이가 밖에 나와 있었다. 상냥해 보이는 노파였으며 마법으로 포박된 얀을 걱정스러운 눈길로 쳐다보고 있었다.

"처음 뵙겠습니다. 제국군 소위인 헤이젠 하임입니다."

"고아원 원장인 노르웨 리아그라고 해요."

"바로 본론에 들어가겠습니다. 이 얀이란 소녀를 거두고 싶습니다."

"……저기, 그건 『제국』이 거둔다는 의미일까요?"

"아뇨. 제가 개인적으로 거두려는 겁니다. 그녀가 지닌 탁월한 재능을 꽃피워주고 싶어서 말이죠."

그렇게 말하자 노르웨는 꽁꽁 묶여 있는 얀을 힐금 쳐다보면서 머뭇머뭇 입을 열었다.

"저기…… 지금, 얀은 왜 잡혀 있는 걸까요?"

"저항했기 때문입니다."

"……일단 그녀를 풀어주시지 않겠어요?"

"알겠습니다."

헤이젠은 아영을 좌우로 흔들어서 얀을 휘감고 있는 종이 형태의 그림자를 없앴다. 분홍색 머리카락의 소녀는 자유를 되찾

자마자 노르웨 원장의 품속으로 뛰어들어가더니 헤이젠을 노려봤다.

“이 남자, 유괴범이에요!”

“야, 얀! 떽.”

“괜찮습니다. 어린애의 농담이니까요. 오히려 귀엽군요.”

“……윽.”

온화한 노파의 표정이 눈에 띄게 어두워졌다. 그다지 남에게 호감을 주는 성격이 아니라는 것은 알고 있지만, 또 좋은 인상을 주지 못한 것 같았다. 환한 미소를 머금어 봤지만 아무래도 부질없는 짓 같았다.

“저기, 저는 가능하면 아이들의 의지를 존중하고 싶어요.”

“멋진 생각입니다.”

“얀은 똑똑하고 요령도 좋아요. 이 아이라면 더 좋은 제안도 들어오리라고 생각해요.”

“……과연 그럴까요?”

“네?”

“얀은 이런 유아 체형인데도, 이미 열세 살이라 들었습니다. 그런 명확한 핸디캡을 지닌 아이를 수십만 명이 넘는 고아 중에서 고르는 자가 정말 있을까요?”

“…….”

그 말을 들은 순간 노르웨 원장의 표정이 다시 흐려졌다. 그리고 얀 또한 칭얼거리는 것을 멈췄다.

“제가 얀의 소질을 눈치챈 건 우연입니다. 말을 고르지 않고 하자면 열세 살 고아는 이미 유통 기한이 지났다고 할 수 있죠.

아마 열 살 전후가 마지노선일 테니 이제는 선정 대상에도 이름이 오르지 않을 텐데요?"

"얀은 똑똑한 아이예요. 설령 데려가는 사람이 없더라도 일자리만 구한다면……."

"확실히 그녀는 머리가 좋습니다. 그래서 위험을 감수하며 쿠민족과 교역해서 아이들의 식비를 벌 수 있는 거겠죠."

"쿠민족…… 얀, 이게 무슨 말이니?"

노르웨가 묻자 얀이 당황한 기색을 내비쳤다. 역시 비밀리에 교역을 한 것이다. 어쩌면 이 애는 처음부터 쿠민족과의 통역을 승낙할 생각이었던 게 아닐까. 버즈 상사가 통역을 구하고 있다는 소문을 듣기는 했지만 어린애라서 시험도 치르지 못할 가능성이 크다. 그래서 직접적으로 자기 자신을 홍보하려 했다.

정말 그런 것이라면 더욱 탐이 난다.

"이 고아원을 보면 알 수 있습니다. 솔직히 말해 자금 사정이 좋아 보이지 않는군요. 얀은 똑똑한 아이입니다. 그래서 당신의 곤란해하는 표정을 보다 못해 그런 일을 한 게 아닐까요?"

"얀, 그런 거니?"

"……잘못했어요."

"그녀가 이 고아원에 남아 있을 수 있는 건 앞으로 2년 정도입니다. 아무리 머리가 좋더라도 학력도 없고 힘도 약한 고아가 교역을 이어갈 수 있을 만큼 세간은 무르지 않죠. 그건 노르웨 원장님도 잘 알고 계시지 않습니까?"

"……."

"오해하지 마셨으면 합니다만 저는 그녀가 뛰어난 가치를 지넜다고 생각합니다. 우선 선금으로 이 정도를 드리지요."

"이, 이렇게 많이요?!"

헤이젠은 소금화 한 닢을 건넸다. 이것은 고아원 아이를 열 명 이상 살 수 있는 금액이다.

"현재 소위인 제 급료는 한 달에 소은화 세 닢입니다. 그중 한 닢을 추가로 매달 보내드리죠. 물론 얀이 제 휘하에 있는 동안 계속 말입니다."

"……그렇게나……."

노르웨 원장은 아이들을 쳐다봤다. 저 금액이면 석 달 치 식비는 될 것이다.

"얀의 장래에 관해서도 생각이 있습니다. 현재 저는 평민 출신인 소위에 지나지 않습니다만, 장교 시험을 돌파했습니다. 중위가 되는 데까지 그렇게 긴 시간이 걸리지는 않을 겁니다. 그렇게 되면 하급 귀족 지위에 오르게 될 테죠."

"……."

노르웨는 입을 다문 채 눈을 감았다. 하급 귀족의 최하위인 『어창(御倉)』과 평민의 대우는 하늘과 땅 차이이다. 헤이젠의 혈연으로서 호적 등록이 된다면 얀은 하급 귀족이 되는 것이다.

*

참고로 헤이젠은 이미 제국 국민으로서의 호적을 취득했다. 평민이라고는 해도, 일반적으로 신분 미상인 이가 호적을 얻는 건 어렵다. 그리고 그 취득 과정은 꽤 복잡하다.

불법으로 노예를 알선하려던 제국 국적의 성질 고약한 여자를 납치 및 감금해서 자신을 양자로 등록하게 하고 한동안 헤이젠 달리로서 생활했다. 그리고 성인이 된 다음에 이름을 다시 헤이젠 하임으로 되돌렸는데 그것은 또 다른 이야기다.

*

이윽고 노르웨 원장은 얀의 곁으로 다가가더니 상냥히 안아줬다.

"얀…… 나는 네 뜻을 최대한 존중하고 싶지만 이건 좋은 제안이란 생각이 드는구나."

"……."

한동안 고개를 숙인 채 침묵하고 있던 얀은 이윽고 입을 열었다.

"헤이젠 씨."

"뭐지?"

"부족해요. 저를 이용할 생각이라면 소은화 두 닢으로 해요."

"……."

"쿠민족과의 통역. 그리고 잘은 모르겠지만 저한테는 당신이 투자할 만한 가치가 있는 거잖아요?"

헤이젠은 그 말을 듣더니 미소를 지으며 고개를 끄덕였다. 얀은 복잡한 표정을 지으며 상냥한 노파의 얼굴을 쳐다봤다.

"그리고 노르웨 원장님……."

"응?"

"부탁이 있어요."
"……뭐니?"
"이게 마지막일지도 모르니까…… 조금만 더, 안아 주세요."
"……응."
얀의 발치로 빗방울이 툭툭 떨어져 내렸다.

일행은 디나스텔드 마을을 출발했다. 헤이젠은 얀을 안장 앞에 앉히더니 그 뒤편에 올라탔다.
"네가 말의 고삐를 잡고 몰아."
"네엣?! 하지만 저는 해본 적이 없는데요."
"무슨 소리야? 아까 타봤잖아."
"이익~! 그건 타본 게 아니라 유괴당한 거라고요!"
얀은 씩씩거리며 화를 내면서도 고삐를 쥐고 악전고투를 했다.
"참, 아까 교섭 말인데……."
"제, 제 모습이 안 보이는 거예요?! 말 걸지 마세요."
"필사적일 때야말로 다른 생각도 할 수 있게 되도록 해. 뭐든 다 훈련이야."
"우엥~! 이 사람 정말 싫어~! 누가 좀 도와줘~."
"……."
얀은 울음을 터뜨렸지만 제8소대 대원 전원은 못 본 척했다.
"그럼 계속하지. 너는 자기 자신을 더 비싼 값에 팔 수 있었어. 다음 교섭을 맡길 거니까 반성해 두도록 해."
"네?! 저한테 소은화 두 닢 이상의 가치가 있는 거예요?"

깜짝 놀라면서도 얀은 이미 고삐 조작에 익숙해지고 있었다. 역시 두들기면 두들길수록 쑥쑥 늘어나는 아이라고 헤이젠은 확신했다.

"당연하지. 나는 가치 없는 건 구매하지 않아."

"구, 구매? 말로 사람 열받게 하는 재주가 있네요. 그러면 타협점은 얼마였나요?"

"착수금으로 대금화 다섯 닢. 매달 소은화 세 닢. 그리고 승격할 때마다 급료 3분의 1을 매달 지불할 것. 뭐, 이것보다 더 많이 요구했다면 나도 주저했을지도 모르겠는걸."

"뭐, 뭐, 뭐……."

얀도 이 말에는 깜짝 놀란 건지 입을 쩍 벌린 채 말에서 떨어질 뻔했다.

"나는 네가 마력을 지녔으며 언젠가 성장할 거라고 말했어. 그렇다면 자력으로 돈을 버는 것도 얼마든지 가능할 테지. 그러니 『데려갈 사람이 없다』라는 내 가정은 틀렸을 가능성이 커."

"거, 거짓말쟁이!"

"거짓말을 한 건 아냐. 가능성이 현저하게 낮은 가정을 해서 상상하게 만든 다음 노르웨 원장에게 의문을 제시했을 뿐이지."

"그걸 거짓말이라고 하지 않나요?!"

"거짓말이 아냐. 만약 나에게 네 미래를 내다볼 능력을 지녔다면 그것은 거짓말이겠지만 미래는 신에 버금가는 능력이 있어야만 알 수 있어. 그러니, 틀렸을 가능성이 큰 미래를 제시했을 뿐이지. 이른바 사기행위야."

"사, 사기……. 더 문제 있는 거 아니에요?!"

"말했을 텐데? 나는 거짓말을 하지 않는다고 말이야. 신용할 수 있는 인물로 너에게 받아들여지고 싶으니까 그 약속을 지킨 거지."

"우엥~! 대체 무슨 소리를 하는 건지 진짜로 모르겠으니까 누가 통역해 주면 안 될까요?!"

얀은 온 힘을 다해 고함을 질렀지만 역시 제8소대는 온 힘을 다해 모르는 척했다. 그렇게 한동안 울면서 칭얼거리고서 소녀는 다시 입을 열었다.

"그래서요? 결국 무슨 말이 하고 싶은 건데요?"

"첫 번째는 『교섭 테크닉을 더욱 갈고닦아라』라는 거야. 감정에 휘둘리지 말고 상대와의 타협점을 간파해서 희망액의 8할은 끌어내는 거지."

"……기왕이면 최대를 추구해야 하지 않나요?"

역시 비난보다 의문이 앞서는 것 같았다. 윤리관보다 흥미를 중시하는 아이는 쑥쑥 성장하는 법이다.

"최대와 최저는 종이 한 장 차이야. 그러니 교섭 테이블 그 자체가 깨질 가능성이 크지. 괜한 위험 부담은 피하는 편이 좋아."

"……만약 노르웨 원장님이 대금화 백 닢을 요구했다면요? 전혀 팔 생각이 없어서요."

"이민족과 교류한 죄를 물어서 네가 추방형을 받게 했겠지. 그 후에 노예로서 거둬들이고 그다음부터는 똑같아. 결과는 변함없어."

?!

“저, 저, 정말 악랄한 소리를 아무렇지도 않게 하네요!”

분홍색 머리카락의 소녀는 디~잉한 표정을 지었다.

“당연하잖아? 이민족과 교류하는 건 자칫 잘못하면 스파이 혐의를 받을 수도 있는 행위지. 물론 군에 협력한다면 예외지만 그렇지 않다면 군율에 따라 처벌을 받아.”

“……못 믿겠어요.”

얀은 어두운 표정으로 그렇게 중얼거렸다.

“거짓말은 안 했어.”

“아무리 거짓말이 아니라도 그렇지 사람이 해선 안 될 짓이라고 생각하거든요?!”

“뭐, 나도 이 수단은 쓰고 싶지 않았어. 시간이 꽤 걸리거든. 돈으로 해결할 수 있다면 그게 최선이야.”

“시, 시간이라는 건 이럴 때 최하위에 분류해야 마땅한 이유라고 생각하거든요?!”

“그리고 두 번째. 어째서 내가 너에게 진짜 가치를 말했는가.”

“……어차피, 변변치 않은 이유일 테죠?”

“아냐. 너는 자신을 너무 낮춰 보고 있어. 나는 그 금액이 네 최소한의 가치라고 생각해.”

“…….”

“너는 성장하겠지. 적어도 내가 제시한 금액의 100배 이상으로 말이야.”

“…….”

얀은 한동안 입을 다물더니 곧 헤이젠을 올려다보며 입을 열었다.

"헤이젠 씨."

"응?"

"저기, 혹시나 해서 묻는 건데요."

"뭐지?"

"혹시…… 저를 위로해 주는 거예요?"

"아냐."

?!

"아, 아니에요?!"

"무슨 소리를 하는 거지? 착수금으로 소금화 한 닢, 매달 소은화 두 닢 치의 일만 하면 될 거란 생각은 버려. 착수금으로 대금화 다섯 닢. 매달 소금화 세 닢. 이후, 승급 때마다 급료의 3분의 1. 그 열 배 이상의 일을 해야만 하는 거야."

"우엥~! 누가 좀 도와줘요~! 노예 상인이라도 괜찮으니까 도와달라고요!"

그 후, 얀은 군의 요새에 도착할 때까지 하염없이 울었다.

요새에 도착하고 쿠민족 포로를 지하 감옥에 가뒀다. 최종적인 처리는 군부에서 결정하겠지만 그때까지는 포로를 잡은 제8소대에게 관리 책임이 있다.

"얀. 너는 그와 의사소통을 취하면서 정보를 알아내. 식사 전달 등을 비롯해 자질구레한 일을 전부 맡기지."

"알겠는데요. 그전에 저는 어디서 살면 되죠?"

"음? 내 방인데?"

헤이젠이 당연하다는 투로 대답하자 얀은 충격을 받은 듯한 표정을 지었다.

"지, 진심으로 싫은데요."

"왜지?"

"그 이유를 모르니까 싫은 거예요!"

"으음. 잘은 모르겠지만, 소녀의 순정 같은 건가?"

"아니거든요?!"

"뭐, 네 뜻은 아무래도 상관없어. 이건 제안이 아니라 결정된 사안이거든."

얀은 또 충격을 받은 표정을 지었다. 당연했다. 파격적일 만큼 싸게 구했다고는 해도 급료 대부분을 날린 것이다. 사치를 부릴 여유도 없으며 언제든 직접 교육할 수 있어서 편할 것이다.

"레이 화는 이제부터 얀도 호위해 줘. 특히 나와 떨어져 있을 때는 얀을 우선해도 돼."

"그건 상관없지만 헤이젠은 주위에 적이 많지 않아?"

"적? 이 요새에 숨어 있는 스파이 말이야? 나는 아직 특정하지 못했는데 네가 나보다 먼저 눈치챈 거야?"

선뜻 믿기지 않는다. 레이 화는 무예가 뛰어나지만 문관으로서의 소질은 눈곱만큼도 없다. 그런 그녀가 교묘하게 침입한 스파이를 찾아냈을 거란 생각은 들지 않았다.

헤이젠이 회의적인 눈길로 쳐다보자 은발 소녀는 크게 한숨을 내쉬었다.

"그게 아니라 하사관은 몰라도 네 상관과 동료 말이야. 특히 모스피처 중위는 헤이젠을 완전히 적대시하고 있어."

"그래?"

"당연하잖아. 대체 왜 모르는 건데?"

레이 화가 그렇게 말했지만, 헤이젠은 도무지 알 수가 없었다. 군인에게는 개인의 감정에 사로잡히지 않으며 임무를 수행할 의무가 있다. 하사관이라면 몰라도 소위보다 높은 지위를 지닌 상관이 그 점을 모를 리가 없다.

모스피처 중위도 예외는 아니다. 만약 적과 전투 행위가 벌어진다면 당연히 서로가 협력 태세를 취하는 게 군인으로서 올바른 모습이다. 제국은 오랜 역사를 지닌 성숙한 군사 국가다. 장교라면 그 정도의 규율은 숙지하고 있는 게 당연하다.

"……."

하지만 확실히 모스피처 중위는 감정의 기복이 극심하다. 일상적인 행동 또한 사심에 좌우되고 있으니 레이 화가 그 점을 걱정하는 것도 무리는 아니라며 고쳐 생각했다.

"뭐, 하고 싶은 말이 뭔지는 알겠어. 하지만 모스피처 중위 같은 소인배에게는 단 1초도 할애할 필요 없어. 그와의 문제는 발생한 순간에 해결하면 돼."

"……그런 점이 문제라고 생각하거든? 뭐, 괜한 걱정이겠네."

은발 소녀는 어처구니없다는 듯이 한숨을 내쉬고 소녀를 상냥히 안아 들었다.

"잘 부탁해, 얀."

"와아~. 예쁜 언니다!"

얀은 기쁜 듯이 레이 화의 풍만한 가슴에 얼굴을 묻었다.

"예, 예뻐? 그런 말은 거의 들은 적 없는데……."

"그래요? 제가 만난 사람 중에서 압도적 1등인데요. 저, 언니가 있었으면 했어요."

"후후……. 나도 딸이 있었으면 했어."

"따, 딸?! 레이 화 씨는 몇 살이세요?"

"응? 열아홉 살이야. 제크선 민족은 보통 열네 살 정도에 자식을 낳거든."

"……우, 우와."

두 사람이 그런 훈훈한 이야기를 나누고 있을 때 옆에서 차가운 목소리가 들려왔다.

"모성 전개해서 어리광 받아주지 마. 걔 알맹이는 열세 살이거든."

"칵…… 성격 참 더럽다니깐."

얀은 혀를 쏙 내밀었다.

방으로 돌아가 보니, 버즈 상사가 있었다. 그는 책장에 서적을 차례차례 꽂고 있었다. 이것은 헤이젠을 위한 것이 아니라, 얀을 위한 교재다. 본가(양모의 집)에는 그가 제국에서 배운 일반 교양 및 초등 마법에 관한 교재가 산더미처럼 있지만 수송에 40일은 걸릴 것이다.

그때까지 얀을 놀게 둘 수도 없기에 본가에 있는 책이 다루지 않는 분야를 교육하기로 했다. 그 분야는 언어 체계학, 생물학, 의료 그리고 상업학이다.

특히 가르치고 싶은 것은 상업학이다. 헤이젠이 목적을 달성하기 위해서는 돈이 아무리 많아도 부족할 정도다. 그러니 이 소녀가 자금을 조달해 줘야만 한다.

군인인 헤이젠에게는 무리이며 적성도 없다. 하지만 얀은 따로 교육을 받은 적도 없는데도 교역까지 해냈다. 원래부터 그런 분야에 뛰어난 능력을 지니고 있다.

"고맙군. 이건 수고비다."

헤이젠은 버즈 상사에게 소동화를 한 닢 건넸다.

"아, 아뇨. 괜찮습니다."

"이건 엄연히 내 사적인 일이니 말이지. 직권남용은 하고 싶지 않지만 따로 이런 걸 부탁할 지인도 없다. 그리고 상관의 부탁은 거절하기 어려울 테니 하다못해 품삯이라도 주게 해줘."

"……알겠습니다. 감사히 받겠습니다. 혹시 또 시키실 일이 있다면 말씀하십시오."

"고맙다."

버즈 상사가 기뻐하며 방에서 나가자 얀은 그 모습을 관찰하며 중얼거렸다.

"부하에게 인망이 있나 보네요."

"인망? 상관과 부하의 관계에 지나지 않아."

"하지만 기뻐하면서 감사 인사를 했잖아요."

"아부겠지. 대화를 원활하게 이어가기 위한 테크닉이야."

버즈 상사는 꽤 쓸만한 남자다. 자기가 이 소대를 떠난다면 그를 준위로 임명할 예정이며, 지금의 7할가량의 전력은 유지될 것이다.

"……헤이젠 씨도 좀 본받으세요."

"그 점을 숙지하며 실천하고 있는데 말이지."

"실천은 무슨. 완전 반대거든요?"

"하하, 재미있는걸. 꽤 유머러스한 애구나."

"농담한 게 아니거든요?!"

얀은 디~잉한 표정으로 쳐다봤지만, 헤이젠은 개의치 않았다. 이 애는 마음이 강한 것 같다. 멘탈이 강해서 웬만한 일로는 주눅 들지 않는다.

그것은 감수성이 떨어진다는 의미가 아니다. 강한 감정에는 흔들리지만 그만큼 유연한 것이다. 마치 태풍이 휘몰아치는데도 부러지지 않는 버드나무 가지처럼 말이다. 헤이젠은 과거에 수많은 제자를 길렀지만 그중에서도 손꼽히는 수준이다.

"……."

헤이젠은 과거에 천재라 불렸던 제자를 발견했을 때처럼 고양감에 사로잡혔다.

15분 후, 얀의 짐을 얼추 정리했다. 하지만 고아원은 공동으로 쓰는 물건이 많은 탓에 개인적인 짐이 꽤 적었다.

"침대는 내가 쓸 거니까, 너는 바닥에 모포를 깔고 자."

"알겠어요. 그리고 이 컵, 제가 같이 써도 될까요?"

"……누군가가 독을 탈 수도 있으니 따로 컵을 준비하는 편이 좋겠지."

"대, 대체 얼마나 주위로부터 반감을 사고 있는 거예요?!"

"딱히 산 적은 없어. 어디까지나 위험 부담을 줄이려는 거지. 그럼, 군에 신청해서 지급 받도록 할까."

"반감을 산 게 틀림없어."라고 웅얼거리는 얀의 투덜거림을 무시하고 헤이젠은 지급 신청서를 작성했다.

이것으로 공동생활이 가능한 환경이 갖춰졌다. 다음은 얀의 교육 계획인데…….

“헤이젠 씨. 또 나쁜 생각을 하는 거죠?”

소녀가 깐족거리며 지적했다.

“건설적인 생각을 하고 있었어. 그것보다 헤이젠 씨는 좀 딱딱하지 않아?”

“더는 가까워질 생각이 없는데요.”

“……그런 문제가 아냐.”

호칭을 신경 쓰는 성격은 아니지만, 왠지 『씨』란 호칭이 어른스럽게 느껴졌다.

얀의 실제 나이는 열세 살이지만 발육 속도가 비정상적으로 느려서 훨씬 어려 보인다. 그러니 군 내부에서는 여섯 살로 둘러댈 생각이다. 그러니 얀이 경칭을 쓴다면 남들에게 위화감을 줄 수도 있다.

“너는 군인이 아니니까 소위라고 부르는 것도 좀 그렇고 이름으로 부르는 것도 위화감이 있겠지. 지금은 쿠민족과의 통역 역할로 고용했지만 언젠가는 너를 내 양딸로 들일 거니까 말이야.”

“야, 양딸?!”

“아, 내 생각이 짧았는걸. 그러려면 누군가와 혼인해야만 하던가.”

제국의 법률을 얼추 살펴보기는 했지만, 자료가 방대해서 전부 파악하고 있지는 않았다. 특히 혼인 쪽은 아직 먼 이야기라고 생각해서, 관심이 없었다.

“하지만 적당한 상대도 없는데……. 좋아. 내 양모의 양자로 들이도록 할까.”

“이, 이야기를 멋대로 진행하지 말아 줄래요?!”

“네 의견은 물은 적 없어.”

“당사자인데도요?!”

“그래.”

검은 머리의 청년은 주저 없이 고개를 끄덕였다. 당연했다. 얀은 미성년자이며, 헤이젠에게 보호를 받고 있다. 부부라는 계약을 맺었다면 몰라도 일방적으로 부양받는 자에게는 결정권이 없다. 그렇게 말하자 얀은 충격을 받은 듯한 표정을 짓고는 두 손으로 바닥을 짚으며 울음을 터뜨렸다.

“훌쩍…… 훌쩍…… 차, 참고로 양모는 어떤 사람인가요?”

“길드 본부의 접수원이야. 제도에 살고 있지.”

“……헤이젠 씨의 양모치고는, 멀쩡한 사람 같네요.”

“그래? 부업으로 노예 길드의 비합법 알선도 하고 있는데?”

“나, 나중에 충격적인 경력을 늘어놓지 말라고요!”

헤이젠을 양자로 들일 수 있도록 양모인 헬레나 달리에게는 강제적으로 위장 결혼을 시켰다. 그러니 양모가 얀을 양자로 들이는 데는 법적인 문제가 없을 것이다.

“좋아. 양딸은 관두고 양동생으로 하자.”

“저기…… 입양이라는 게 이렇게 가벼운 일인가요?”

“그래.”

“분명, 그렇지 않다고 생각하는데요…….”

"너, 의외로 사고방식이 고리타분하구나."

"절대로 그런 문제가 아니거든요? 저기, 꼭 입양되어야만 하는 건가요?"

"그래. 내가 하급 귀족이 된다면, 너도 귀족으로 만들 필요가 있거든. 그러려면 혈연관계를 맺는 게 최적의 선택지야."

제국 헌법에 따르면, 귀족은 가장의 지위가 2촌(조부모, 형제, 손자 그리고 그들의 배우자)의 가족까지 적용된다. 그러니 헤이젠이 가장이 된다면 양모인 헬레나와 얀 또한 자동적으로 하급 귀족으로 승격되는 것이다.

"그러니 너와 나는 남매 관계가 되는 거야."

헤이젠은 표를 그려서 얀에게 설명했다. 역시 지식욕이 강한 건지 자신의 처우에 관한 이야기인데도 고개를 끄덕이며 귀를 기울이고 있었다.

"그러면 오빠라고 부르면 되나요?"

"……소름이 돋는걸."

"당신이 그렇게 부르게 만들었잖아요!"

"미, 미안해. 무심코, 못난 동생을 연상하고 말았다. 너한테는 잘못 없어."

*

옛날에는 헤이젠에게도 아버지와 어머니 그리고 동생이라 불리는 존재가 있었다. 애정은 전혀 없다. 증오와 허영, 기만으로 가득 찬 가족이다. 그들을 지옥 밑바닥에 처넣기 위해 헤이젠은 온갖 방법으로 그들을 몰아붙였다. 그런 증오 끝에 태어난 결정체가 바로 지금의 몸이지만 그것은 또 다른 이야기다.

*

"……됐으니까 빨리 정해주세요."

얀은 체념한 투로 그렇게 중얼거렸다.

"뭐, 사제관계가 무난하려나. 좋아, 너를 내 제자로 삼겠어. 앞으로는 나를 스승님이라고 부르도록."

"……하필이면, 가장 우러러보고 싶지 않은 사람을……."

얀은 또 영문 모를 소리를 중얼거렸다.

그 후, 헤이젠은 보고를 위해서 중위의 방으로 향했다. 그곳에는 모스피처 중위만이 아니라 그의 상관인 로렌초 대위가 있었다. 부드러운 외모를 지닌 온화해 보이는 남자였다.

"헤이젠 소위지? 만나서 반가워."

"처음 뵙겠습니다, 로렌초 대위님. 잘 부탁드립니다."

"자네 이야기는 게도르 대령님과 모스피처 중위에게 들었지. 꽤 독특한 남자라더군."

"그렇습니까."

"어험."

모스피처 중위는 옆에서 헛기침했다. 감기에 걸린 것일까.

"그리고 오늘은 무슨 일로 온 거지?"

"모스피처 중위님께, 오늘 일을 보고드리러 왔습니다."

"아, 들었어. 제4중대가 쿠민족을 격퇴했다지?"

“어험, 어험. 어험, 어험, 어험.”

“……저기, 모스피처 중위님.”

“뭐냐?”

“몸이 안 좋으시다면 의무실에 가보시는 게 어떻겠습니까? 대위님께 옮기라도 하면 폐가 될 테니까요.”

“큭…… 로렌츠 대위님. 송구합니다만, 헤이젠 소위와 잠시 따로 이야기를 나눠도 되겠습니까?”

“아, 그렇게 해.”

그러자 모스피처 중위는 즉시 헤이젠의 곁으로 다가가서 작은 목소리로 위협하듯 말했다.

“대체 뭘 하러 온 거냐. 미리 말해두겠는데, 나는 잘못된 보고를 하지 않았어. 네놈의 소대는 내 제4중대 소속인 제8소대니까 말이야.”

“알고 있습니다.”

“그러면, 뭘 하러 온 건데? 별일 아니면 빨리 돌아가.”

“아뇨. 중요한 일이라 보고를 드려야 합니다.”

“지금은 로렌츠 대위님이 와 계시거든? 네놈은 차례조차 지키지 않는 거냐?!”

“어차피 상관의 지시를 구할 필요가 있는 안건인 만큼 저는 로렌츠 대위님께도 보고드릴까 합니다만…….”

“상관에게 보고할지 말지는 내가 판단해. 대위와의 대화를 중단하고 빨리 돌아가라.”

“알겠습니다. 그러면 로렌츠 대위님. 이만 실례하겠습니다!”

헤이젠은 고개를 숙인 후 방에서 나가려 했다.

"자, 잠깐만 기다려. 내 이야기가 아직 안 끝났는데……."

"송구합니다만, 『대위와의 대화를 중단하고 빨리 돌아가라』라고 방금 지시하시지 않으셨습니까."

?!

"아앗! 거, 거짓말! 거짓말입니다! 헤이젠 소위, 네 이놈, 대체 무슨 소리를 지껄이는 거냐?"

"아까 중위님께서 하신 말씀입니다."

"한 적 없어! 나는 그런 말을 한 기억이 없다고!"

"틀림없이 말씀하셨습니다. 설마 방금 자기가 한 발언을 부정하는 겁니까?"

"당연하지! 나는 『대위님께 실례가 되지 않도록 이만 물러가라』라는 말밖에 안 했어."

"……그렇습니까. 그럼 말씀을 드려도 되겠습니까?"

"문제없어. 대위님께서 바라신다면 말씀을 드리도록."

어찌 된 건지 이마에 땀방울이 송골송골 맺힌 모스피처 중위가 허둥지둥 그렇게 대답했다. 그 광경을 본 로렌초 대위는 미소를 머금었다.

"……그래. 확실히 재미있는 남자군."

"농담은 하지 않았습니다만……."

"하하하. 그건 그렇지. 그래. 뭐, 나도 허심탄회하게 자네와 이야기를 나누고 싶던 참이야."

"그렇습니까. 그렇다면 보고드릴 일이 두 가지 있습니다."

"……어이, 소위. 알고 있겠지?"

모스피처 중위가 얼굴을 시뻘겋게 붉히며 노려보았다. 헤이젠은 짚이는 구석이 없는지 생각해 봤지만 딱히 떠오르는 게 없었다. 항상 그랬지만 이 상관의 마음을 읽는 건 정말 어렵다.

"뭘 말입니까?"

"……아까 건 말이야."

"아, 네. 물론입니다. 로렌초 대위님, 모스피처 중위님. 말씀드리고 싶은 건, 포로로 잡은 쿠민족의 처우와 그 통역에 관한 건입니다."

?!

"어어어어어어어어어이!"

모스피처 중위의 신경질적인 얼굴이 더욱 벌겋게 달아올랐다. 확 터져버리는 게 아닐까 싶을 정도로 이마의 혈관이 불거졌다.

"이 자식! 상관인 나와 그 위의 상관인 대위님께 동시에 보고하는 거냐!"

"하지만 아까 허가해 주시지 않았습니까?"

"허, 허가? 그딴 걸 허가한 기억은 눈곱만큼도 없어! 눈, 곱, 만, 큼도 말이다!"

"아뇨, 하셨습니다. 아까 제가 중위님께 『상관의 지시를 구할 필요가 있는 안건인 만큼, 로렌초 대위님께도 보고를 드릴까 한다』고 말했을 때, 중위님은 『상관에게 보고할지 말지는 내가 판단한다』고 하셨지 않습니까."

"……말했으면 어쩔 건데?! 틀린 말이 아니잖아!"

신경질적인 남자가 그렇게 외치자 로렌초 대위는 의아한 표정을 지었다.

"모스피처 중위, 그렇게 말했나?"

"말했습니다! 틀림없이요! 그런데도 이 남자가 그 말을 무시했습니다!"

"하지만 자네는 아까 이렇게도 말했지. 『대위님께 실례가 되지 않도록 이만 물러가라는 말밖에 안 했다』고 말이야."

"……으, 으윽."

모스피처 중위는 신음을 흘리며 침묵했다. 기분 나쁜 시간이 또 이 방을 지배했다. 그의 몸에서 흘러나온 땀이 방울져 떨어지더니 융단에 얼룩을 남겼다. 역시 감기에 걸린 건가.

"어느 발언이 사실이지?"

"아니…… 저기…… 그게, 뭔가…… 어라~?"

"모스피처 중위님. 충고를 드리자면, 거짓말을 거짓말로 덮으려 하면 말의 앞뒤가 맞지 않게 되니 자제하는 편이 좋을 겁니다."

"시, 시끄러워! 거짓말 같은 건 한 적 없어!"

"하지만 앞뒤가 맞지 않습니다."

"……아, 맞다. 깜빡했어. 네놈이 너무 뜬금없는 거짓말을 한 바람에 동요한 나머지 무심코 『그 말밖에 안 했다』라는 발언을 하고 말았습니다. 로렌츠 대위님. 이 모스피처 란데브. 천지신명께 맹세하건대 거짓말을 한 적 없습니다."

"……좋아. 믿지."

모스피처 중위는 그런 억지와 박력으로 어찌어찌 상황을 무마했다. 그는 구사일생한 표정을 짓더니 다음 순간에는 물 만난 고기 같은 표정을 지었다.

"그러니 헤이젠 소위. 네놈은 상관인 나의 발언을 무시하고 황송하게도 대위님께 보고를 올렸어. 이건 중대한 군율 위반 아닐까?"

"아뇨, 그렇지 않습니다."

"어, 째, 서, 냐?! 이유를 설명해! 이, 유, 를!"

"……모르겠습니까?"

"뭐?"

"아까 직접 선언하지 않았습니까? 자기 발언을 부정한다고 말입니다."

"……."

"……."

"흐그윽?!"

또 모스피처 중위는 엄청난 양의 땀을 흘렸다.

이 남자는 대체 아까부터 뭘 하고 싶은 걸까. 자기가 부정한 과거의 발언을 『말했다』, 『안 했다』고 떠들어대고 있다. 헤이젠은 작게 한숨을 내쉬면서 말을 이어갔다.

"이만 본론에 들어가도 되겠습니까?"

"아니, 그게, 저기, 아냐. 내가 부정하는 건 『대위와의 대화를 중단하고 빨리 돌아가라』라는 부분……."

"모스피처 중위."

"앗! 아닙니다. 거짓말이에요. 말 안 했습니다. 제가 부정한 건 저기, 그러니까……."

"이제, 됐네. 자네가 거짓말을 했다는 건 잘 알았어."

로렌초 대위가 그렇게 대답한 순간 모스피처 중위는 절망에 찬 표정을 지었다.

금방이라도 숨이 멎을 것만 같을 정도로 얼굴이 새하얗게 변한 모스피처 중위를 본 헤이젠은 의아한 표정을 지었다.

"모스피처 중위님, 괜찮습니까? 역시 몸이 안 좋으신 것 아닙니까?"

"하하. 헤이젠 소위. 자네는 심술궂군."

"심술……궂습니까?"

대체 무슨 말일까. 짚이는 구석이 전혀 없다.

"연기는 이제 됐어. 자네는 모스피처 중위의 거짓말을 폭로하고 대위인 나에게 그것을 알렸지. 그가 저렇게 당황하는 것도 무리는 아냐."

"겨우 이 정도로 말입니까?"

헤이젠은 진심으로 놀라면서 로렌초 대위를 쳐다봤다.

"겨우 이 정도……라. 하지만 상관에게 거짓말을 한 것은 군율 위반으로 여겨질 수 있지."

"그건 그렇습니다만 모스피처 중위님의 거짓말은 해봤자 의미가 없는 거짓말입니다."

"……그게 무슨 소리지?"

로렌초 대위는 의아한 표정을 지었다.

"방금 발언을 하든 하지 않든 솔직히 말해 저는 아무래도 상관없다고 생각했습니다. 즉, 가치가 없는 대화입니다."

"……."

"가치가 없는 대화 중에 뱉은 거짓말 따위 어차피 가치가 없는 것입니다. 그러니 설령 거짓말을 했든 하지 않았든 어느 쪽이라도 상관없지 않을까요?"

"하지만 군율을 위반했어."

"저희는 장교이지 않습니까."

그렇게 말하자 로렌츠 대위는 놀란 표정을 지었다.

"그래서? 설마 장교니까 군율을 준수할 필요가 없다는 건가?"

"아닙니다. 저희는 군율을 준수하고 집행하며 제정하는 위치에 있습니다. 그렇다면, 군무를 더욱 효율적으로 행한다는 본질을 이해하고 수행해야 마땅하지 않을까요?"

"……."

"군율은 만능이 아니라고 생각합니다. 크든 작든, 대부분의 이들이 그것을 어기고 있죠. 하지만 사소한 위반에도 일일이 적발했다간 그 본질을 잃고 맙니다."

"……그래서?"

"저희에게 군율은 무턱대고 따라야 하는 것이 아닙니다. 오히려 저희는 그 본질에 따라 군율을 활용해야 하는 위치라고 생각합니다. 그렇게 보자면 아까 문답은 신경 쓸 가치조차 없는 일입니다. 물론 군율을 자기 입맛에 맞게 이용하며 하찮은 문답을 하는 자들은 용서하지 않겠지만 말입니다."

헤이젠은 그렇게 말하면서 모스피처 중위를 힐끔 쳐다봤지만 본인은 그 시선을 신경 쓸 겨를이 없었다.

"……그래. 역시 자네는 특이한 남자군."

로렌츠 대위는 헤이젠을 뚫어지게 쳐다봤다.

"물론 대위님께서 신경을 쓰신다면, 저에게는 그것을 막을 권한이 없습니다. 하지만 저는 그보다 한시라도 빨리 본론에 들어가고 싶습니다."

"하하. 이 상황에서는 신경 쓴다고 말할 수 없겠는걸. 모스피처 중위. 헤이젠 소위의 감성 덕분에 목숨을 건졌군. 앞으로는 조심하도록."

"……네에."

모스피처 중위는 울상을 지으며 고개를 숙였다.

"그래서 무슨 이야기가 하고 싶은 거지?"

"쿠민족 포로 말입니다만 그를 이용해 정전협정을 맺을 수는 없겠습니까?"

"……호오."

"헤이젠 소위! 네놈, 설마 군부가 결정한 대전략에 간섭하려는 거냐?"

순식간에 부활한 모스피처 중위가 고함을 질렀다. 헤이젠은 그런 그에게 내심 감탄했다. 정말 질리지도 않는 남자다. 꺾일 줄 모른다고 말해야 하려나.

"네. 건의를 드리는 겁니다."

"허, 헛소리 마라! 취임한 지 열흘도 안 된 소위 따위가 대령 권한인 대전략에 간섭하려 하다니…… 이건 심각한 문제라고!"

"……모스피처 중위. 잠시 입 다물고 있어."

"아, 네."

"헤이젠 소위. 재미있는 이야기인걸. 계속해 봐."

아무래도 대위의 흥미를 끄는 데 성공한 것 같았다. 헤이젠은 북방 가르나 지구 전체의 지도를 펼치고 선을 그었다.

"이게 뭐지?"

"쿠민족의 출현 위치로 추측한 그들의 활동 지역입니다."

"……어떻게 파악한 건가?"

"부하에게 출현 위치를 정리하게 하여 통계를 냈습니다. 다른 소대에도 문의했으며 과거의 일지도 확인했습니다."

"그거 대단한걸."

"네. 에다르라고 하는데 이등병입니다만 매우 머리가 좋습니다."

헤이젠도 그가 이렇게까지 할 줄은 상상도 못 했다. 에다르 이등병은 자신의 의도를 파악하고 예상보다 훨씬 완벽하게 지시를 수행했다.

"자네가 한 게 아닌 건가?"

"네."

"……그래. 그래서?"

"그들의 생존 지역은 주로 산악입니다. 평야에서 생활하는 저희에게 활용 기회가 적은 땅이죠. 하지만 영토 확대 정책 탓에 그들과 다툼을 벌일 수밖에 없습니다."

영토 확대 정책은 제국의 전통적인 근간 정책이다. 영토를 매년 조금씩이라도 확대한다면 언젠가 대륙 통일을 이룰 수 있을 거라는 황제가 칙령으로 내린 대방침이다.

"하지만 영토 확대 정책은 제국 군인이라면 따를 수밖에 없지. 아무리 무모할지라도, 영토를 넓혀야만 해."

"그러니 정전을 하고 집중적으로 노리는 겁니다……. 디오르도 공국의 영지를 말이죠."

"……본격적으로 일을 벌인다는 건가?"

"네. 이제까지는 쿠민족의 습격에 대비해야 했기에, 적극적인 공세를 펼치지 못했습니다. 하지만 정전협정을 맺는다면 디오르도 공국은 실질적으로 제국군과 쿠민족 양쪽을 상대해야만 합니다."

"……하지만 그렇게 뜻대로 일이 풀릴까?"

"그건 모르겠습니다만 해볼 가치는 있다고 생각합니다. 이번에 제8소대에서 잡은 포로는 쿠민족의 마법사입니다."

상대방도 귀중한 인적 자본을 잃고 싶지 않을 것이다. 의사소통만 가능하다면 교섭 테이블에 앉을 가능성이 있다.

"그래서 누가 교섭 역할을 맡을 거지? 애초에 쿠민족과 대화가 가능한 자가 있단 이야기는 들은 적이 없어."

"제가 가겠습니다. 그리고 통역으로는…… 여섯 살 소녀를 쓸 생각입니다."

그 말을 한 순간, 로렌초 대위는 눈을 동그랗게 떴다.

놀라는 것도 무리는 아니다. 여섯 살이면 귀족이더라도 글자를 읽고 쓰기를 막 시작했을 나이이다. 평민이라면 집안일을 돕기 시작할 나이이며 자기 나라의 말을 유창하게 할 수 있게 되는 나이인 것이다.

이민족의 말을 통역할 수 있는 여섯 살 아이가 있다는 건 전대미문의 일이리라.

"농담이지?"

"평범한 아이가 아닙니다. 얀이라는 이름의 소녀인데 매우 머리가 좋을 뿐만 아니라 이미 쿠민족과 교역도 하는 것 같습니다."

"……도저히 믿기지 않는걸."

“얀은 그들의 습관과 예절에 해박합니다. 『제국의 어린이에게라도 난폭한 짓을 하면 추방당한다』라고 하는 쿠민족의 규율을 이용한 것 같더군요.”

“아무리 그래도 기묘한 겉모습을 한 이민족의 품속에 들어가더니 강단이 있는 소녀군.”

헤이젠은 고개를 끄덕이면서 상대방이 이해해 줬다는 사실에 안도했다. 솔직히 말해 얀을 설명하는 게 가장 어려우리라고 생각했다. 로렌츠 대위는 꽤 유연한 사고방식의 소유자 같았다. 원래라면 비웃으며 일축해도 이상하지 않을 이야기다.

“그러니 얀을 통역 담당으로서 제 휘하에 두고 싶습니다.”

“어째서지? 고용하기만 할 뿐이라면, 이 요새에 둘 필요가 없을 텐데?”

“저도 어느 정도는 쿠민족의 언어와 문화를 알 필요가 있습니다. 그러려면 함께 생활하며 익히는 게 효율적일 겁니다.”

“……어떤 순서로 진행할지 구체적으로 알려줘.”

“현재 얀에게는 쿠민족 포로를 돌보게 했습니다. 그리고 충분한 신뢰 관계가 쌓였을 즈음 교역 인맥을 이용해서 정전협정을 맺을 겁니다.”

“꽤 쉽게 이야기하는걸.”

“해본 적이 없는 일은 일단 해보는 편이 최선일 테니까요. 게다가 실패해서 관계가 악화할지라도 지금 상황과는 별반 다를 게 없습니다. 그런 의미에서 본다면 위험 부담은 적습니다.”

“……하지만 실패한다면 교섭을 맡은 자네와 그 얀이란 소녀도 죽지 않을까?”

"얀은 어린애니까 살려줄 겁니다. 하지만 저는 틀림없이 죽을 테죠."

물론 실패하더라도 순순히 죽어줄 생각은 없다. 하지만 이 자리에서는 그렇게 말해두는 편이 각오가 전해질 것이다. 목숨을 건 호소는 누구든 무겁게 받아들이는 것이다.

"……성공할 가능성이 있는 거겠지?"

"네. 저는 자살 희망자가 아닙니다. 자기 목숨을 걸고 도박을 할 생각은 없습니다."

"알겠네. 내가 책임을 지고 건의해 보지."

"대, 대위님! 정말 괜찮겠습니까? 소위 따위의 의견을 건의했다가, 실패라도 했다간……."

모스피처 중위는 허둥지둥 끼어들었다.

"안심해. 자네 이름을 올리지 않겠어. 어디까지나 내 독단으로서 그의 의견을 건의하지."

"……그런 걱정을 하는 건 아닙니다만 알겠습니다."

"……."

모스피처 중위는 변명을 늘어놓으면서 순순히 물러났다. 즉, 자기는 책임을 지고 싶지 않은 것이다.

그 순간 헤이젠은 이 남자를 쓰레기로 결론지었다.

그와 동시에 이 지방 최전선에도 이런 장교가 있다는 사실에 실망을 금치 못했다. 헤이젠의 목적은 지방에 있는 유망한 장교들과 교류해서 그 힘을 강대하게 만드는 것이지만 중앙과 큰 차이가 없어서야 반전은 어렵다.

한편 로렌초 대위는 심사숙고 끝에 입을 열었다.

"하지만 쿠민족과의 정전협정이 맺어진다면 상당한 공적이 되겠지. 헤이젠 소위, 자네에게는 특별 무공 훈장이 수여될 가능성이 있어."

특별 무공 훈장이란 매우 뛰어난 공적을 올린 이에게 주어지는 포상이다. 금은보화만이 아니라, 지위도 상승한다. 원래 소위에서 중위로 승진하는 데는 6년가량 걸리지만 연내에 중위로 승진할 가능성도 있다.

그리고 그 이야기를 들은 순간 모스피처 중위의 얼굴이 순식간에 질려버렸다.

"그, 그건, 헤이젠 소위 개인에게 특별 무공 훈장이 주어진다는 겁니까?"

"당연하지. 이번 작전을 입안하고 실행한 건 그니까 말이야."

"하지만 이 남자의 무모한 의견을 승인한 로렌초 대위님을 비롯한 상관들의 도량을 높이 평가해야 하지 않을까요? 결코 개인의 공적으로 삼아선 안 된다고 생각합니다."

모스피처 중위는 『을 비롯한』이란 부분에 힘을 실었다. 즉, 자기에게 공적을 돌아와야 한다고 주장하는 것이다. 로렌초 대위도 이 말을 듣더니 어처구니없어했다.

"승인을 해주기만 해도 특별 무공 훈장을 수여한다면 매년 수상자가 나오겠는걸."

"하, 하지만 소위라면 자기 분부를 알아야 하지 않겠습니까. 조직의 대표로서 적어도 중위급 이상이 받아야 타의 모범이 될 겁니다."

"자, 자네가 받겠다는 건가?"

"뭐, 관례적으로는 그렇습니다. 부하의 특별 무공 훈장은 직속상관이 대표로 수여 받기 마련이죠."

"……윽."

로렌초 대위도 이 말을 듣더니 입을 쩍 벌린 채 말을 잇지 못했다. 확실히 최근에 특별 무공 훈장이 수여된 것은 8년 전 일이다. 현재 상급 귀족 제4위이자 군인 중의 수장인 『사백(四伯)』 미 실이 제오르도의 수도를 급습했을 때였다. 당시 그녀는 중위였으며 이것도 당시에는 『상관인 대위가 받아야 하지 않나』란 논의를 일으켰다.

"모스피처 중위. 하지만 자네는…… 저기, 자기가 특별 무공 훈장을 받을 자격이 있다고 생각하나?"

"외람되지만 그렇게 생각합니다. 저는 이제까지 제국을 위해 인생을 바쳐왔습니다. 앞으로도 그 뜨거운 마음만은 누구에게도 뒤지지 않으리라 자부합니다. 중위로서 경험도 오랫동안 쌓아왔으니 소위가 된 지 한 달도 안 된 자보다는 훨씬 자격이 있다고 생각합니다."

"……진심인 거지?"

"네."

모스피처 중위는 흔들림 없는 어조로 대답했다. 그런 그를 지그시 응시하던 헤이젠은 훗 하고 웃음을 흘렸다.

"뭐, 특별 무공 훈장을 받기로 확정된 것도 아니지 않습니까. 저는 정전협정의 성공에 힘쓰겠습니다."

"저기…… 미안하네, 헤이젠 소위. 모스피처 중위도 악의가 있는 건 아냐. 제국을 향한 정열이 너무 강한 나머지 무심코 헛

돌 때가 있을 뿐이지."

"네. 저는 제국을 진심으로 사랑하며, 목숨을 걸고 헌신할 생각입니다. 헤이젠. 네놈은 어차피 배치된 지 한 달도 안 된 소위에 지나지 않아. 자기 주제를 알아라."

"……."

"아, 아무튼 쿠민족 건은 알겠네. 또 하고 싶은 말이 있나?"

로렌초 대위가 묻자 검은 머리의 청년은 잠시 생각에 잠긴 후에 입을 열었다.

"잡담을 하나 들려드려도 되겠습니까?"

"……잡담?"

로렌초 대위는 의아한 표정을 지었다.

"대위님은 지르사스 자라라는 군사(軍師)를 아십니까?"

"……제국이 아직 소국이었던 시절에 공적을 남긴 영웅이지. 나는 역사에 어두워서 자세하게는 알지 못해."

"그의 뛰어난 군략(軍略)과 사상은 저도 본받고 싶다고 생각합니다. 어느 날, 그는 사람을 네 종류로 분류해 군사로 부리기로 결심했다 합니다."

"네 종류?"

헤이젠은 고개를 끄덕였다.

"우선은 의욕이 있고 능력이 있는 자. 이들은 전선에서의 지휘관 타입. 다음은 의욕이 없지만 능력이 있는 자. 이들은 후방에서의 책사 타입."

"그래. 재미있는걸."

"그리고 의욕이 없고, 능력도 없는 자. 이건 전선에서의 병졸 타입. 쓸모가 없다면 앞으로 내세워서 강제적으로 싸우게 하는 겁니다."

"하하, 맞는 말이군."

"……마지막으로 의욕이 있고, 능력이 없는 자."

"궁금한걸. 그건 어떤 타입이지?"

로렌초가 묻자, 헤이젠은 모스피처 중위를 향해…….

냉혹한 시선을 보내며…….

중얼거렸다.

"그는 이렇게 말했습니다. 즉시 죽이라고."

제3장 푸른 여왕

방을 나선 헤이젠은 그대로 쿠민족 포로가 갇힌 지하 감옥으로 향했다. 계단을 내려가자 즐거운 목소리가 들려왔다.

“이르하 로나 바하로 키르.”

“다그 니호라 고르 카나.”

이미 두 사람은 이야기를 나누고 있었다. 얀이 어린아이처럼 생겨서 그런지, 포로도 경계하지 않았다. 꽤 즐겁게 이야기를 나누는 것 같았다. 헤이젠은 쿠민족에게 들키지 않도록 조금 떨어진 곳에 앉았다.

얀은 기척으로 눈치를 챈 것 같지만 개의치 않으며 포로와 이야기를 나눴다. 헤이젠은 호위사인 레이 화를 손짓으로 불러 에다르 이등병을 부르라고 지시했다.

곧 에다르 이등병이 도착했다. 헤이젠은 그를 곁으로 불러서 작은 목소리로 이야기했다.

“얀과 쿠민족의 대화를 전부 기록하고 나중에 얀에게 번역을 시키도록. 그것도 전부 기재해둬라.”

“네. 알겠습니다.”

에다르 이등병은 즉시 양피지에 펜을 놀리기 시작했다.

“그리고 내 방에 계속 머물면서 나와 함께 쿠민족의 말을 배우도록."

"……소위님의 방에 말입니까?"

"문제 있나?"

"아, 아뇨! 그렇지 않습니다. 그저 황송해서……."

"나는 황제도 아니니까, 신경 쓸 필요 없다."

"……."

에다르 이등병은 무심코 쓴웃음을 머금었다. 왜 그러는 건지는 헤이젠도 알 수 없었다.

"나는 일주일 안에 얼추 마스터할 생각이지만 너는 한 달 안에 익힐 수 있도록 노력해라."

"하, 한 달 말입니까?"

"이건 특수 임무다. 이 기간의 군사훈련은 전부 면제해 주지. 쿠민족의 언어에 관한 문헌이 없으니, 네가 이제부터 적는 말이 그대로 교재가 된다. 빠뜨리지 말도록."

"……네."

에다르 이등병은 불안한 표정을 지었다. 하지만 맡겨볼 수밖에 없다. 일주일 간격으로 테스트를 하고 향상 레벨에 맞춰 수면 및 자유 시간을 설정하겠다는 것도 알려줬다.

"얀과 내가 이곳을 떠난 후 너에게 쿠민족과의 파이프 역할을 맡길 거다. 매우 중요한 임무지. 과제를 해낸다면 일등병으로 진급시켜 주겠다."

"네?!"

"말했을 텐데? 나는 능력과 성과에 걸맞은 포상을 준비한다고 말이야."

원래는 4, 5년은 걸려서 진급할 수 있지만, 그는 겨우 두 달 만에 하게 되는 것이다. 하지만 헤이젠은 개의치 않았다. 성과주의란 그런 것이다. 설명을 마치자 에다르 이등병은 마른침을 삼켰다.

"……참고로 헤이젠 소위님도 군사훈련의 지휘를 하지 않으실 겁니까?"

"할 거다. 지휘관이니 말이지. 다른 업무도 전부 볼 거다."

"그, 그러면서 일주일 안에 마스터하시는 겁니까?"

"나는 신경 쓰지 말도록. 너와 얀의 대화를 듣고 있기만 해도 충분하거든."

"……윽."

"왜 놀라는 거지? 나는 여러 일을 동시에 하는 훈련을 해왔으니 가능하다. 너도 도전해 봐라. 그러면 활용할 수 있는 시간이 몇 배로 늘어나서 매사에 걸리는 시간이 단축될 거야."

"저기, 무슨 말씀인지는 이해했습니다. 하지만 누구에게나 그런 일이 가능하지는 않을 것 같습니다만……."

"나는 할 수 없는 사람에게 제안하지 않아."

"……해보겠습니다."

에다르 이등병이 의욕을 보이자 헤이젠은 미소를 머금으며 고개를 끄덕였다. 그런 와중에 얼추 대화를 마친 듯한 얀을 곁으로 불렀다.

"무슨 일이에요?"

"너 말고도 한 명 더 있지? 쿠민족의 말을 할 줄 아는 사람 말이야."

“……왜 그렇게 생각하는데요?”

“언어 학습 방법은 크게 두 가지야. 본능적으로 배우는 수단과 체계적으로 배우는 수단이지. 전자는 어릴 적에 감각적으로 배우는 경우가 많아. 후자는, 말의 구조를 이해해서 학습하는 거야. 이른바 제2언어라는 거지.”

“…….”

“이 두 가지는 언어 변환에 어프로치하는 방식이 완전히 달라. 얀. 너는 말을 들은 다음 머릿속에서 그것을 제1언어로 변환해. 약간이지만 타임래그가 느껴지지.”

“……그렇기는 한데 무서워요!”

“뭐가 말이지?”

“전부 꿰뚫어 보고 있는 것 같아서 기분 나쁘다고요.”

“그건 마찬가지야. 나는 다른 사람이 왜 모르는 건지 도통 이해가 안 되어서 기분 나쁘거든.”

“그, 그게 저 같은 어린 여자애에게 할 말인가요?!”

“잡담은 이쯤 하자. 어떤 인물이지?”

“큭…… 난다르라고 하는 알고 지내는 상인이에요. 어째서 쿠민족의 말을 할 줄 아는 건지는 몰라요.”

“데려와.”

“……뭘 꾸미고 있는 거죠?”

“장사 이야기야.”

“군인이 그럴 필요 있나요?”

“온종일 군인인 건 아니거든. 그리고 장사 이야기를 하는 것 자체는 군율 위반이 아니지.”

"……하지만 저와 난다르 씨의 관계를 생각해달라고요."
"네 의견을 묻지 않았거든? 시키는 대로 해."
"……이익~."
얀의 머리를 꽉 누르자 그녀는 반발했다. 조금만 위협해도 주눅이 드는 정신 허약자도 세상에는 있지만 이 아이는 그렇지 않다. 오히려 때리면 때릴수록 강해진다. 앞으로 나서려 한다. 헤이젠이 좋아하는 성격이다.
평범한 천재는 헤이젠의 눈에 차지 않는다. 그런 것은 결국 가짜에 지나지 않으며 진정한 강함이 아니다. 성장하기 위해서는 뻔뻔함, 반항심, 향상심 같은 온갖 정신적 요소가 필요하다.
얀은 분노를 과장스레 표현하고 거친 발걸음으로 계단을 올라갔다.
다음 날, 얀은 난다르라는 상인을 데려왔다. 30대 정도로 보이는 수염을 깎지 않아 지저분한 남자였다. 내빈실에 온 난다르는 소파에 앉았다. 몸을 뒤로 젖히며 거만하게 말이다. 아무래도 군인을 상대하는데도 전혀 주눅 들지 않은 것 같았다.
"저를 찾았다면서요?"
"쿠민족의 말을 얀에게 가르쳐 줬다면서? 너는 어째서 그걸 아는 거지?"
"……죄를 묻지 않는다고 약속한다면 답해 드리죠."
"여기 서류가 있다. 네가 하는 모든 증언을 불문에 부친다고 적혀 있지. 안심해. 그리고 이건 소소한 사례다."
헤이젠은 서류와 대은화 한 닢을 건넸다.

"만반의 준비를 해둔 건가. 게다가 대은화라니 배포가 큰걸. 하지만 위증하더라도 죄를 못 묻는 것 아닙니까? 제가 진실을 말하리란 보장이 없을 텐데요."

"진실인지 아닌지는 내가 판단하지."

"흐음."

값을 매기려는 듯이 쳐다보는 난다르의 눈동자를 헤이젠 또한 마주 응시했다.

"……무시무시한 눈인걸. 심장이 매만져지고 있는 기분이야. 알겠습니다. 저도 상인이니까요. 대은화 한 닢 치의 증언을 해드리겠습니다."

"고맙다."

"쿠민족의 말을 어떻게 아는 건지 물었죠? 젊은 시절에 쿠민족 여자와 사귀었거든요."

"……그랬군."

"숲에서 동물에게 습격을 당했나 보더군요. 피를 철철 흘리면서 쓰러져 있더라고요. 그런 그녀를 간호해 준 게 계기였어요. 뭐, 첫눈에 반한 느낌이랄까요."

"몇 년이나 사귀었지?"

"열여섯 살 때부터 5년 정도?"

"헤어진 건가?"

"살해당했어요. 그녀는 쿠민족의 규율을 어겼으니까요. 발각되자 바로 슥! 이었죠."

난다르는 자기 목에 엄지를 대고 선을 그었다.

"좋은 여자였어요……. 그때는 분노와 증오에 사로잡혀 죽을까도 했죠."

"……."

그 말을 뒤집어 보자면 지금은 그 정도는 아니라는 의미이리라.

"얀에게 쿠민족의 말을 가르쳐준 건 어째서지?"

"이 애는 머리가 좋잖아요? 놈들이 어린이를 건드리지 않는다는 건 알고 있어서 고아원에서 똑똑해 보이는 아이를 찾아봤죠."

"그래. 경위는 알겠다."

"그래서요? 본론이 따로 있지 않나요?"

난다르는 다박수염을 만지면서 물었다. 여전히 그는 상대방에게 값을 매기는 듯한 태도를 유지하고 있었다. 헤이젠은 그런 그에게 호감을 느꼈다. 괜히 굽실거리는 이는 좋아하지 않는다. 장사란 상대방의 약점만 이용하면서 하는 게 아니다.

"곧 쿠민족과 정전협정을 맺을 거다. 그때 상인으로서 교역을 할 사람이 필요하지. 도와주지 않겠나?"

"정전협정? 에이, 이제까지 얼마나 많은 피가 흘렀는데요. 한쪽이 멸망할 때까지 이 전쟁은 계속될걸요."

"체결만 하면 돼. 쿠민족과 이야기를 나눌 수 있는 건 극히 소수지. 교역의 이익을 독점하고 싶다."

"……."

바로 그때, 난다르의 눈동자가 반짝였다. 상인의 본능에 불이 붙은 것 같았다.

"그것은 제국군에서 일감을 준다는 겁니까?"

"아니, 군과는 상관없다. 이건 내가 개인적으로 추진하는 일이지."

"……오호라. 밀수인가요. 강단 있는 분이군요. 제국의 요새에서 당당히 그런 말을 입에 담다니 말이죠."

"어디까지나 제국의 민간인과 쿠민족의 교류를 촉진하려는 것뿐이다. 군율 위반은 아냐."

"……만약 제가 협력을 한다면 당신에게 얼마나 건네줘야 하죠?"

"됐어."

"그건, 직접 건네받지 않겠다는 겁니까?"

난다르가 하고 싶은 말은 돈세탁일 것이다. 누군가 연관성이 없는 적당한 인물에게 돈을 건네고 최종적으로 헤이젠의 수중에 돈이 들어가게 하는 수법이다. 하지만 헤이젠은 고개를 저었다.

"아니, 이익을 떼어먹을 생각은 없다."

"네? 그러면 저만 이득을 볼 텐데요?"

"그래."

"……."

난다르는 다박수염을 매만지며 눈을 가늘게 떴다. 아무래도 상대방의 의도를 파악하지 못해서 당혹스러운 것 같았다.

"그런 군침 도는 제안은 바로 승낙할 수 없는데 말이죠. 뭘 원하는 겁니까?"

"조건이 하나 있다. 교역하는 상품의 리스트를 우선 나에게 보여주고 첫 교섭권을 넘겨줬으면 해."

"금액은요?"

"얀에게 맡기겠다."

"그것만으로 괜찮겠습니까?"

"그래."

"……곤란하네."

난다르는 노골적으로 난처한 표정을 짓고 있었다.

"불만인가?"

"아뇨. 저도 일단은 상인이라서 상대방의 의도를 파악하는 데 능숙하죠. 하지만 당신의 의도는 도저히 읽어낼 수가 없네요."

"……이건 훗날의 이야긴데 말이지. 난다르, 너는 소매만이 아니라 납품도 하지?"

"물론이죠. 납품을 안 하면 장사가 안 되니까요."

"나는 쿠민족에게서 사들인 것을 가공해서 쿠민족에게 팔 생각을 하고 있다."

"……."

난다르는 그 말을 듣고 입을 다물었다. 그로부터 5분이 흐르고 그는 겨우 입을 열었다.

"쿠민족의 교역품 중에 점 찍어둔 게 있다는 겁니까?"

"그래. 하지만 그게 뭔지는 아직 말해줄 수 없지."

"……좋아요. 하겠습니다."

"괜찮겠나?"

헤이젠은 일부 정보를 은닉하고 있다는 사실을 밝혔다. 보통은 그게 가장 가치 있는 정보라고 생각할 것이다. 난다르는 돈 냄새에 예민해 보이는 남자다. 우수한 상인이라면 가장 이익을 볼 수 있는 부분을 놓칠 리 없다. 그러나 이 남자는 다박수염을 매만지며 고개를 끄덕였다.

"네. 『이익을 가로채지 않겠다』는 부분이 마음에 들었어요. 제국 군인은 권력을 등에 업고 우쭐대기만 하는 놈들이죠. 솔직히 말해 엄청나게 뜯기겠다고 생각했는데 괜한 걱정이었네요."

"……정당하게 장사를 하는 사람이 정당하게 벌어야 한다. 아무것도 안 하면서 이득만 취하려 하는 짓은 정당하게 장사를 하는 사람의 성장을 저해해."

헤이젠의 목적은 이익 착취가 아니다. 자기 주위에서 눈여겨본 사람들과 공생하며 커다란 커뮤니티를 형성하는 것이다. 전례가 없는 장사를 성공시킨다면 그 이익은 막대할 것이다. 왜냐하면 경쟁 상대가 없기 때문이다.

상인들이 그런 모험을 하지 않는 건 기존의 권익을 쥐거나 커뮤니티를 형성한 귀족, 상회, 국가가 방해하기 때문이라고 헤이젠은 생각했다.

"푸하하! 마음에 들었어. 얀, 괜찮은 남자에게 거둬졌구나."

"저, 절대 아니라고 생각하는데요."

분홍색 머리카락의 소녀는 질색하는 듯한 표정을 지었다.

사흘 후, 헤이젠은 쿠민족의 마을로 출발했다. 동행하는 이는 레이 화와 얀 그리고 쿠민족 포로인 코사크다.

말로 산을 넘고 강을 건넜다. 산악 민족답게 상당한 오지에 살고 있어서 쳐들어가기 어려워 보였다. 그 후로 두 시간 정도 나아가자 목적지인 마을에 도착했다.

"……낫 시로!(죽여라!)"

쿠민족 전사가 헤이젠을 보더니 기괴한 소리를 지르면서 덤벼들었다. 하지만 포로인 코사크를 보더니, 화들짝 놀라며 움직임을 멈췄다. 코사크는 그들에게 경위를 설명하고 족장에게 안내하라고 지시했다.

"……왠지 무지 노려보는 것 같은데요."

얀은 주위를 두리번거리면서 그렇게 말했다. 이 소녀에게 있어서 쿠민족은 교역 상대다. 평소와 정반대의 태도에 당황한 것 같았다.

"제국과 쿠민족은 오랫동안 싸워왔거든. 가족을 살해당한 이도 많겠지."

"그런 이들과 정전협정을 맺는 게 가능하겠어요?"

"족장의 생각에 달렸어. 적어도 족장에게 안내해 준다는 건 교섭을 할 의지가 있단 거겠지."

헤이젠 일행은 마을 중심에 있는 거대한 텐트에 들어갔다. 그곳에는 열 명이 넘는 건장한 남자들이 있었다. 다들 건장한 몸을 지녔으며 곳곳에 흉터가 있었다. 아마 마법도 쓸 수 있을 것으로 보였다.

그리고 가장 안쪽에는 젊은 여자가 있었다. 남들의 눈길을 끌 만큼 미인이었으며 호화롭게 꾸며진 파란색 관을 쓰고 있었다. 헤이젠은 그녀 앞에서 무릎을 꿇고 팔을 수평으로 들었다.

"놀라운걸. 제국 군인이 쿠민족의 인사법을 알고 있다니 말이야."

"제국군 소위인 헤이젠이라고 합니다."

"……말도 할 줄 아는 건가. 족장인 버시아야. 정전협정을 맺으러 왔다지?"

"네."

버시아는 인근 약소민족을 휘하에 두고 있는 존재다. 그러니 쿠민족의 족장이면서도 다른 민족에게 『푸른 여왕』이라 칭송되고 있다.

"성공하리라 여겼겠지만 계산이 빗나갔군. 너희는 여기서 죽을 거야."

그녀가 손을 들자 쿠민족 남성들이 일제히 검을 들며 헤이젠 일행을 포위했다.

하지만 검은 머리의 마법사는 자신만만한 미소를 머금었고…….

쿠민족의 여왕 또한 자신만만하게 웃었다.

"이리 환대해 주시니 몸 둘 바를 모르겠습니다."

"꼬챙이형, 효수, 조리돌림, 어느 쪽이 취향이지?"

두 사람의 날카로운 시선이 교차하는 가운데 레이 화의 뒤편에 숨어 있던 얀이 주위를 둘러봤다. 아무래도 여차할 때를 대비해 퇴로를 확인하고 있는 것 같았다.

그것을 눈치챈 건지 한 전사가 얀을 향해서도 검을 겨누려 했다. 하지만 바로 그때 여왕 버시아의 표정이 돌변하면서 벌떡 일어섰다.

"……어이. 너는 어린애한테도 검을 겨누는 거냐?"

"하, 하지만 이 제국의 어린애가 도망치려고……."

말을 끝까지 잇기도 전에 파란색 관을 쓴 여왕은 단칼에 그자의 목을 벴다.

"어린애한테도 검을 겨누다니 부끄러운 줄 알아라."

버시아는 머리가 없는 시체를 향해 내뱉듯이 그렇게 말했다. 그러자 흉흉한 분위기가 더욱 살벌해졌다. 하지만 헤이젠은 안색을 전혀 바꾸지 않으며 입을 열었다.

"검을 겨눠도 괜찮습니다."

"저는 괜찮지 않거든요?!"

얀이 충격을 받은 표정으로 헤이젠을 노려봤지만 그는 무시했다. 그 모습을 본 버시아는 불쾌하다는 투로 말했다.

"정말 어처구니없는 놈이네. 네가 괜찮든 괜찮지 않든 상관없어. 우리는 우리 방식에 따를 뿐이야."

"그래서 쿠민족은 쇠퇴한 겁니다."

"……뭐?"

"민족의 번영을 바란다면 적국의 어린이들을 근절해야만 합니다. 당신들 쿠민족이 다른 나라의 백성과 동화되는 일은 없으니까요. 그러지 못한다면 적국의 어린이들은 쿠민족을 미워하며 자라서 보복하려 들 겁니다. 그들은 쿠민족의 어린이도 아무렇지 않게 죽이죠."

"……."

"타국, 타민족의 어린이는 죽이지 않는다. 멋진 규율입니다. 하지만 그 멋진 규율 탓에 무슨 짓이든 다 하는 제국과 타국에 영토를 빼앗겼어요."

"……그래서? 그 잘난 고견을 늘어놓으면, 네놈의 목을 향한 칼날을 우리가 거두리라고 생각해?"

살짝 밀기만 해도 꿰뚫리고 말 정도로 날카로운 칼날의 끝부분이 헤이젠의 피부에 닿았다. 하지만 검은 머리의 청년은 전혀 동요하지 않으며 파란색 관을 쓴 젊은 여왕을 응시했다.

"후회하게 될 겁니다. 그 선택이 당신들 자신을 멸망시키겠죠."

"……목숨 구걸치고는 조잡한걸. 뭐, 좋아. 어차피 죽을 목숨이니 들어는 주지."

"제국 국민은 3천만 명. 조사해 보니 쿠민족은 30만 명 정도의 소수민족입니다. 본격적으로 적대하게 된다면 어느 쪽이 이길지 뻔하죠."

"그 말은 지금 이 상황에도 똑같이 적용되지 않나? 이 자리에서는 300대2니까 말이야."

"네. 지금 이곳에서는 저희 두 명과 쿠민족 300명이 대치하고 있으며 제국과 쿠민족의 축소판이라 할 수 있는 상황이죠. 이 압도적인 전력 차이 앞에서는 누구라도 절망할 겁니다."

"……."

"쿠민족이 멸망하지 않은 이유는 하나. 이 인근 산악지대는 제국에 가치가 적은 토지입니다. 저희는 그렇게 생각하고 있죠……. 현시점에서는 말입니다."

그렇게 말한 순간 쿠민족 남성들의 성난 목소리가 텐트 안에서 메아리쳤다.

"……시끄럽다."

버시아가 그렇게 중얼거리자 다들 입을 다물었다. 아무래도 여왕은 상당한 카리스마를 지닌 것 같았다. 남자들을 완전히 장악하고 있었다.

"현시점, 이 어떤 뜻이지?"

"여기에는 제국이 무슨 수를 써서라도 차지하고 싶어 하는 게 있습니다. 그렇죠?"

"……그게 뭔데?"

"보주입니다."

헤이젠은 미소를 지으며 대답했다.

버시아는 침묵했다. 보주란 마장 제작에 있어 핵심인 물질이다. 이 불가사의한 돌은 자연계의 온갖 특이 조건에 의해 출현한다. 그 원천이 이곳에 있다는 게 밝혀지면 인근의 국가들이 차지하기 위해 쳐들어올 것이며 쿠민족은 잠시도 버티지 못하리라.

젊은 여왕은 검은 머리의 청년을 날카로운 눈동자로 쳐다보더니 이윽고 입을 열었다.

"왜 그렇게 생각하지?"

"포로인 코사크가 쓴 마장을 해석했습니다. 마장의 만듦새는 거칠고 원시적이죠. 마법사로서의 능력도 뛰어나지 않아요. 하지만 보주의 질만은 매우 뛰어나더군요."

"……신랄한걸."

"사실이니까요."

헤이젠은 그 보주를 7등급으로 감정했다. 이것은 제국에서라면 대위급이 사용할 만큼 고가의 보주다. 그것을 소수민족의 중대장(제국으로 치면 소위)급이 쓴다는 건 명백하게 이상하다.

그래서 자연적으로 보주의 원천이 존재한다고 추측한 것이다.

"현시점에서 그걸 눈치챈 사람은 저뿐입니다. 지금이라면 그 사실을 숨긴 채 정전협정을 맺는 게 가능하겠죠."

"……보주의 원천이 있다고 치자. 그렇다면 네놈은 왜 그 사실을 제국에 보고하지 않는 거지? 제국의 이익을 생각한다면 보고한 다음에 우리를 공격하는 게 나을 텐데?"

"그 답은 간단합니다. 제가 그 보주를 독점하고 싶어서죠."

"뭐어?!"

버시아는 입을 쩍 벌렸다. 그녀의 얼굴에서는 적의가 느껴지지 않았으며 그저 순수하게 놀란 듯이 보였다.

"어처구니가 없네. 그리고 우리 쿠민족이 그걸 순순히 넘겨주리라 생각하는 거야?"

"보주는 마장으로 가공하지 않으면 아무짝에도 쓸모없는 돌멩이입니다. 그리고 원천으로 방치해 두면 언젠가 제국과 타국에게 발각되어서 쿠민족은 멸망하겠죠. 여러분에게 보주의 존재 자체가 마이너스로 작용합니다."

자원은 항상 표적이 되기 마련이다. 그리고 그것을 지킬 힘이 없는 자에게는 독이 될 수 있다.

"……."

"물론 공짜나 다름없는 가격으로 팔라고 할 생각은 없습니다. 비밀 유지를 위한 독점 루트는 확보하겠습니다만, 제국에 유통하고 있는 정가 이상의 가격으로 사들일 것을 약속드립니다."

"……이해가 안 되는걸. 대체 너는 뭘 하고 싶은 거지? 헐값에 산다면 몰라도 정가 이상의 가격으로 샀다간 적자가 될 거야. 그런 짓을 해선 너한테 득 될 게 없을 텐데?"

버시아는 순수한 의문을 입에 담았다. 헤이젠은 뛰어난 족장이라고 생각했다. 그녀의 목소리에 담긴 것은 우려나 증오가 아니다. 그저 쿠민족의 미래를 필사적으로 모색하는 기색이 느껴졌다.

"저는 당신들에게 있어서의 매입자이자 판매자가 되고 싶습니다."

"……우리에게 뭘 팔 건데?"

"마장입니다. 솜씨 좋은 마장공(魔杖工)이 만든 마장이라면, 여러분도 탐이 날 테죠."

헤이젠은 자신의 마장인 아영을 버시아를 향해 던졌다. 버시아는 그것을 꼼꼼히 뜯어봤다.

"……확실히 좋은 마장이네. 이렇게 살펴보기만 해도 알 수 있어. 이걸 네가 만든 거야?"

"2년 전에 처음으로 만든 마장입니다."

"제국에서 마장공은 전속 청부 제도로 관리되잖아. 군인인 네가 어째서 마장을 만들 수 있는 거지?"

전속 청부 제도란 『마장공 조합의 중개로만 마장 제작 및 매매를 할 수 있다』라는 법률이다. 이 때문에 보주는 마장공 조합에서 독점 공급한다. 그래서 마장공 조합에 들어갈 수 없는 군인 마장공은 기본적으로 존재하지 않는다.

"기술을 훔쳤습니다. 그리고 눈으로 보고 따라 하며 연구했죠. 현시점의 제 기술은 명공이라 불리는 이들 못지않다고 자부합니다."

학생 시절에 마장공 강의를 수강했다. 핵심이 되는 공정을 배우기 위해서는 마장공 조합에 소속되어야만 하지만 헤이젠은 그 계약 마법을 맺지 않았다. 물론 위법이다.

버시아는 설명을 듣고 입을 다물더니 한동안 침묵한 다음에 입을 열었다.

"네가 마장 제작을 하고 완성품을 우리에게 팔겠다는 거야?"

헤이젠은 빙긋 웃으며 고개를 끄덕였다. 아무래도 그의 의도를 파악한 것 같았다.

"즉, 원천인 채로 두지만 않으면 되는 겁니다. 당신들은 뛰어난 마장을 손에 넣고 저는 가공비를 손에 넣죠. 서로가 손해를 보지 않는 거래라고 생각합니다."

"……역시 이해가 안 돼. 네 말만 들으면 확실히 우리에게 이익이 돼. 하지만 너한테는 그리 큰 이익이 안 될 텐데?"

"아뇨. 충분합니다. 제국 군인으로서 쿠민족과의 정전협정을 체결하면 상당한 공적을 쌓을 수 있습니다. 지금은 무엇보다도 성과가 필요하니까요."

"……만약 특급 보주가 나온다면? 너는 그것도 가공해서 우리에게 넘길 거야?"

특급 보주란 수십 년에 한두 개 발굴되는 매우 희소한 보주다. 그 가치는 소국 하나에 맞먹는다고 일컬어진다. 즉, 그것을 노린다고 여기는 것이다. 하지만 헤이젠은 망설임 없이 고개를 끄덕였다.

"건네드리겠습니다. 계약 마법도 맺죠. 지금은 그렇게 질 좋은 마장이 필요하진 않습니다. 소위 신분이니까요."

"……지금은?"

"깊은 뜻은 없습니다. 지금 저에게 필요한 것은 마장 제작 경험이에요. 특급 보주를 이용한 마장을 사용하는 것보다 그 마장을 만들 기회를 원하죠. 지고의 마장을 만들기 위해서 말입니다."

"……."

헤이젠에게 마장공으로서의 솜씨를 갈고닦는 것은 필수 사항이다. 하지만 그러기 위해서는 질 좋은 보주가 필요하다. 보주는 기본적으로 마장공 조합에서 제공해 주기 때문에 손에 넣을 수가 없다. 그래서 암시장에서 일반적인 가격의 열 배나 되는 돈을 주고 사야만 한다.

직접 보주를 사서 제작하는 건 비용이 너무 많이 드는 것이다.

"그래. 재미있는 남자라는 건 알겠어. 매사의 판단기준도 가치관도 제국 군인에게서 일탈했잖아……. 너, 정체가 뭐야?"

"일개 제국 군인입니다. 그 정점에 올라서기 위해 필요한 일을 하고 있을 뿐이죠."

"네가 하는 일이 제국에 이익이 되는 건가?"

"제국의 이익 같은 건 아무래도 상관없습니다. 어디까지나 저는 제국을 이용하고 있을 뿐이니까요."

헤이젠은 항상 제국을 이용해서 자기 이익을 최대한으로 만드는 것을 목적으로 삼고 있다. 제국에 헌신할 생각은 눈곱만큼도 없다.

"알았어."

“그러면 승낙하시는 겁니까?”

“아니, 우리는 전사 일족이야. 약한 자는 신용하지 못해.”

“그렇군요. 그래서요?”

“결투를 해줘야겠어. 네가 무모할 뿐인 어리석은 자인지…… 아니면 진정한 용사인지를 그 결투로 정하겠어.”

“알겠습니다. 그렇다면 여왕님을 제외하고 이 중에서 가장 강한 건 누구죠?”

“……제국의 소위 따위가 우리 일족의 2인자와 싸우겠다는 건가?”

“이래 봬도 많이 사양한 겁니다. 10등급 보주로 당신과 싸우려니 불안해서 말이죠.”

헤이젠은 자신만만한 웃음을 흘렸다.

버시아는 손을 들더니 쿠민족이 칼날을 거두게 했다. 하지만 레이 화를 겨눈 칼만은 그대로 뒀다. 하지만 이야기가 너무 길어진 탓에 그녀는 반쯤 졸고 있었기에 그 위압은 의미가 없는 것 같지만 말이다.

“올리베스, 나서라.”

“네!”

젊은 여왕은 옆에 시립해 있던 건장한 남자에게 지시를 내렸다. 소수민족이라고 해도 그 안에서 2인자다. 제국으로 치면 중령급의 실력자일 것으로 짐작됐다.

“미리 말해두겠는데 그 아영이란 마장으로는 아무리 발버둥을 쳐봤자 이길 수 없을걸?”

“뭐, 일단 해보죠. 룰은 있습니까?”

"룰? 그딴 건 없어. 그저 상대가 쓰러질 때까지 싸울 뿐이야."

"알겠습니다."

헤이젠은 그렇게 말하더니 올리베스에게 등을 보이며 걸음을 옮겼다. 그것은 너무나도 무방비한 행동이었다. 건장한 전사는 인상을 찡그렸다.

"너…… 나를 얕보는 거냐? 죽여달라는 거나 다름없는 짓이구나."

"쿠민족의 결투에 나선 전사는 등을 보인 상대를 공격하는 건가? 룰이 없다고는 했지만 이건 내 실력을 가늠하기 위한 결투지. 그러니 올리베스 너는 이 자리에서 아무것도 할 수 없어."

"……."

그 선언대로 올리베스는 헤이젠이 텐트에서 나갈 때까지 미동조차 하지 않았다. 헤이젠은 자신이 처한 상황을 지배하는 것에 누구보다도 능했다. 막대한 전투 행위의 경험을 통해 갈고닦은 결과다.

마을 안의 대광장으로 향한 두 사람은 대치했다. 올리베스의 마장은 자기 키만큼 긴 곤봉이었다. 그가 마장을 헤이젠에게 겨누자 갑자기 거대한 용의 환영이 발생했다. 그 용은 크게 입을 벌리더니 대량의 얼음 칼날을 토했다.

헤이젠은 겨우겨우 그것을 피했지만 그 일대는 엉망진창이 됐다.

"조심해라. 빙룡은 성격이 사납거든."

"……확실히 아영으로는 못 이기겠는걸."

위력이 천지 차이였다. 아마 올리베스가 사용하는 보주는 4

혹은 5등급일 것이다. 제국의 대령급이 다루는 고위의 보주다. 마장의 질은 떨어지지만 그래도 헤이젠이 쓰는 마법보다 출력이 훨씬 뛰어나다.

“손속에 사정을 두는 건 처음뿐이다. 다음에도 피할 수 있을 거라 생각 마라.”

올리베스의 말은 허세가 아니다. 아마 이 성가신 얼음 칼날을 아까보다 더 광범위하게 날리는 것도 가능한 것이리라.

“……크큭.”

하지만…….

헤이젠은 자신만만한 웃음을 머금었다.

*

3년 전. 건너는 게 불가능하다고 여겨지던 흑해를 건너서, 헤이젠은 이곳 동대륙에 왔다. 그리고 마법 체계가 다르다는 사실에 경악했다. 이제까지 마법을 외부로 날리기 위해서는 영창(챈트)과 인(印)(실), 두 가지 수순이 필요했다. 영창이란 대뇌 왼쪽에 존재하는 마력 영역(게이트)에서 생성한 마력을 체내에 구축하여 마법의 섭리를 언어화하는 작업이다. 그러나 이 대륙에서는 마장이 그 역할을 한다. 영창과 인의 작업을 할 필요 없이 마법을 쓸 수 있기에 발동 속도가 극단적으로 단축되는 것이다. 대신에 마법의 종류가 현저하게 한정되기 때문에 각양각색의 마법을 개인이 펼칠 수는 없다. 일장일단이 있어서 어느 쪽이 뛰어나다고 단정할 수는 없지만 헤이젠은 주저 없이 마장을 이용한 마법 체계를 선택했다.

제로부터…… 아니, 예전 마법 체계의 영향으로 마법을 쓸 수조차 없게 된 마이너스로부터 출발한 것이다.

*

"너…… 그게 뭐지?"

올리베스는 경악에 찬 눈길로 쳐다봤다.

헤이젠의 등 뒤에는 여덟 개의 마장이 허공에 떠 있었다. 올리베스만이 아니라 쿠민족의 모든 이들이 경악에 찬 눈길로 쳐다보고 있었다.

원래 마장은 한 명의 마법사가 한 종류만 다룬다. 상당한 실력자일지라도 네 종류가 한계다.

그것이 이 대륙의 상식이다.

"아, 이거? 아영으로는 아무리 발버둥 쳐도 못 이길 것 같거든."

헤이젠은 아영을 내던지더니 다른 마장을 오른손에 쥐었다.

"크……."

올리베스가 다시 마장을 치켜들자 용은 광범위한 공간에 얼음 칼날을 토했다. 하지만 헤이젠 또한 동시에 마장을 치켜들었다. 그러자 그의 몸집 크기의 거대한 방패가 발생했다.

"광범위하게 공격하면 위력이 떨어지지. 그러니 이 10등급 보주로 제작한 『지순(地盾)』으로도 막아낼 수 있는 거야."

공격을 막힌 헤이젠이 왼손을 펼치자 다른 마장이 빨려들듯 그의 손에 쥐어졌다.

"양손으로 마장을 쓴다고? 너…… 괴물이냐?"

올리베스는 무심코 그렇게 말했다. 일반적인 마법사는 여러 개의 마장을 다루더라도 한 번에 하나만 손에 쥐고 쓰지만 헤이젠은 이미 두 종류의 마장을 쓰고 있으며 양손에 하나씩 쥐었다.

"역사상 한 명도 없었다면 자랑스럽겠지만 말이지. 제국에서는 미 실이 그렇다고 하더군."

"……그『사백』과 네가 동등하다는 건가?"

그녀는 대륙에서 가장 두려움의 대상이 되는 이 중 한 명이다.

헤이젠은 끝부분이 뾰족한 작살 같은 마장을 던졌다. 그것은 고속으로 날아가서 용의 턱을 날려버렸다.

"아니…… 밀려난 건가?"

"홍련(紅蓮). 한 번의 공격에 특화된 마장이다. 하루에 한 번밖에 못 쓰니 연비는 나쁘지만 그 위력은 8등급에 버금가지."

"……말도 안 돼. 이 보주는 5등급이다."

"그게…… 너와 내 격의 차이려나."

헤이젠은 미소를 머금더니 새로운 마장을 손에 쥐고 휘둘렀다.

하지만 아무런 효과도 발생하지 않았다.

"흥, 허세를 부린 건가."

올리베스는 안도에 찬 표정을 지으면서 자신의 마장을 치켜들었다.

“미안하지만 장난은 끝이다. 전력을 다해 상대해 주마.”

다시 생겨난 용의 환영이 크게 입을 벌리며 힘을 모았다. 아까보다 훨씬 위력이 강한 일격을 날리려는 것이다. 아까보다 더 넓은 범위의 공격이니 피할 수단이 없다.

이제 헤이젠은 피하지도 막아내지도 못한다.

적어도 올리베스는 그렇게 여겼다.

하지만 헤이젠은 승리를 확신하며 웃었다.

“마법사의 결투에서 중요한 것은 상대를 얼마나 잘 속이는가, 지. 너는 전장에서는 우수하겠지만 결투에는 적성이 없는걸.”

그렇게 중얼거린 후…….

헤이젠은 마장을 휘둘렀다. 그러자 올리베스의 사각지대에서 뿜어져 나온 종이 형태의 그림자가 그의 몸을 옭아맸다. 올리베스는 무슨 일이 일어난 건지 모른 채 흐트러진 목소리로 고함을 질렀다.

“겨, 결투는 일대일이 원칙이라고. 대, 대체 누가…….”

“아, 이건 내 마장 『원조(遠操)』의 효과야. 원격으로 마력을 전달하는 능력이 있지.”

“……윽.”

아영을 던진 것은 그 존재를 들키지 않기 위해서다. 그리고 헤이젠은 올리베스의 사각지대에서 종이 형태의 그림자로 공격 가능한 위치로 이동했다. 그 후에는 그가 마력을 모아서 일격을 날릴 때까지 버티면 된다. 아까 마장을 휘두른 것도 속임수다. 이쪽에 더는 패가 없다고 생각하게 만들어 상대방의 경계심을 누그러뜨렸다. 올리베스는 강하지만 단순한 전사다. 그런 자를 농락하는 건 쉬운 일이다.

푸른 여왕은 곧 손을 들면서 선언했다.

"승패가 갈렸나……."

"잔재주를 부리긴 했지만 이게 제 실력입니다."

"……."

"마음에 안 드십니까? 저도 힘 대 힘의 승부를 펼치고 싶습니다만 적당한 보주가 없어서 말이죠."

"잔재주? 너는 방금 그걸 잔재주라고 여기는 거냐?"

버시아는 이마에 땀방울이 맺힌 채 그렇게 중얼거렸다.

*

서대륙의 마법 체계에는 마장이라는 존재가 없으며 자기 몸만으로 마법을 펼친다. 다채로운 마법을 쓸 수 있는 대신 영창과 인이라는 행위가 꼭 필요하다.

즉, 마법을 발동하기까지 시간이 걸리는 것이다.

마장에는 그런 행위가 필요 없다. 그것은 콤마 몇 초로 생사가 갈리는 전투에서 유리하게 작용한다.

그래서 헤이젠은 생각했다. 다양한 마장을 소유하고 상대의 특성에 맞춰 마장을 쓸 수 있게 되자고 말이다. 등 뒤에 여덟 개의 마장을 출현시킨 것도 사물을 보이지 않게 만들 수 있는 마장인 『환투(幻透)』와 물질을 자유자재로 옮길 수 있는 마장 『염도(念導)』를 구사한 결과다.

*

『환투』와 『염도』에 대해 설명해 주자 버시아는 미심쩍은 표정을 지었다.

"……그런 마장을 휘두르는 것처럼 보이지는 않았다만?"

"아, 이겁니다."

헤이젠은 새끼손가락에 낀 반지에 달린 두 개의 조그마한 사슬을 보여줬다.

"설마…… 이게 마장?"

"보주를 가공한 파편으로 만들었죠."

"믿기지 않아. 이렇게 조그마한 것으로 그런 마법을 쓴 거야?"

"효과 범위를 현저하게 한정하고 능력을 지극히 단순한 움직임에 특화하는 제한을 거니 가능했죠."

"가능했다니……."

버시아는 무심코 쓴웃음을 머금었지만 헤이젠은 그렇게 말할 수밖에 없었다. 환투는 현재 여덟 개의 마장을 보이지 않게 만드는 게 한계다. 염도 또한 효과 범위가 3미터밖에 안 되며 빈 손바닥에 쏙 들어가도록 옮기는 게 한계다.

"저라면 용도에 맞는 마장을 여러분에게 제공할 수 있습니다. 마장공의 레벨이 낮으면 마장에 자신들의 특성을 맞출 수밖에 없죠."

그리고 그것은 주객전도라고 헤이젠은 생각했다. 마장의 질은 국가, 민족이 지닌 힘의 질이다. 이것을 높여서 간단히 짓밟을 수 없는 민족이라는 것을 널리 알리면 함부로 침략 행위를 벌일 수 없다.

"제가 쥔 패를 알려드리는 건 마장공으로서의 제 솜씨를 어필하고 싶어서입니다."

"후후…… 상상을 초월하는, 그야말로 괴물 같은 능력인걸."

"그렇지 않습니다. 아직 멀었어요."

"아직 멀었다고? 다수의 마장을 상황에 맞춰 나눠 쓴다. 이런 게 가능한 사람은 대륙 전체를 뒤져도 없을 텐데?"

"보주의 질에 마장의 질이 미치지 못하고 있으니까요. 언젠가는 더…… 제가 꿈꾸는 완성형과는 아직 거리가 멉니다."

"……아군으로 삼기에는 너무 위험한 사내군. 하지만 적이 되는 것보다는 훨씬 나은가."

"알아주셔서 감사합니다."

여왕 버시아는 고개를 끄덕이더니, 쿠민족 전사들을 향해 외쳤다.

"다들! 오늘부로 제국과 정전협정을 맺겠다."

"""오오!"""

쿠민족 사람들이 일제히 함성을 질렀다.

"……반대하는 이도 있을 줄 알았는데 말이죠."

"족장의 결정에 이의를 제기하는 건, 규율로 금지되어 있거든. 그리고 헤이젠 하임. 너는 용감하게도 호위 한 명과 어린이 한 명만 데리고 이렇게 찾아와서 내 오른팔인 올리베스에게 결투로 이겼어. 이의를 제기하는 자가 있을 리가 없지."

“그래도 제국 군인에게 증오를 품고 있는 자는 적지 않으리라고 생각합니다만…….”

“……『끝까지 용감히 싸우다 멸망하자』라는 목소리도 있기는 해. 선대 족장도 그랬지. 하지만 나는 달라. 그게 다야.”

“…….”

아마 선대 족장과 파벌 다툼을 벌여서 여왕 버시아 파가 승리했을 것이다. 소수 민족의 권력 투쟁은 격렬하다. 아마 피로 피를 씻는다고 해도 과언이 아닐 만큼 처절했으리라.

“게다가 제국 군인이면서 그 거대한 제국을 뜻대로 이용하겠다고 말하는 자가 있다니, 왠지 통쾌한걸.”

“……기대에는 부응하겠습니다. 그 판단에 반드시 답할 겁니다.”

헤이젠은 냉혹한 책사지만 모략은 선호하지 않는다. 상대가 믿을 만하지 않다면 모르지만 성실한 대응에는 성실한 대응으로 답한다.

“자아, 딱딱한 이야기를 그만할까. 다들 술을 준비해라.”

버시아가 그렇게 외치자 건장한 전사들이 커다란 술통을 가지고 왔다. 그 순간 헤이젠의 얼굴이 경직되었다.

“아, 저기, 말씀은 감사하지만 술은 사고능력을 떨어뜨리는지라 즐기지 않습니다.”

“그런 소리 마! 쿠민족은 친구로 인정한 이민족에게 술을 대접하는 전통이 있거든.”

“……레이 화. 너만 믿겠어.”

“호, 혼자만 빠지려는 거야? 약았잖아.”

"얀도 있으니 걱정하지 마."

"제, 제가 술을 어떻게 마시냐고요! 아직 어린애라고요."

"이제까지 아무 일도 안 했지? 하다못해 술이라도 마셔서 분위기를 띄워."

"우~엥! 버시아 씨, 어린애의 적인 이 남자를 지금 바로 죽여버리세요."

얀이 젊은 여왕에게 안겨들며 헤이젠을 노려봤다. 버시아는 웃음을 머금으며 소녀를 쓰다듬었다.

"하하하. 재미있는 아이네. 딸이야?"

"아뇨. 재능이 뛰어나서 제가 거뒀습니다. 나중에 난다르라는 상인을 소개할 건데 그 연결책 역할을 맡아줄 겁니다."

"이 아이가?"

버시아는 눈을 동그랗게 떴다.

"얀 린이라고 합니다. 교역 경험을 쌓게 하고 싶으니 혹독하게 다뤄 주십시오. 어린아이라고 얕봤다간 따끔한 맛을 볼 겁니다."

"……그래. 평범한 소녀는 아닌 건가. 뭐, 헤이젠이 데려왔을 정도니 당연하겠지."

"버, 버시아 씨…… 눈빛이 무섭거든요?"

"버시아 여왕님. 겁먹은 것처럼 보이지만 속임수입니다. 칼날이 자기 목에 닿아도 눈 하나 깜빡 안 할 애죠."

"아까부터 무슨 소리를 하는 거예요?!"

"하하하. 알았으니까 술이나 마시자. 헤이젠도 말이야. 안 마시면 이 이야기는 없었던 것으로 하겠어."

"……하아."

여왕이 호쾌하게 미소 지으며 그렇게 말하자 헤이젠은 결국 체념했다.

제4장 조직 부패

다음 날 헤이젠은 요새로 귀환했다. 숙취 탓에 머리가 좀 지끈지끈했다. 마음 같아서는 바로 침대에 드러누워서 자고 싶지만 보고, 연락, 상담은 군인의 기본이다.

헤이젠은 모스피처 중위의 방으로 직행했다. 신경질적인 태도로 자리에 앉아 있던 상관은 험악한 시선을 보내왔다.

"로렌초 대위에게는 보고하지 않았겠지?"

"네. 최우선적으로 보고하라는 명령을 받았으니까요."

"틀림없지?"

"네."

"목숨을 걸 수 있나?"

"……네."

이제 슬슬 이 무능한 자에게 질렸다. 로렌초 대위에게는 『죽여야 한다』는 의견을 올렸지만 처분을 검토하고 있기는 할까.

이것이 직업 군인의 숙명이라 생각한 헤이젠은 크게 한숨을 내쉬었다.

헤이젠은 간결하게 결과만 보고했다.

"……믿기지 않아. 진짜로 정전협정을 맺었다고?"

"네. 쿠민족의 언어와 제국어로 쓰인 약정서가 있습니다."

"위조일지도 모르잖아."

"얼마 후에 여왕인 버시아가 요새를 방문할 겁니다. 정식으로 약정을 맺기 위해서 말입니다. 그 자리에는 게도르 대령님께서 출석해 주시는 편이 좋을 듯합니다."

"여, 여왕이 직접 온다고?"

"네."

"……믿기지 않아. 조, 좋아. 알았다. 하지만 이건 쾌거군. 우리 제4중대가 생긴 이후로 가장 큰 공적이다. 특별 무공 훈장…… 특별 무공 훈장인가……. 우후. 우후후."

"……."

정말 어처구니없는 놈이군, 하고 헤이젠은 생각했다. 아무것도 안 했으면서, 오히려 반대하며 방해했을 뿐만 아니라 책임까지 유기했으면서 공적만은 차지하려 한다.

하지만 그런 헤이젠의 시선을 눈치 못 챈 모스피처 중위는 아양을 떠는 듯한 징그러운 목소리로 속삭이듯 말했다.

"헤이젠 소오~위~?"

"……네."

"특별 무공 훈장…… 저기~. 이건 내 생각인데 말이지~. 역시 제4중대에서 받는 게 적당하지 않을까 싶네. 제8소대는 소행이 불량한 것으로 유명하니 말이야~."

"그렇게 치자면 제4중대의 소행이 불량한 게 됩니다. 제8소대는 제4중대 소속이니까요."

"……아앙?"

방금까지 기분이 좋아 보이던 모스피처 중위의 표정이 굳더니 평소처럼 언짢은 기색이 묻어났다. 한편 헤이젠은 안도했다. 그렇게 기분 나쁜 목소리를 더 들었다간 무심코 두들겨 팼을지도 모른다.

"……제4중대 전체의 소행이 나쁘다는 건 말이 안 돼. 어디까지나 소행이 나쁜 건 제8소대만이니 말이지."

"그렇다면 특별 무공 훈장 대상으로 추천하는 건 제8소대만으로 부탁드립니다."

"뭐? 네놈, 사람 말을 듣고 있는 거냐?"

"네. 중위님의 논리에 따르면 그래야 합당합니다. 『대는 소를 겸하지 못한다』라면 이 일에서도 그리 해야 할 테죠."

"크……."

"애초에 제8소대 이외의 이들은 이 일에 전혀 일조하지 않았습니다."

"이 자식! 공적을 독차지하겠다는 거냐?"

"그럴 생각은 없습니다. 하지만 전혀 협력하지 않은 분들과 공적을 나누고 싶지는 않습니다. 어디까지나 제8소대가 나눠야 합당하다고 생각합니다."

소대의 다른 멤버는 조사와 사전 준비 등으로 꽤 무리를 시켰다. 그 무리에는 합당한 대가를 치르고 싶다. 하지만 모스피처 중위는 방해밖에 안 했다. 그리고 일부러 이런 설명을 해야만 한다는 점 자체가 낭비라고 헤이젠은 생각했다.

"……그렇다면 특별 무공 훈장 대상으로 추천하지 않겠어. 그래도 괜찮겠나?"

"그러시죠."

“당연하지. 네놈은 『제8소대는 제4중대가 아니다』라고 말했으니 말이야.”

“『제8소대 이외의 이들은 이 일에 전혀 일조하지 않았다』라고 말했을 뿐, 그런 말을 한 기억은 없습니다. 그래도 저에게는 추천권이 없으니 뜻대로 하시죠.”

“……정말 그래도 되는 거지?”

“네.”

“한 번 더 말하겠는데 진짜로 추천하지 않을 거야.”

“네.”

“헤이젠 소위…… 왜지~? 왜 그렇게 고집을 부리는 건데~? 둥글게 살자고~. 둥글게~ 둥글게~.”

모스피처 중위는 또 징그러운 목소리를 냈다.

“제4중대의 공적으로 하면 되잖아~. 그러면~ 적어도 제4중대 전원이 포상을 받을 거야~. 추천 안 하면 아무런 포상도 못 받는다고~. 어느 쪽이 좋을지 명백하지 않아~?”

타이르는 척, 소름 끼치게 들러붙는 목소리로 말했지만 헤이젠은 고개를 저었다.

“공을 전혀 세우지 않았으면서 포상을 받는 건 옳지 않기 때문입니다.”

“그게 관례란 거라고!”

모스피처 중위는 발끈하며 고함을 질렀다.

“옳지 못한 관례입니다. 옳지 못한 관례를 없애지 않는 한 제국은 쇠퇴할 겁니다.”

“이놈…… 소위 따위가 감히 제국을 논하는 거냐?”

"네. 저는 제국 군인이기에, 제국의 미래를 항상 생각하며 행동하고 있습니다."

"……내가 제국의 미래를 생각하지 않는단 거냐?"

"그런 말은 한 적 없으며 문맥상 그렇게 받아들일 여지는 없습니다만, 그렇다고 생각합니다."

"이, 이놈!!"

모스피처 중위는 따귀를 때리려 했지만 헤이젠은 그것을 피하며 풍참을 휘둘렀다. 갑자기 날카로운 풍압이 모스피처 중위의 볼을 스쳤다. 그 바람에 다리가 풀린 그는 무심코 주저앉았다.

"으…… 그그극."

"실례했습니다. 해충이 중위의 어깨에 앉아 있어서 말이죠."

헤이젠은 두 동강이 난 커다란 해충을 쳐다보며 웃었다. 물론 그것도 미리 준비해 둔 것이다.

"이, 이 자식! 나를 죽이려고 한 거지?"

"아뇨. 저는 해충을 죽였을 뿐입니다."

"거, 거짓말하지 마."

"거짓말이 아닙니다. 이 해충을 죽였습니다. 저는 해충을 죽입니다…… 제국을 좀먹는 해충도, 철저하게 말이죠."

"히익……."

헤이젠은 꿰뚫는 듯한 시선으로 모스피처 중위를 쳐다봤다.

"그, 그러면 추천하지 않겠어! 정말 그것으로 괜찮은 거지?"

"네."

"……진짜라고. 괜찮은 거냐?"

"저기, 귀가 안 좋습니까? 몇 번이나 『네』라고 대답했습니다."

"화, 확인 삼아서 묻는 거다. 중요한 사항이거든."

"그렇다면 짤막하게 부탁드립니다. 이후에 로렌초 대위께도 보고드리러 가야 하니까요."

?!

"우워어어어어어어어어이!"

모스피처 중위가 새된 괴성을 질렀다.

"이, 이 자식! 단독으로 보고를 올리려는 거냐?"

"네."

"상관인 나를 제쳐놓고 말이냐?"

"로렌초 대위께서 직접 지시하셨으니까요."

"그런 보고, 나는 못 받았어!"

"네."

"어째서 보고하지 않은 거냐!"

"보고하라는 지시를 못 받았으니까요."

"보통은 한다고! 보, 고, 를!"

모스피처 중위는 지면을 발로 걷어차며 고함을 질렀다.

"그렇습니까? 하지만 전부 짐작하라는 건 무리 아닐지요. 제대로 말씀을 해주시거나 주의 사항에 포함을 시켜주셨으면 합니다."

"큭…… 중요한 이야기는 보고하는 게 당연하잖아?!"

"네."

"그러면, 왜 보고 안 한 거지?!"

"중요하다고 인식하지 못했습니다."

"중요하잖아! 중요하다고! 중요하단 말이야!"

"그렇습니까. 그러면 다음부터는 그렇게 하겠습니다."

"이미 늦었어! 늦, 었, 다, 고!"

"그렇습니까."

헤이젠이 담담히 대답하자 모스피처 중위는 『믿기지 않는다』는 표정으로 그를 쳐다봤다.

"이, 이미 늦었다고 내가 말했지? 그러면 해명이나 변명을 해야 하지 않아?"

"아뇨. 중요한 사항이라면 미리 일러두거나 주의 사항에 포함하는 게 저한테는 정상이니까요. 그러니 중위님 본인의 책임이 아닐까 싶습니다."

"뭐라고?!"

"물론 제국에 있어서 중요한 사항이라면 그런 질책을 받아야겠습니다만 중위님께 보고드린 내용을 대위님께 보고드릴 뿐이니까요. 그건 중위님에게만 중요 사항인 만큼 저는 알 수가 없습니다."

"……이제 됐어!"

"그렇습니까. 그러면 이만 실례하겠습니다."

?!

"우워어어어어이이이이이! 기다려! 기다려, 기다려, 기다려!"

모스피처 중위는 서둘러 문 앞으로 이동하더니 몸으로 문을 막아섰다.

"……저기, 정반대의 지시를 연이어 하지 말아 주셨으면 합니다. 혼란스러우니까요."

"크…… 『이제 됐어』라는 건 『돌아가』란 의미가 아냐! 『네놈에게 실망했다』는 의미라고!"
"그렇습니까."
"모르겠어? 그 정도는 알아들어야 정상 아니야?!"
"애매한 발언은 자제하는 편이 좋다고 생각합니다. 부대의 행동에 혼란을 끼칠 우려가 있으니까요."
"끄응……."
"……."
"……."
"그러면 실례하겠습니다."
"우우우워어어어어어어이이이잇! 기다려, 기다려, 기다려~!"
헤이젠이 자신의 옆을 지나치며 문밖으로 나가려 하자, 모스피처 중위는 몸으로 그를 막아섰다.
"네."
"왜 돌아가려고 하는 거지?"
"이야기가 끝났다고 판단했습니다."
"안 끝났어! 나는 『네놈한테 실망했다』고 했을 뿐이다."
"네. 그 발언을 듣고, 저는 『그렇습니까』 하고 답했습니다. 그것으로 대화는 끝났다고 판단했습니다."
"헛소리 마! 보통, 상관으로부터 『실망했다』라는 말을 들으면 입 다물고 가만히 서 있어야 하는 법이라고!"
"그렇습니까."
"그 정도는 누구나 알거든?! 그런 것도 모르는 거냐!"
"모호한 태도는 관두는 편이 좋다고 생각합니다. 부대의 행동에 혼란을 끼칠 우려가 있으니까요."

"끄으응…… 그래, 『기다려』하고 말했어! 나는 『기다려』 하고 말했지?"

"네."

"그런데, 왜 돌아가려 하는 거지?"

"기다렸습니다. 그리고 그 지시가 끝났다고 판단했습니다."

"판단을 내리는 건 바로 나야!"

"하지만 그 후에 아무 말씀도 안 하지 않았습니까."

"이제부터 하려던 참이었다고!"

"그렇습니까. 그러면 짤막하게 부탁드립니다. 로렌초 대위님도 기다리고 계시니까요."

"그쪽은 기다리게 두면 돼! 그쪽은 한가하고, 이쪽이 더 중요하다고!"

"……알겠습니다."

"네놈, 로렌초 대위님께 뭐라고 설명할 생각이지?"

"중위님께 보고한 내용과 동일합니다."

"말해! 네놈의 발언은 신용할 수가 없어."

"정전협정을 체결했습니다. 얼마 후에 여왕이 요새를 방문할 겁니다. 그렇게 보고할 예정입니다."

"……그 외에는?"

"질문을 받으면 답할 겁니다."

"특별 무공 훈장 건은?"

"그것도 질문을 받으면 답하겠습니다."

"말해! 뭐라고 답할 생각이지?"

"……저기, 어떤 질문에 대한 답을 말하는 겁니까?"

"방금 말했잖아! 특별 무공 훈장! 특, 별, 무, 공, 훈, 장!"
"특별 무공 훈장의 어느 건 말입니까? 하고 답하겠습니다."
"큭…… 특별 무공 훈장은 어느 부대가 받아야 마땅한가? 라는 질문이야."
"제8소대가 받아야 마땅하다고 생각합니다, 라고 대답할 겁니다."
"우워어어어어어어어이! 우워어어어어어어어이이이잇?! 어째서냐? 나는 『제4중대가 적당하다』라고 말했다고!"
모스피처 중위는 정신이 나간 것처럼 발을 동동 굴렀다.
"네."
"왜 그렇게 답하지 않는 건데?!"
"저는 중위님이 아니기 때문입니다."
"하지만 나는 네 상관이야!"
"네."
"상관의 결정에 이의를 제기하려는 거냐?"
"……중위님은 특별 무공 훈장을 사양하기로 하지 않았습니까?"
"끄으으으응! 그러면, 왜 그렇게 말하지 않는 건데?!"
"어느 부대가 받아야 마땅한가? 라고 가정하셨지 않습니까. 『받느냐』, 『사양하느냐』에 관한 질문이 아니었습니다."
"앗…… 말대답은 청산유수군. 기가 막혀서 말이 안 나온다."
"그렇습니까."
"기다려! 돌아가지 마! 내가 됐다고 말할 때까지 돌아가지 말라고."

"네. 하지만 짤막하게 부탁드립니다. 로렌초 대위님께서 기다리고 계시니까요."

"그냥 기다리게 두랬잖아! 실실 쪼개기나 하는 녀석 따위 언제까지고 기다리게 해도 문제 될 건 없어!"

"그, 그렇습니까."

"하아…… 그러면 『받느냐』, 『사양하느냐』라는 질문을 받는다면 어쩔 거지?"

"『저는 받고 싶습니다만 중위님께서 사양하겠다고 하셨습니다』라고 답하겠습니다."

?!

"우워어어어어어어어어어엇! 우우워어어어어이이이이이잇! 그러면 안 되거든?! 제일! 제, 일, 하, 면, 안, 되, 는, 소, 리!"

탭댄스를 추듯이 모스피처 중위가 격렬하게 발을 굴렀다.

"그렇습니까."

"잘 들어. 이렇게 말하는 거야. 『특별 무공 훈장은 제4중대가 받아야 마땅하다고 생각합니다』라고 말이지."

"거절하겠습니다."

"어, 어째서냐?"

"제가 그렇게 생각하지 않기 때문입니다."

"상관 명령이다!"

"알겠습니다."

"정말이지?"

"네."

"자아, 대답해 봐. 『특별 무공 훈장은 어느 부대가 받아야 하나』라는 질문을 받으면?"

"저는 생각이 다릅니다만, 중위로부터 『특별 무공 훈장은 제4중대가 받아야 마땅하다고 생각합니다』라고 답하란 지시를 받았습니다."

?!

"우워어어어어어이이이이! 우우우워어어어어어어잇! 어잇! 왜, 왜, 그렇게 되는 건데? 너 일부러 이러는 거지?"

"지시에 따랐을 뿐입니다만……."

물론 당연히 일부러 이러는 것이다.

"지시 안 했어! 나는 그런 지시 안 했다고!"

"그렇습니까."

"잘 들어. 이제부터 문답의 리허설을 실시하겠어. 단 한 마디로 틀리지 마. 덧붙이지 마. 생략하지 마. 알았지? 알았냐고!"

"하지만 로렌초 대위님께서 기다리고 계시니……."

"그러니까 내가 말했잖아! 그딴 자식은 됐다고! 어차피 무슨 짓을 해봤자 웃으면 용서해 준단 말이다! 몇 시간이든 기다리게 두면 돼. 네가 해낼 때까지 몇 시간이고 같은 짓을 할 거야. 알았냐?!"

모스피처 중위가 고함을 지른 그 순간 문밖에서 목소리가 들려왔다.

"그건 곤란해."

"……어?"

안에 들어온 사람은 로렌초 대위였다.

“어, 아, 어버버…… 로레…… 로레레…… 레.”

모스피처 중위는 금방이라도 입에 거품을 물 것처럼 깜짝 놀랐다.

“귀가 썩는 줄 알았어. 부하에게 자기가 유리하게 곡해해서 보고하라 시키다니…….”

로렌초 대위는 경멸에 찬 표정을 숨기려 하지 않았다.

“아, 아, 아, 아닙니다! 뭔가…… 실례가 있으면 안 되니…… 저기…….”

“모스피처 중위. 자네의 무례하고 실례되는 말은 들렸지만 헤이젠 소위는 실례되는 말을 안 했어.”

“히익…… 저기, 어디서부터…….”

“처음부터야.”

“네? 처음부터?”

“자네와 헤이젠 소위의 대화를 처음부터 다 들었지. 나는 문 밖에 있었거든.”

“으갸아악……. 어, 어째썸까?”

뚝, 뚝뚝, 하고 모스피처 중위의 입에서 침이 방울져 떨어졌다. 혀가 잘 돌아가지 않는 것 같았다. 아무래도 너무 놀라면 입안을 제어할 수가 없는 타입인 것 같았다.

“헤이젠 소위가 요새에 귀환했다는 보고를 듣고 그를 기다리고 있었지. 물론 바로 보고를 받고 싶었지만 모스피처 중위에게 『로렌초 대위보다 무조건 먼저 보고하라』라는 다짐을 받았다는 말을 듣고 자네와 그의 관계를 배려해 밖에서 기다리고 있었어.”

"헤, 헤, 헤이젠 소위…… 이 자식!"

"……."

모르는 척을 했다. 처음부터 이 모든 사태를 꾸몄지만 의도한 게 아니라는 표정을 지었다. 헤이젠은 상층부에 사태를 알리기 위해 실언 한두 마디만 전해지면 충분했다.

그러나 이 남자가 내뱉은 말 대부분이 실언인지라 오히려 실언으로 들리지 않을 지경이었다. 한편 로렌초 대위는 모스피처 중위를 불쾌하다는 듯이 쳐다보고 있었다.

"비난할 상대가 잘못된 것 같은데? 야비하게도 자네는 그의 공적을 갈취하려 했지. 그것도 억지로 말이야. 부끄러운 줄 알도록!"

"히익……."

"……자네에게 중위 자리는 아직 일렀을지도 모르겠군. 상층부에는 정전협정의 성공과 자네의 소위 강등 인사를 보고하도록 하지."

"어, 어어…… 그럼, 누가 중위에……?"

"뭐, 이번 일의 공적을 생각하면 헤이젠 소위를 추천하는 게 합당하겠지."

?!

"마, 마, 마, 말도 안 됩니다!!"

"로렌초 대위 괜찮겠습니까? 저는 제국을 좀먹는 해충을 철저하게 짓밟습니다."

헤이젠은 모스피처 중위를 노려보면서 손바닥 위에 놓인 두 동강 난 해충을 지면에 떨어뜨린 후에 발로 자근자근 밟았다.

"히익……."

새빨간 융단에 가루가 된 채 남아 있는 해충의 사체를 본 모스피처 중위는 침을 질질 흘리면서 로렌초 대위의 바지를 잡고 매달렸다.

"히, 히이이이익…… 부디, 부디, 부디……!"

"……헤이젠 소위. 이번 승진은 어디까지 잠정적인 것이야. 정식 통보가 있을 때까지 시간이 걸리겠지. 어디까지나 계급은 소위지만 『중위 수준의 권한을 가졌다』고 해석하도록."

"그렇군요. 알겠습니다."

완곡하게 『적당히 해라』라는 말을 하는 것이리라. 로렌초 대위는 온화하고 유연한 성격의 지닌 군인이다. 이렇게 약자를 괴롭히는 것을 좋아하지 않으리라.

하지만 헤이젠은 다르다. 약자인지 강자인지는 아무래도 상관없다. 자신의 적은 철저하게 처분한다.

"로렌초 대위님. 부탁이 있습니다."

"뭐지?"

"모스피처 전 중위를 저의 제4중대에 배속해 달라고 건의해 주실 수 없습니까?"

"히끅?!"

"어째서지?"

"전 중위는 부대의 하사관에게 횡포를 부리는 나쁜 버릇이 있습니다. 다른 중대에 배속되면 부하들이 피해를 볼 겁니다. 하지만 저희 부대라면 그런 일이 벌어질 때는 즉시 처벌할 수 있습니다."

"……알겠네. 하지만 보복은 하지 말도록."

"물론이죠. 그저 저 썩어빠진 근성을 철저하게 뜯어 고쳐주려는 겁니다."

"힉…… 힉…… 히끅……."

모스피처 전 중위는 입에 거품을 물더니 지면을 두 손으로 짚으면서 무너지듯 주저앉았다. 그 모습을 본 로렌초 대위는 쓴웃음을 머금었다.

"그건 그렇고 대단한걸. 배속되고 한 달도 안 됐는데 중위로 승진하다니 말이야."

"그것보다, 즉시 다음 수를 둬야 한다고 생각합니다."

"다음 수?"

"디오르도 공국과의 전쟁입니다. 지금이라면 그들은 쿠민족과의 정전협정을 눈치채지 못했을 테죠. 그 사이에 상대방의 요새를 함락시켜야 한다고 생각합니다."

"상층부에서도 그런 이야기가 나오고 있지. 하지만 지금은 시기가 안 좋아. 대군을 운용하기 위한 식량이 없어."

원래 국경 경비는 공세에 나서지 않는다. 그래서 비축하는 식량이 한정되어 있다. 그리고 중앙에서 식량을 옮겨 오려고 해도 북방에는 눈이 많이 쌓이는 탓에 시간이 걸린다.

"그렇다면, 저희만으로 진행하겠습니다."

"……저희만, 이라고?"

"제4중대만으로 요새를 공략하겠다는 겁니다."

"그건…… 아무리 헤이젠 소위라도 무리 아닐까?"

로렌초 대위는 놀란 목소리로 그렇게 말했다. 적의 요새에는 적어도 5천 명의 병사가 있다. 그 요새의 공략에는 적어도 3만의 군대는 필요하리라 여겨지고 있었다.

그런 요새를 4백 남짓한 숫자로 공략하겠다는 건 꿈같은 이야기나 다름없다.

"물론 후속 부대를 준비해 주셨으면 합니다. 요새 제압을 위해서 말입니다. 하지만 성문을 여는 것까지는 전부 저희에게 맡겨주시길."

"……일단 군 상부에 건의해서 검토하도록 하지."

"서두르는 편이 좋을 겁니다. 안 그러면 이 정전협정이 악영향을 끼칠 수도 있으니까요."

"말을 너무 쉽게 하는군. 이 교착 상태는 10년 넘게 이어져 오고 있어."

"하지만 정전협정으로 인해 시간이 다시 흘러가기 시작했습니다. 서로가 공세에 나서기 여의찮을 때와는 달라요."

"……잘, 생각해 보지."

로렌초 대위는 방에서 나갔다.

그리고 열흘이 흘렀다. 결과적으로 사태에는 변화가 없었다. 디오르도 공국과의 본격적인 싸움은 겨울이 끝나고 봄이 오면 하기로 군 상층부가 판단한 것이다. 로렌초 대위는 헤이젠을 자기 방으로 불러서 그 사실을 알려줬다.

"미안하게 됐어. 상층부를 설득해 봤지만 그 사이에 최신 정보가 들어왔지. 듣자 하니 기자르 장군이 그 요새에 배속됐다는 것 같아."

"기자르 장군?"

"모르나? 뇌명(雷鳴) 장군 기자르. 진정한 강자지."

"……어느 정도의 실력자입니까?"

"번개 속성의 마장을 사용한다……고 말하면 이해가 되려나?"

"이해했습니다."

번개 속성의 마장은 속성 마장 중에서도 가장 희소하고 강력하다고 여겨진다. 고위 마법사는 자신의 몸을 번개로 변화시켜 고속으로 움직이는 게 가능하기 때문이다. 번개 속성의 대표격은 『사백』 미 실도 있으며 역사에 이름을 남긴 마법사 또한 다수 배출했다.

"기자르 장군은 대장군에 필적한다는 말을 들을 만큼 유능하고 호전적인 남자야. 그런 강자에게는 이쪽 또한 강한 마법사로 대항할 수밖에 없어."

"……그렇군요."

즉, 북방 가르나 요새에는 그에게 맞설만한 마법사가 없는 것이다. 디오르도 공국은 중견 국가지만 대장군급이 상대라면 제국도 소장(小將)급 이상의 강자가 필요할 것이다.

"봄에는 미 실 백(伯)이 와주기로 되어 있지. 그녀의 능력은 기자르 장군보다 훨씬 뛰어나. 방심은 금물이겠지만 지는 일은 없겠지."

"……이쪽의 의도가 탄로 나지 않기를 빌어야겠군요."

만약 탄로가 나면 디오르도 공국이 쳐들어올 가능성이 있다. 미 실 백은 거물 중의 거물이다. 그녀의 움직임은 대륙 전체가 주목하고 있다.

"한겨울에 전쟁을 일으키는 게 얼마나 무모한 짓인지는 상대도 잘 알고 있을 거야. 게다가 『미 실 백이 쿠민족을 토벌하기 위해 이쪽으로 파견된다』라는 소문도 퍼뜨려뒀지."

"……알겠습니다."

상층부의 판단에 이의를 더 제기하는 건 무모한 짓이라고 헤이젠은 판단했다. 하지만 그가 예상하지 못한 방향으로 상황이 흘러가고 있는 것은 틀림없다.

군 사령실을 나선 헤이젠은 자신의 방으로 돌아갔다. 그곳에서는 에다르 이등병이 얀의 스파르타 교육 탓에 초췌해져 있었다.

"아르…… 마나하…… 라라파라…… 데마…… 로하료."

"틀렸어요. 문맥에 맞춰서 의미를 파악해 주세요. 그리고 역시 억양이 앞쪽으로 약간 치우치네요. 이 언어는 억양에 따라 의미가 달라지는 특수 언어니까 그 부분을 완벽하게 숙달해 주세요."

"……윽, 우와아아아아앗! 우와아아아아아아앗!"

"자아, 어른이니까 어리광부리지 마세요. 계속하겠어요."

"……."

솔직히 장래가 두려운 소녀란 생각이 들었다. 다 큰 남자가 괴성을 지르는데 아무렇지 않은 표정으로 대하고 있다. 습득하기 어려운 언어인 건지 에다르 이등병은 요즘 쭉 이런 느낌이었다. 스케줄 자체가 밀린 것은 아니다. 오히려 예정보다 빠르지만 얀은 계속 과제를 늘리고 있었다.

그 탓에 에다르 이등병의 수면 시간은 평균 30분이 되고 말았다.

"얀. 너는 과제를 마쳤어?"

"물론이죠. 정말~. 에다르 씨를 가르치느라 바쁜데……."

"그, 그래."

얀이 투덜대면서 제출한 헤이젠이 만든 해답 용지에는 만점 답변이 적혀 있었다. 정말 괴물 같은 소녀다. 언어의 체계학, 생물학, 의료, 상업학의 기초를 꼼꼼하게 숙달하고 있다. 정말 장래가 두려운 아이다.

"교역 쪽은 순조롭게 진행되고 있어?"

얀에게 작은 목소리로 물었다. 기본적으로 헤이젠은 사람을 신뢰하지 않는다. 그래서 군인인 에다르 이등병에게는 정보를 숨기고 있다. 만약 정보가 새더라도 추궁당하지 않도록 이론 무장을 했지만 위험 부담은 적을수록 좋다.

"네. 난다르 씨는 이미 대량의 곡옥을 들여와서 시장에 팔고 있어요. 다음에 질이 좋은 것을 가지고 오겠대요."

"……그래. 머리 좀 썼는걸."

나무를 숨기려면 숲에 숨기라는 말이 있다. 곡옥 안에 섞어서, 보주의 존재가 발각될 위험을 줄인 건가.

"곡옥은 제국에서 잘 유통이 안 되니까 시장가치가 커요. 공공연하게 교역을 할 수 있게 되어서 난다르 씨도 기뻐하더라니까요."

"그거 다행인걸."

서로가 이익을 누리는 관계는 오래간다. 비밀 유지 계약 마법을 맺을 때 보주 이야기를 해줬더니 놀라기는 했지만 그래도 쾌히 승낙했다. 난다르와는 오랫동안 관계를 유지하게 될 것 같은 느낌이 들었다.

"……하지만 시장가치라는 건 희소성이 높을수록 커지는 법이지. 한 번에 대량을 풀었다간 곡옥 자체의 가격이 하락할 가능성이 있으니 주의해."

"말 안 해도 알아요. 난다르 씨는 그런 쪽으로 감각이 예민하니 안심하세요."

"그래."

헤이젠은 고개를 끄덕이고 더는 묻지 않았다. 얀이 이렇게 말하는 것을 보면 신용해도 될 것이다. 이 소녀는 다른 이들과는 차원이 다르다. 능력 면에서는 의심할 여지가 없다.

이것은 어디까지나 얀의 개인적 경제 활동의 촉진이며 헤이젠은 지인이라는 위치에서 도왔을 뿐이다. 법률적으로 봐도 도망칠 구멍은 있다.

법률이란 유동적인 것이라고 헤이젠은 여기고 있다. 집행하는 자의 권세, 국가의 정세, 적응 상황, 대상자, 사상 등에 따라 다양한 케이스가 고려된다.

무엇보다도 들키지만 않으면 잡히지 않고 들키더라도 없었던 일로 만들면 된다. 그러지 못한다면 집행자를 전부 처분하면 된다. 헤이젠에게 법률이란 그런 것이다.

"그리고 이 편지를 버시아 족장에게 전해줘."

"……불길한 예감이 마구 들어서 하기 싫지만 아무튼 알았어요."

얀은 크게 한숨을 내쉬고 그것을 받았다.

방을 나선 헤이젠은 훈련장으로 향했다. 현재 중위급으로서 부대의 운영을 맡고 있기에 말을 타고 각 소대를 시찰했다. 제4중대는 대원 40명 정도로 구성된 열 개의 소대로 편성되어 있다. 모스피처 소위에게는 헤이젠이 원래 맡고 있었던 제8소대를 맡겼지만 실질적인 운영은 버즈 준위(승진했다)에게 일임했다.

한편 모스피처 소위의 전투 능력에는 아연실색했다. 우선 장교에게 필수 스킬인 승마가 정말 서툴렀다. 『말을 타고 달린다』라는 단순한 행위 자체가 어설프기 그지없었다.

마법사로서의 실력 또한 엉망이었다. 능력은 소위 중에서도 떨어지는 수준 아닐까.

무심코 『왜 이런 무능한 놈이 중위였던 거지?』 하고 로렌초 대위에게 물어보니 모스피처 소위의 부모가 고위 상급 귀족이라고 했다.

즉, 좋은 가문에서 태어난 무능한 도련님인 것이다.

모스피처 소위는 지능이 매우 낮고 성격이 음험하며 윤리성이 부족할 뿐만 아니라 도량도 없다. 그러니 마법사로서의 실력은 대위 이상일 거라 기대했지만 기대가 빗나가고 말았다.

각 소대를 둘러본 후, 마지막으로 제8소대로 향했다. 버즈 준위는 헤이젠의 눈에 든 인물답게 소대를 문제없이 지휘하고 있다. 대원 또한 다른 소대보다 움직임이 세련됐다.

한편 문제아 모스피처 소위를 보니 한숨밖에 안 나왔다.

"대체 왜 승마 실력이 안 느는 거지? 벌써 열흘이나 흘렀는데 말이다."

"……나도 노력하고 있어."

"어이, 존댓말을 써라."

"……윽."

모스피처 소위는 경악한 표정으로 헤이젠을 노려봤다. 대체 왜 저러는 걸까.

"너는 장교일 텐데? 노력은 당연한 일이며 결과를 낼 의무가 있어. 남을 이끈다는 건 그런 것이지. 장교의 마음가짐에도 적혀 있을 텐데?"

"……말은 간단하지만 실제로는……."

"다음에 또 존댓말을 쓰지 않았을 때는 장형에 처하겠다."

"……윽."

모스피처 소위는 또 경악한 표정을 지으며 입을 빼끔거렸다. 아무래도 자신의 자상함과 배려가 전해진 것 같아서 헤이젠은 안도했다.

실수를 두 번이나 용서해 주다니, 이런 특별 대우를 해주는 자신은 너무 물러터졌다는 생각이 들었다.

하지만 로렌초 대위로부터 『살살 해라』라는 지시를 받았으니 어쩔 수 없다. 이것은 직업 군인의 숙명이라 여기며 받아들일 수밖에 없다.

"너는 왜 내가 존댓말을 쓰라고 하는 건지 그 본질을 이해하고 있나?"

"……아뇨."

"장교란 하사관의 모범이 되는 행동을 보여야만 한다. 안 그러면 군의 사기에 영향이 가지. 그러니 상명하복을 철저히 하는 풍토가 길러져야만 해. 그러니 상관에게는 항상 존댓말을 쓰고 서열을 흐트러뜨리지 않도록 주의해야만 해."

"하지만 연공서열도 있습니다. 헤이젠 소위는 저보다 스무 살이나 어리지 않습니까."

"……그렇게 오래 살고도 능력이 이것밖에 안 되는 건가. 정말 헛된 군인 생활을 해왔나 보군."

"큭."

"어이쿠. 이야기가 샜는걸. 너는 말해주지 않으면 모르는 사람이니 말해주지. 군인은 계급이 전부다. 연공서열, 남녀, 신분, 온갖 구별은 제외하고 생각해야만 해. 결코 개인적인 감정에서 비롯된 이유가 아냐."

"……."

모스피처 소위는 토라진 것처럼 땅을 쳐다봤다. 정말 이해한 건지 걱정됐다.

"그러니 네 나이 따윈 상관없다. 그런 것도 모르니까 너는 소위로 강등된 거지."

"끄응…… 하지만 헤이젠 중위는 옛 상관인 저에게 충실했다고는 생각하지 않습니다!"

"그건 네가 무능해서 아닐까?"

"……윽."

모스피처 소위는 헤이젠을 죽일 듯이 노려봤다. 어째서일까. 그저 사실을 담담히 전했을 뿐인데 말이다.

"상명하복의 근간은 상관이 하사관보다 뛰어난 견식을 지닌다는 점이다. 너처럼 개인적 이익을 누리기 위해 말꼬리를 잡고 늘어지는 지극히 저능하고 비열한 것들은 제거당해 마땅하지.”

“…….”

말을 해줘도 못 알아들으니 답답하다. 솔직히 말해 이 남자를 갱생시키는 것은 매우 어려운 미션이다. 하지만 헤이젠은 군인이다. 부하 육성도 업무에 포함되는 만큼 최선을 다해야만 한다.

“모순된다고 생각할지도 모르지만 나는 이의나 반론은 옳다고 생각한다. 자유로운 논의는 판단에 유연성을 더해주지. 하지만 군인으로서의 규율을 지켜야만 해. 즉, 그에 따른 책임을 져야 한다는 것이다. 알겠나?”

“…….”

“또 대답하지 않는다면 장형에 처하겠다. 알겠나?”

“……네.”

“어이, 레이 화. 모스피처 소위를 잡아라.”

?!

“대, 대답하지 않았습니까!”

“안 들렸어.”

“뭐, 뭐어…… 히긱!”

엉덩이를 마장으로 때려주자 모스피처 소위의 바지에 붉은 얼룩이 생겨났다. 아영도 이딴 더러운 엉덩이를 때리는 데 쓰이고 싶지 않으리라고 생각하며 헤이젠은 한숨을 내쉬었다.

“잘 들어라. 대답이란 상대방에게 들리지 않으면 의미가 없어. 의사전달을 위한 것이니 말이지. 설마 어린아이한테도 해줄 설명을 장교에게 하게 될 줄은 몰랐는걸. 뭐, 이것도 군인으로서의 책무인가."

헤이젠은 크게 한숨을 내쉬었다.

"……끅, 끅, 끄윽."

"자아, 그만 질질 짜고 빨리 말에 타라."

"하, 하지만 엉덩이에서 피가……."

"자업자득일 텐데? 고통쯤은 참아라."

"큭…… 으기이이이이이익!"

모스피처 소위는 이를 악물며 말에 올라탔다.

"말을 타는 건 장교의 필수 능력이다. 그러니 하사관에게 얕보이는 거야. 그걸 권위로 짓누르려 한 것 같은데 앞으로는 그런 짓 마라. 알겠나?"

"……."

"어이, 레이 화. 모스피처 소위를 잡아라."

"네! 네, 넵! 대답했습니다! 방금, 했어요."

"늦었어."

"뭐, 뭐어…… 으그으으으윽?!"

아영으로 모스피처 소위의 엉덩이를 때리자, 피가 왈칵 뿜어져 나왔다. 그와 동시에 안장이 검붉은색으로 물들었다.

"아~. 말이 더러워졌는걸. 나중에 깨끗이 씻어주도록."

"힉…… 히익…… 힉……."

"어이, 레이 화. 모스피처 소위를 잡아라."

"히이익! 제발 용서해 주세요?!"

"대답하지 않는다면 영원히 용서는 없다."

"힉…… 으갸아아아아아아아아아악."

또 피가 뿜어져 나왔다. 이제 얼굴이 새파래진 그는 입에 거품을 살짝 물고 있었다.

"한심하군. 대답도 제대로 못 하는 건가. 너는 장교니까 제국 국인으로서 규범이 되어야 한다."

"저기…… 헤이젠."

레이 화가 머뭇머뭇 입을 열었다.

"왜?"

"더 했다간, 모스피처 소위가 죽어버릴 가능성이 있는데……."

"상관없다."

?!

"힉…… 뭐……."

모스피처 소위는 울먹이며 헤이젠을 쳐다봤다.

"대답도 제대로 못 하는 장교 따위 없는 편이 나아. 그리고 이 정도 고문에 무너지는 약해 빠진 군인도 말이지. 모스피처 소위, 잘 듣도록. 나는 어려운 걸 시킨 게 아니다. 제대로 대답을 하라고 말했을 뿐이지."

"네, 네에에에에엣!"

"그럼, 말에 타라."

"네, 에에에에에끄으으으으으윽?!"

모스피처 소위는 울면서 새빨갛게 물든 안장에 걸터앉았다.

"으극…… 으그으으으으윽."

울먹이는 모스피처 소위를 보면서 헤이젠은 크나큰 한숨을 내쉬었다.

"그렇게 울지 마라. 그래서는 앞으로의 훈련을 견뎌낼 수 없을 거다."

"네, 네에에에에엣!"

"……하아."

완전히 전력 면에서 쓸모가 없다. 우수한 전투력을 지닌 군인이라면 유효하게 활용할 생각이었지만 이래서는 아무짝에도 쓸모가 없다.

"확 죽여버릴까."

"네엣?!"

"아, 으음. 혼잣말이다. 신경 쓰지 마라."

"…………무, 무지 신경 쓰인다고요! 거짓말이죠? 농담인 거죠?"

모스피처 소위의 얼굴이 완전히 질려버렸다.

"못 들었나? 혼잣말이라고 했을 텐데? 그 이상도 그 이하도 아니다."

"저, 절대 안 돼요! 저, 저는 상급 귀족이니까…… 상급 귀족?"

그 순간 모스피처 소위의 표정이 확 달라졌다.

"그래. 너는 상급 귀족이지."

"……그래. 맞아. 헤이젠 중위. 네놈은 평민 출신이지?!"

"어이, 레이 화. 잡아라."

?!

"컥…… 놔…… 으그으으으으으윽! 끄아어어갸아아악!"

모스피처 소위의 조그마한 살점이 바닥에 떨어졌다.

"너는 정말 머리가 나쁘군. 『존댓말을 써라』라고 말했을 텐데? 뭐, 질문에 대답해 주지. 나는 평민 출신이다."

"히익…… 으극…… 다, 당신은…… 상급 귀족……인 저한테…… 이런 짓을 해도…… 된다고 생각합니까?"

"그래."

"……펴, 평민과 상급 귀족의 입장 차이를 모르는 겁니까?"

"물론 알고 있다. 대체 무슨 말이 하고 싶은 거지?"

정말 이해가 안 되는 남자다, 하고 헤이젠은 생각하며 한숨을 내쉬었다. 하지만 모스피처 소위의 눈동자에는 다시 힘이 깃들었다.

"당신은! 당, 신, 은! 평민 주제에 상급 귀족인 저한테 상처를 입혔거든요? 제국의 법률상 그것은 극형에 처할 수 있는 행위라고요."

"……윽."

그 말을 들은 순간, 헤이젠이 입을 다물었다. 그리고 그의 이마에서 땀이 한 방울 흘러내렸다. 표정 또한 꽤 가라앉았다.

"우와하, 우와하핫, 우와하하하하핫. 드디어 깨달은 거냐?! 이해한 거냐?!"

모스피처 소위는 의기양양한 미소를 머금었다.

"……무시무시해."

"그렇지? 극형이거든? 하지만 이미 늦었어. 헤이젠 하임. 상급 귀족인 나에게 상처를 입혔으니 말이다! 이제 와서 후회해 봤자 늦었다고!"

"정말…… 진짜로 무시무시해……. 너의 그 학습 능력의 결여가 말이다."

?!

"뭐, 뭐라고?!"

"네가 군에 속해 있지 않다면 그 말이 옳겠지만, 군인은 등급이 전부다. 연공서열, 남녀, 신분, 모든 구별을 제외하고 생각해야만 하지. 법에도 그렇게 명시되어 있다."

"……윽."

"겨우 5분 전에 네 몸에 똑똑히 새겨줬는데 그딴 소리를 하는 거냐. 너무 무능해서 소름이 돋을 지경이군."

그것은 이제까지의 지도가 전부 헛수고였다는 것을 의미한다. 헛수고를 가장 싫어하는 효율주의자인 헤이젠에게 이것은 상당한 충격이었다.

모스피처 소위에게 할애한 시간은 평생을 통틀어 30분 이내로 정해뒀지만 어쩌면 한 시간은 필요할지도 모른다.

"이, 이놈…… 아, 아무리 군 안에서는 그렇다고 해도 내 가문에서 가만히 있지 않을걸? 이딴 짓이 알려진다면 네놈은 틀림없이 극형을 받을 거야."

"……과연 그럴까?"

헤이젠은 날카로운 눈빛을 머금더니 눈앞에서 으스대는 옛 상관의 눈동자를 들여다봤다. 마치 상대방의 마음속에 존재하는 모든 약점을 들여다보려는 듯이 말이다.

"무, 무, 무슨 소리냐?"

"모스피처 소위. 너는 다섯째 아들이지. 당연히 계승권은 없다. 게다가 상급 귀족인데도 마흔 살이 넘을 때까지 중위 지위였지. 사회적으로도 상당히 무능하다고 여겨지고 있어."

"……윽."

"이미 가문에서 너를 포기한 게 아닐까? 그러니 네 아이덴티티는 『중위』라는 군인 등급이 중시되고 있지."

방금도 모스피처 소위는 문뜩 생각난 투로 자기가 상급 귀족이라는 소리를 했다. 그것은 그의 현저하게 떨어지는 기억 능력만이 원인은 아니다.

자신에게 있어 중요하지 않은 요소라서 잊고 있었던 것이다.

"아마 가문에서 인맥을 동원해서 장교 시험을 통과시켰겠지. 하지만 실력이 없으니 다른 사람 앞에서 으스대고 상관에게 꼬리를 흔들면서 군인 생활을 구가해온 거다. ……그래, 그렇게 생각하니 네가 얼마나 무능한지 바로 이해되는걸."

"……윽."

"가문의 짐 덩어리인 네가 아무리 불평불만을 늘어놔도 가문 사람들은 귀를 기울여주지 않을 것 같군."

"그, 그렇지 않아."

"아니, 이미 인연이 끊긴 것에 가까울까?"

"그렇지 않다잖아! 무슨 근거로 그딴 소리를 하는 건데?!"

"그야 너 같은 가족이 있으면 부끄러울 테니 말이다."

"……윽."

"""……윽."""

모스피처 소위만이 아니라 귀를 쫑긋 세우고 있던 제8소대도레이 화도 전부 마른침을 삼켰다. 머릿속으로 한 생각을 입에 담았을 뿐인데 뭔가 문제라도 있는 것일까.

"객관적인 증거를 제시할까? 너는 이곳에 배속된 후로 한 번도 가문으로 돌아가지 않았다."

"그, 그, 그걸 어떻게……."

모스피처 소위는 폭포수처럼 땀이 줄줄 흘러내렸다.

"너는 모르겠지만 부하의 휴가를 계획해 주는 것도 상관의 임무거든. 장기 휴가를 받아서 고향에 돌아가지 않는 이부터 우선하며 유급 휴가 계획을 짜려고 생각했는데 설마 그게 너일 줄이야……. 정말 아이러니한걸."

"……윽."

"아무튼 어떤 수작을 부려도 상관은 없지만 벌은 받아야겠다."

"뭐엇?!"

"우선 자신의 신분을 이용해 상관에게 반항해서 군의 기강을 흐트러뜨리려 한 죄. 장형 열 대."

"으…… 으그그그그그그극……."

"그리고 거듭 주의를 줬음에도 존댓말을 쓰지 않았지. 반말을 쓴 횟수만큼 장형을 집행한다. 합계 스물한 대군."

"헤, 헤이젠. 그렇게 때렸다간 죽을 거야."

마음이 상냥한 레이 화가 끼어들었다.

"괜찮아. 세 대 때릴 때마다 내가 마법으로 치료하겠어. 나으면 또 때리는 거지. 그러면 죽진 않아."

"히익……. 잘못했습니다, 잘못했습니다, 잘못했습니다, 잘못했습니다, 잘못했습니다……."

모스피처 소위는 무릎을 꿇으며 사과했지만 헤이젠은 무시했다.

"하지만…… 내 시간이 아까우니 다른 제8소대 소대원들에게 부탁하도록 할까."

"네!"

전원의 목소리가 완벽하게 한목소리를 이뤘다.

"모스피처 소위. 들었지? 바로 이거다. 상관인 네가 이해를 못 하다니 정말 한심하군. 아, 다들. 손속에 사정을 둔다면 그 자도 장형에 처하겠다."

"네!"

제8소대의 목소리는 시원시원하게 들릴 정도로 하모니를 이뤘다.

"세 대 때리면 내 방으로 데려오도록. 목에 줄을 걸고 질질 끌고 와라. 아. 융단을 피로 더럽히지는 말도록."

"네!"

그야말로 제8소대는 절대복종 그 자체였다.

"하, 하지만 헤이젠. 몸은 괜찮더라도 정신이 못 버티지 않을까……."

"아, 괜찮아. 좋은 약이 있거든. 그럼 시작해라."

"……윽."

이리하여 모스피처 소위의 단말마는 한밤중까지 울려 퍼졌다.

그날 밤 드물게도 헤이젠은 고민에 빠져 있었다. 자기 방에서 자료를 펄럭펄럭 넘겨보면서 신음을 흘렸다.

"으음……. 뜻대로 안 되는걸."

“왜, 왜 그래?”

레이 화가 경악에 찬 눈길로 쳐다봤다. 왜 고민을 좀 하는 것뿐인데 저렇게 놀라는 걸까.

“나도 남들처럼 고민할 때가 있어.”

“……대륙 대전이 일어나지 않는 한 고민 따윈 안 할 것 같은데 말이야.”

“그렇지 않아. 내가 고민하는 건 모스피처 소위에 관해서야.”

“헤이젠을 눈엣가시로 여기는 사람 말이구나.”

“어, 그래?”

“……자각이 없다는 게 제일 무서운 점인데 말이지.”

그런 말을 들어도 이해가 안 되는 건 어쩔 수 없다. 헤이젠은 그저 모스피처 소위의 능력 향상에 도움을 주고 있을 뿐이다. 그러니 고맙게 여기리라고 생각했다.

“뭐, 됐어. 지금은 그의 재취직 자리를 찾고 있어.”

“…….”

“…….”

“어! 그 사람 관두는 거야?!”

“뭐, 관둔다기보다는 관둬줬으면 싶거든.”

“관둬줬으면 싶다니…… 중위급의 제국 군인에게는 그런 권한이 없지 않아?”

“그 점은 그렇게 중요하지 않아.”

“그게 가장 중요하지 않아?!”

“나도 악마는 아냐. 그가 군인 적성이 없다는 게 판명됐잖아.”

이 열흘 동안 훈련하였음에도 말 하나 제대로 타지 못하는 그는 군인으로서의 재능이나 노력이 부족하다. 상황은 좋지 않다. 몇 번을 말해도 문제점을 고칠 줄 모르고 그때마다 그의 더러운 엉덩이를 때려야 하는 아영이 불쌍하다.

"특정 분야의 능력이 없는 자를 그저 꾸짖으면서 몰아붙이기만 하는 건 좋지 않아. 그렇다고 그런 세금 도둑을 이대로 놔두는 것도 본의는 아니지."

"……."

"그도 『제국의 해충』이라 불리는 건 달갑지 않을 거야."

"그렇게 부르는 건 헤이젠 한 명뿐이야."

"하하."

"……농담하는 게 아니거든?"

"아, 이야기가 옆길로 샜는걸. 그의 재취직 자리 말인데 어떤 노예가 괜찮을 것 같아?"

?!

"절대로 안 돼! 노, 노예를 권하는 건……."

"아니, 하지만 말이야. 능력, 인격, 나이로 장래성을 산출했을 때 그게 최적의 답이거든."

노예에도 다양한 종류가 있다. 일반적인 예속 노예 말고도 직업 노예, 상급 노예. 모스피처 소위는 『아슬아슬하게 상급 노예가 가능하려나』 싶었다.

"본인이 단호하게 거부할 거야! 그런 걸 받아들일 리가 없어!"

"노예에는 해박하니까 걱정하지 마. 내 양어머니가 예전에 위법적으로 노예 알선을 했잖아?"

"……옛날이야기 하듯이 아무렇지 않게 말하지 마."

학교에 다니던 시절에 방금처럼 아무렇지 않게 그 말을 듣고 그녀는 당시에 어마어마한 충격을 받았다.

"상급 노예는 마력을 지녔으나 능력이 낮은 자가 주로 돼. 평민용 마법 의사나 각 부처의 허드렛일과 잡일을 하는, 마력을 쓸 수 있는 범죄자를 위한 직업이지."

"버, 범죄자?"

"횡포를 부리지 못하도록 계약 마법으로 제약을 거니까 헛된 짓 못 하겠지. 상급 노예가 된다면 그도 사회에 도움이 될 수 있어."

모스피처 소위의 가장 큰 문제점은 거만하고 썩어빠진 성격이라고 생각한다.

즉, 자존심이 너무 강해서 남의 지시에 제대로 따를 수 없는 사람이다.

장교 시험을 통과했다는 과거의 영광(인맥을 썼을 가능성이 다분)이 그의 방자한 성격에 박차를 가했다. 하지만 그 후로 노력하지 않아서 능력 자체는 하사관보다 뒤떨어진다.

"지시를 받는 인물이면서도 어떻게든 지시를 내리는 이가 되려고 해. 이래서는 사회에 플러스가 안 되고 본인을 위해서도 좋지 않아. 그러니 계약 마법으로 속박해서 반강제적으로 죽을 때까지 영원히 지시를 받는 사람으로 만드는 편이 나아."

헤이젠은 진지하기 그지없었다.

"……하지만 아까도 말했듯이 본인의 의지가……."

"뭐, 그건 딱히 중요하지 않아."

"왜, 왜 그냥 넘어가는 거야?! 본인의 의지가 이직에 있어 가장 중요한 포인트 아냐?!"

"훗……. 레이 화. 너는 사회인 1년 차 햇병아리라 세상 물정을 모르는구나. 실은 그렇지 않아."

"동기니까 헤이젠도 마찬가지 아냐?"

"……그랬지."

무심코, 전생 전의 나이까지 더하는 건 나쁜 버릇이다.

"하지만 너와 나는 능력이 차이 나니까 실제로는 180년 넘게 차이가 있다고 생각해. 즉, 나는 사회인 180년차지."

"……모스피처 소위가 너를 미워하는 이유는 바로 그런 점 때문 아닐까?"

"이야기가 옆길로 샜는걸. 이직에서 중요한 것은 『본인의 의지』보다 『적성의 유무』야."

이것은 이직에만 적용되는 이야기가 아니다. 직업을 가진다는 것은 사회에 이바지한다는 것을 의미한다. 거기에는 본인의 의지가 중요하지 않으며 얼마나 큰 공적을 세웠느냐에 의해 평가된다.

그렇다면 적성의 유무가 가장 중요한 것이 자명했다.

"모스피처 소위는 시야가 극도로 좁아. 게다가 자신을 돌아볼 줄도 모르기에 자기 자신을 분석하지도 못하지. 그러니 누군가가 대신 그의 능력을 분석해서 적성을 평가해 줘야만 해."

"……그 평가 결과가 노예로의 이직이야?"

"상급이거든?"

"기, 기뻐하지는 않을 거야. 그러고 보니 내 진로도 그런 식으로 결정됐지?"

"친구로서 당연한 일을 했을 뿐이야."

"……『고마워할 필요 없어』라는 느낌으로 말하진 말아줬으면 좋겠네."

레이 화는 그렇게 말했지만 이해가 안 됐다. 이 여전사도 쓰기 나름이다. 이 세상에는 불합리한 상관도 있다. 무예에 특화됐고 마음이 상냥한 그녀가 제국에서 높은 지위에 오를 수 있을 것 같지 않다. 그러니 그녀를 이해해 줄 사람이 필요하리라.

그리고 그게 자신이라고 헤이젠은 확신하고 있다.

"제국 군인을 그만두고 상급 노예가 되어서 생활하는 게 그에게는 가장 좋아. 물론 최대한 편의를 봐줄 거야. 어머니의 인맥을 이용해 좋은 주인을 찾아주겠어."

"……."

고용살이를 하는 전속 마법 의사라면 비교적 대우도 괜찮을 것이다.

"하아…… 직업 군인은 고생이 많은걸. 무능한 부하의 재취직 자리까지 알아봐 줘야 하잖아. 뭐, 일이니까 어쩔 수 없겠지."

"하, 하지만 그 사람은 상급 귀족이잖아? 그런 사람이 노예가 될 수 있어?"

"자발적으로 노예가 되는 것이니 아무 문제 없어. 일단 그에게는 『특수한 성적 취향이 있어서 노예가 되고 싶다』라는 내용의 편지를 자기 가문에 보내게 할 예정이지."

그 시점에서 그와 가문의 인연은 끊어지리라고 생각한다.

"……분명 싫어할 것 같은데 말이야."
"하하."
"왜 아까부터 그 문제는 가볍게 흘리는 건데?!"
레이 화는 어째선지 한탄하듯 그렇게 외쳤다.

다음 날, 원래 모스피처 중위의 방(현재는 헤이젠의 방)에서 면회를 했다. 헤이젠은 정중하게 모스피처 소위가 얼마나 군인으로서 역량이 떨어지는지 설명했다.
"그런고로, 모스피처 소위가 제국 군인을 관둬줬으면 한다."
"마, 말도 안 돼……. 그런 짓을 해도 된다고 생각하는 거냐?"
"방금은 동요해서 한 말이니 눈감아주겠지만 또 존댓말을 안 쓴다면 장형에 처하겠다."
"……윽."
"바로 그런 점이다. 몇 번을 말해도 고치지 않아. 자존심과 허세가 그렇게 만드는 거겠지만 양쪽 다 군에서는 필요 없지."
"저, 저는 제국 군인이라는 직업에 긍지를 가지고 있습니다."
"그 긍지가 네 탓에 더럽혀지고 있어. 네가 존재한다는 사실만으로 제국 군인의 간판에 흙칠을 하고 있다."
"……윽."
잘은 모르겠지만 모스피처 소위가 이쪽을 노려봤다. 정말 무례한 남자다. 하지만 로렌초 대위로부터 『살살 해라』라는 말을 들었다.
상명하복. 이것도 직업 군인의 숙명이라 여기며 참을 수밖에 없다.

"그리고 내 나름대로 너의 재취직 자리를 찾아봤지."

"……네?"

모스피처 소위는 건네받은 양피지를 쳐다보며 눈을 깜빡거렸다. 헤이젠은 자기가 생각해도 꽤 괜찮은 일자리를 찾아줬다고 자화자찬했다.

"내 생각에는 상급 노예인 마법 의사가 좋을 것 같다. 일반적인 노예로는 너의 몇 안 되는 장점인 『마력 보유자』를 살릴 수 없지. 그리고 정말 괜찮은 고용주가……."

"정말 너무합니다!"

"너무해?"

설명 도중, 모스피처 소위가 책상을 내려치며 고함을 질렀다. 뜻밖의 반응이다. 그리고 이어지는 말 또한 전혀 짚이는 구석이 없었다.

"상급 노예는 밑바닥 중의 밑바닥인 인간이나 하는 일입니다! 그걸 일부러 저한테 권하다니…… 저를 우롱하는 겁니까?"

"밑바닥 중의 밑바닥이니 어쩔 수 없지 않을까?"

"……윽."

모스피처 소위는 경악에 찬 표정을 지었다. 아까부터…… 아니, 며칠 전부터 설명했는데 아직도 부족한 걸까 하고 생각한 헤이젠은 한숨을 내쉬었다.

오히려 조금은 호의적(과대포장)으로 평가해 준 건데 말이다.

"너는 자기 분석을 못 하는군. 40대 초. 말도 제대로 못 타고 검술도 서툴며 머리도 나쁜 데다 장교 시험에서 부정 합격했으면서 자신을 엘리트라 칭하지. 굳을 대로 굳은 자존심으로 으스대며 성격 또한 뒤틀려 있어. 최악이야. 그런 남자가 좋은 곳에 재취직 할 수 있을 만큼 세간은 무르지 않아."

"크…… 이건 괴롭힘 아닙니까?!"

"괴롭힘?"

헤이젠이 되물었다.

"그래요. 중위님의 능력이 뛰어난 건 인정합니다. 하지만 이렇게 능력이 낮은 사람을 깔보는 건 엄연한 괴롭힘이라고 생각합니다."

"……그렇군. 당하는 입장이 되니 바로 피해자 행세인가."

"네?"

"너는 『너무하다』고 말했지만, 애초에 사망한 소위와 준위에게 『너무하다』 싶은 짓을 한 건 너일 텐데?"

그 말을 들은 순간 모스피처 소위의 얼굴이 깜짝 놀란 표정을 지었다. 헤이젠은 방의 책장 쪽으로 가더니 예전에 처형한 쇼모 상사의 일지를 꺼냈다.

"이게 무엇일 것 같나?"

"그, 그건……."

"그래. 네가 은폐하려고 했던, 『괴롭힘』의 증거지. 소위, 준위를 여덟 명인가. 이딴 짓을 용케 이제까지 벌여왔군."

"히익……."

그렇게 말하자 모스피처 소위의 안면이 창백해졌다. 애초에 열 명이나 되는 이들이 미심쩍은 죽음을 맞이했다. 그중 절반 이상은 이 남자가 신임 소위와 준위를 괴롭힌 결과였다.

그리고 쵸모 상사에게 그 사후 처리를 맡겼을 뿐이다.

"뭐, 나는 너처럼 천한 사람이 아니니까, 괴롭힘 같은 하찮은 짓을 할 생각은 없다. 실제로 네 능력, 노력, 공적을 고려해서 판단한 결과가 상급 노예지. 이것도 꽤 찾아본 결과야."

"……그럴 리가 없습니다."

"그럴 리가 있거든?"

"히익."

헤이젠은 모스피처 소위의 머리카락을 움켜쥐더니 노려보았다.

"이제 그만 눈치채도록. 불합리하게 부하를 모함해서 죽게 만든 쓰레기는 제국 장교에 걸맞지 않아. 적재적소라는 거지. 너한테는 상급 노예도 과분해. 그러니 감사해 줬으면 좋겠군."

"……노, 노예는 싫습니다."

"그럼, 죽겠나?"

"히, 히, 히익."

모스피처 소위는 얼마 남지 않은 머리카락을 쥐어뜯으며 울부짖었다.

"로렌초 대위의 체면을 생각해서 너를 살려두고 있지만 원래라면 내가 중위급이 된 순간에 이 증거를 제출해서 처형할 생각이었다. 이렇게 더러운 수단으로 부하를 해한 쓰레기는 필요 없으니 말이지."

모스피처 소위는 우수하다고 생각한 소위 및 준위에게 비정상적인 『훈련』을 시켰다. 그뿐만 아니라 상사들에게 주먹질이나 발길질 등의 폭행을 지시했다. 정신에 문제가 생길 정도였으며 그렇게 이상해진 소위 및 준위들은 망가진 장난감처럼 처분했다.

모스피처 소위는 울부짖으며 무릎을 꿇더니 몇 번이고 지면에 이마를 찧어댔다.

"후회하고 있습니다! 부디 자비를 베풀어 주십시오!"

"……너는 이렇게 애원하는 소위들에게 무슨 짓을 했지? 조금이라도 자비를 베풀었나?"

"히익…… 저는 자비를 베풀었어요. 네, 베풀었고 말고요. 그 일지에 적혀 있지 않을 뿐, 저는 자비를 베풀었습니다."

"그래. 여기에는 적혀 있지 않더군. 하지만 쵸모 상사가 말했다. 그런 적은 단 한 번도 없었다고 말이지."

"그, 그렇지는……."

"거짓말 마라. 나는 알 수 있어."

과거에 서대륙에서 배운 마법으로 헤이젠은 죽은 자의 목소리를 들을 수 있다. 그리고 모스피처 소위를 처형하기 위한 약점 및 증거 수집을 위해서 그 마법을 썼다. 하지만 쵸모 상사의 시체로부터 구역질이 날 만큼 쓰레기 같은 보고를 듣고만 헤이젠은 속이 뒤집힐 것만 같았다.

그 순간 그를 노예로 만드는 게 결정됐다.

하지만 모스피처 소위는 울면서 몇 번이나 머리를 찧어댔다. 결국 질리고 만 헤이젠은 그에게 물었다.

"그렇게 노예가 되기 싫나?"

"네, 네!"

"죽는 건?"

"더 싫습니다!"

"……그렇다면 죽을힘을 다해 훈련하도록. 나는 어디까지나 능력과 공적으로만 사람을 평가한다."

"네, 네!"

헤이젠은 크게 한숨을 내쉬었다. 이딴 쓰레기에게도 자비를 베풀어야 한다니 군인은 정말 힘든 직업이란 생각이 들었다.

"하지만…… 솔직히 말해 상급 노예가 되는 편이 나으리라고 생각하는데 말이야."

"싫습니다! 노예는 싫어요!"

"전속인데?"

"두 손 들고 반길 일이 아닙니다! 제발 봐주십시오!"

"……으음."

모처럼의 제안을 거절당했다. 헤이젠은 헛수고를 질색한다. 게다가 모스피처 소위를 생각해서 한 알선인데 말이다.

"알았다."

"그, 그러면……."

"단, 이제까지처럼 의욕 없는 모습을 조금이라도 보여봐라. 너를 그대로 노예로 보내버리겠다."

"네!"

"미리 말해두겠는데, 상급 노예는 아니야. 이번 제안을 거절하면, 일반 노예로 보낼 거다."

"네!"

"……하아."

헤이젠은 표정이 환해진 모스피처 소위를 보면서 무심코 한

숨을 내쉬었다.

오후 훈련에서는 모스피처 소위 나름대로 노력했다(어디까지나 그 나름대로). 하지만 그것 자체가 아무래도 상관없는 일이었다.

헤이젠은 2초 정도 그를 쳐다본 후 시선을 돌려서 다른 제8소대 대원들을 쳐다봤다. 역시 버즈 준위의 지휘는 뛰어났다. 원래라면 바로 소위로 삼고 싶지만 하사관이 승진할 수 있는 건 준위까지다.

"법률을 바꿀 필요가 있겠군."

헤이젠은 그렇게 중얼거렸다. 아무리 무능한 모스피처라도 강등될 수 있는 것은 소위까지다. 그리고 하사관이 아무리 우수한 준위일지라도 평생 준위 위로 올라갈 수는 없다. 이래서는 그들의 열의가 저하될 것이다.

그런 와중에 모스피처 소위가 훈련 도중에 일부러 헤이젠에게 다가왔다.

"하아…… 하아, 하아. 헤이젠 중위님. 어떻습니까?"

"……."

땀범벅이 되어서 필사적으로 어필하는 모습을 보니 짜증이 치솟았다. 게다가 그는 체력이 없어서 숨을 헐떡이고 있는 것이며 제8소대의 하사관들은 가볍게 메뉴를 소화하고 있었다.

"버즈 준위. 나중에 쵸모 상사의 일지를 주겠다. 모스피처 소위가 조금이라도 게으름을 피운다면 이 일지를 보여주며 장형에 처하도록."

?!

"잠깐, 헤이젠 중위님?!"

"일시적인 네 노력 따위 신용할 것 같나. 어디까지나 마이너스 100인 평가가 마이너스 99.99가 됐을 뿐이다. 매사에서 중요한 건 꾸준함이니 앞으로도 계속 훈련에 힘쓰도록."

"……윽."

모스피처 소위는 『믿기지 않는다』는 표정으로 쳐다봤다. 하지만 딱히 상관없다. 헤이젠 또한 그를 전혀 믿지 않는 것이다.

그 후에 각 소대를 둘러보며 각 소대의 전력 분석을 마쳤다. 국경 경비의 선봉인 만큼 각 소대가 더할 나위 없는 전력이 갖춰져 있었다.

훈련이 끝난 후 헤이젠은 각 소대의 소위 및 준위에게 훈련 계획표를 작성해서 제출하게 했다. 그 와중에 제출이 늦어진 이가 있었다. 마르데 준위. 눈 밑에 다크서클이 있는데 몸이 안 좋은 것일까.

"……너만 제출이 늦어지고 있군."

"며, 면목 없습니다! 밤새며 작성하고 있습니다만…… 저는 평민 출신이라 오탈자가 많아서 아직 수정이 끝나지 않았습니다."

"뭐냐, 그런 건가. 읽을 수만 있으면 된다. 줘봐라."

헤이젠은 자료를 훑어봤다. 그러면서 오탈자를 빨간색 펜으로 첨삭했다. 이윽고 자료는 시뻘겋게 됐다.

"괜찮군. 대원의 특성도 잘 파악하고 있어. 다음부터는 다소 틀려도 괜찮으니 기한 안에 꼭 제출하도록."

"아, 네. 하지만 읽기 어렵지 않습니까? 죄송합니다."

"뭐, 읽기 쉬운 편이 좋을 테니 일단 수정해 뒀다. 하지만 중요한 건 내용이지. 그런 부수적인 부분에 정신이 팔려서 본질을 허술히 할 바에야 오탈자가 있는 편이 나아."

"……네! 감사합니다."

마르데 준위는 깊이 고개를 숙였다.

"어? 고맙다는 말을 들을 일이 아닌데……."

"실은 항상 모스피처 소위에게 혼이 났었습니다. 오탈자가 있다고 두 시간 넘게 설교를 들은 적도 있죠."

"하아……. 각 소대의 자료가 전체적으로 깔끔하다 했더니……."

그 무능한 놈은 이런 일에서도 괜한 짓을 하는 건가, 하고 생각한 헤이젠은 한숨을 내쉬었다.

"각 소대의 소위 및 준위에게 전하도록. 자료 같은 건 읽을 수만 있으면 돼. 오탈자가 있는 것 정도는 허용할 테니 내용에 더 힘을 쓰라고 말이다."

"알겠습니다!"

마르데 준위는 기뻐하면서 방을 나섰다.

"……왜 제 오탈자에는 엄격한 건데요?"

옆에서 듣고 있던 얀이 불평을 입에 담았다.

"너는 말 안 해도 내용에 힘쓰니까 말이야. 그러니 오탈자도 없는 편이 나아."

"뭐야. 결국 나한테만 상냥하지 않은 거네. 나한테만……."

"뭘 그렇게 중얼거리는 거지?"

"부하한테 쏟는 그 자상함의 10분의 1이라도 저한테 베풀어 주면 안 돼요?!"

"자상함? 내가 언제 부하에게 자상함을 베풀었다는 건데?"

"방금 말이에요!"

"딱히 상냥한 적 없어. 당연한 지시를 내렸을 뿐이지."

"그러면 저도 오탈자가 있어도 되겠네요?"

"너는 안 돼."

"우엥~! 어째서요?!"

아우성을 치면서 덤벼드는 소녀의 옷깃을 움켜잡은 헤이젠이 한숨을 내쉬었다.

"얀. 너는 나를 대신해서 자료를 작성해야만 해. 오탈자가 있어서 상관의 평가를 떨어뜨리고 싶지 않아."

"대, 대필을 시키려는 건가요?"

"문관으로서의 자질은 나보다 네가 더 우수한 것 같거든. 나도 어느 정도 익히긴 했지만, 최종적으로는 센스에 달려 있어서 말이야."

성격적으로도 얀은 전투 타입이 아니다. 물론 마력을 갖추고 있으니 훈련도 시킬 거지만 그녀의 본질은 다른 쪽에 있다. 연구 분야에 특화시키는 것도 재미있으리라. 그 과정에서는 논문 작성이 꼭 필요하다. 그럴 때 오탈자가 있으면 시간을 낭비하게 된다.

"알겠지? 군인인 그들과 너는 달라. 문관은 문서를 생업으로 삼으니까 오탈자를 중시하는 사람도 많지. 그러니 너는 의식적으로 그것을 없애는 훈련을 해야 해."

"끄응. 끄으으으으으으으응."

헤이젠은 얀의 머리를 거칠게 쓰다듬었다.

"물론 속도가 중요할 때도 많아. 그럴 때는 오탈자를 신경 쓰지 않거든. 필요할 때 필요한 일을 하면 돼. 그러지 못하니까 주의를 주는 거지. 알겠어?"

"모, 모르겠어요!"

그렇게 외친 얀은 다시 에다르 이등병에게 쿠민족의 언어를 가르치기 시작했다(평소보다 엄격했다).

다음 날에는 요새 주변 마을의 순회 업무였다. 그 과정에서 디나스텔드 마을에 들렀다. 여기서 할 일은 하나다. 난다르와의 상담(商談)이다.

"스승님. 고아원에 돌아가 있어도 될까요?"

"이야기가 끝나면 말이야."

"그럼 빨리 가죠. 빨리요."

얀은 들뜬 표정으로 걸음을 재촉했다. 몸집이 여섯 살 아이라서 그런지 이 소녀는 꽤 앳된 구석이 있다.

나이상으로는 부모 곁을 떠나서 일을 하는 이도 많을 나이다. 뭐, 이 요새에도 오래 있지는 않을 테니까 지금만은 원하는 대로 하게 해주기로 했다.

난다르의 가게에 들어가 보니 내부는 활기로 가득 차 있었다. 다들 바빠 보였지만 낭비가 적었다. 이런 분위기의 가게는 장사가 잘되기 마련이다.

"아, 헤이젠 소위…… 아니, 중위였지. 리스트를 살펴보셨습니까?"

"그래. 전부 사겠어. 그리고 이걸 쿠민족에게 건네줘."

그렇게 말하면서 양피지 몇 개를 난다르에게 건네줬다.

"이게 뭡니까?"

"사양서라고 말하면 되려나. 마장에 어떤 효과가 있는지, 크기와 형태는 어떤지, 어떤 마법사에게 적합한지 같은 게 적혀 있어."

"그거…… 엄청나군요."

"미리 그들의 특징을 얀에게 정리하게 했지. 그러니 어느 정도는 그들의 요구에 부합할 거라고 생각해."

정전협정 체결 이후 때때로 얀을 쿠민족의 마을에 파견했다. 대외적으로는 에다르 이등병의 통역으로서지만 그는 이미 언어를 거의 마스터했다. 그래서 남는 시간에 그런 것을 정리하게 했는데 역시 기대 이상의 결과물을 내놨다.

여왕 버시아는 얀이 마음에 들었는지 양녀로 삼고 싶다는 타진까지 해왔다. 물론 정중히 거절했다(얀은 울면서 『양녀가 되고 싶다』며 떼를 썼지만).

마장의 사양서를 훑어본 난다르는 크게 고개를 끄덕였다.

"알겠습니다. 전달하죠."

"그들이 마음에 들어 한다면 팔겠지만 그렇지 않다면 암시장에 팔고 싶은걸. 루트는 있나?"

"으음. 있긴 한데, 괜한 걱정 아닐까요? 쿠민족이라면 군침을 삼킬 만큼 원하는 것이라 분명 사리라고 생각합니다. 너무 말도 안 되는 가격만 아니라면 말이죠."

"걱정하지 마. 바가지를 씌울 생각은 없어. 물론 헐값에 넘길 생각도 없지.”

원가의 곱절 가격에 팔 생각이다. 이 안에는 재료비도 들어가 있으니 가공비는 실질적으로 절반이다. 난다르는 가격을 확인하자마자 고개를 끄덕였다.

“……이 가격이라면 당연히 사겠죠. 제가 예상한 가격보다 꽤 싸니까요.”

난다르가 그렇게 말해주자 헤이젠은 안심한 표정을 지었다.

“얀. 일단 버시아 여왕에게 보고해 줘. 이쪽에서 사들인 보주로 만든 거니 상대방도 별말 못하겠지만 말도 하지 않고 암시장에 공급했다간 그들의 신용을 잃을 수도 있거든.”

“그러기는 하겠는데 아마 살 거예요.”

“다른 루트도 있다는 걸 드러내려는 거야. 그러면 사줄 확률이 높아지고 요구하는 할인 폭도 줄겠지.”

“괜한 걱정이라고 생각하지만 일단은 알겠어요.”

“난다르. 수수료는 1할이면 될까?”

“네. 다른 쪽으로 짭짤하게 수익을 올리고 있으니, 더 싸게 해드릴 수도 있습니다.”

“그렇다면 수수료를 줄이는 대신에 다른 부탁을 하나 하지.”

“뭐죠?”

“제국에서 자금을 가져오는 데 시간이 걸려. 그러니 어음을 발행할 수 없을까? 그렇게 해주면 1할 더 주지.”

“저는 상관없는데, 괜찮겠습니까?”

“그게 무슨 말이지?”

“이런 소리를 하면 상인으로서 실격일지도 모르지만 제 쪽에서 너무 이득을 보는 것 같아서요. 저는 쿠민 쪽한테서도 수수료를 받고 있으니까요. 게다가 제작에 필요한 재료도 제가 공급하는 만큼 실질적인 이익은 4할이 넘어요."

"그렇게 되는 게 당연하지."

대부분의 사무, 수송, 도소매를 맡고 있으니 말이다. 게다가 도적에게 습격을 당할 위험도 있는 만큼 괜히 할인을 요구할 생각은 없다.

"아니, 하지만 말이죠. 생산자인 당신의 이익은 3할밖에 안 되잖아요. 같은 값을 받는다고 생각하니 왠지 미안해서 말이죠."

"타당하다고 생각하는데 말이야. 게다가 자금을 조달하면 어음은 발행하지 않을 예정이지. 돈을 빌려준다는 행위 자체에는 대가가 발생해야 마땅하다고 나는 생각해."

오히려 관계성을 생각해 흐지부지하게 지나가려 하면 실패할 것이다. 상대와 대등한 관계를 맺고 싶다면 금전 관계는 철저하게 하는 편이 좋다.

"받아들이고 있다면 저는 상관없습니다. 그래도 당신의 부탁이라면 좀 무모한 일도 들어드릴 테니 말만 하세요."

"든든한걸. 잘 부탁해."

헤이젠은 난다르가 내민 손을 움켜쥐었다. 난다르는 뛰어난 상인이다. 가능하다면 이 일대를 주름잡는 거상으로 기르고 싶다.

제5장 디오르도 공국

디오르도 공국에 있는 아르게이드 요새는 난공불락으로 유명하다. 우선 마법 장벽이 펼쳐져 있어서 화살 같은 장거리 무기가 통하지 않는다.

또한 『중갑병』이라고 불리는 전신 갑옷으로 무장한 군단이 요새의 문을 지키면서 정면 돌파를 저지한다.

갑옷에 쓰인 금속은 디오르도 공국에서만 채굴되는 마도마강(鋼)이며 대륙 열 번째의 경량성과 열다섯 번째의 강도를 자랑하는 소재다.

"지키는 쪽에 있어서는 더할 나위 없네."

그렇게 중얼거린 이는 디오르도 공국의 기자르 장군이었다. 가지런히 자른 금발을 거칠게 쓰다듬으면서 자기 방에서 지겹다는 듯이 하품했다.

"그렇다고 제국과 한판 뜰 생각은 마십시오."

그렇게 꾸짖듯 말한 이는 근위단장인 란드불이다. 스물여덟 살인 기자르보다 열 살 정도 더 많은 군인은 날카로운 눈빛으로 노려보며 그렇게 말했다.

"하지만 그래선 내가 여기 온 이유가 없다고."

"좌천당했으니 어쩔 수 없지 않습니까."

“어쩔 수 없잖아. 그 무능한 대신한테 화가 났는걸.”

지금이 기회다 싶은 타이밍에 주제넘게 나서서 협정을 맺으려 들었다. 그때 무심코 폭언을 내뱉은 바람에 그는 지금 이런 곳에 있는 것이다.

“아아, 너무 심심해. 확 제국이 쳐들어오지 않으려나~.”

“재수 없는 소리 좀 하지 마십시오.”

바로 그때, 누군가가 문에 노크했다.

“기자르 장군님. 제국의 중위가 은밀히 만나고 싶다는 연락을 해왔습니다.”

그 보고를 들은 순간 금발 청년은 의자에서 벌떡 일어났다.

“배신인가?”

“함정일지도 모릅니다.”

“일단 만나보자.”

“장군님이 직접 말입니까?”

“이대로 여기에 있는 것도 한가하거든.”

“……윽.”

겨우 그런 이유로 나서는 거냐고 생각하며 근위단장은 쓴웃음을 지었다.

“지금 어디에 있지?”

“가바타오 상회의 상관이라 합니다.”

“뭐? 거기는 제국 측의 군용 상관 아냐?”

“그렇죠. 함정치고는 허술하군요.”

“…….”

기자르 장군이 턱에 손을 댔다.

"내부에서 무슨 일이 일어난 거군……. 좋아. 금방 가겠어."

"기, 기다려 주십시오. 저 말고도 몇 명 준비할 테니……."

"지금의 나를 이길 수 있는 녀석이 저 요새에 있을 것 같아?"

"뭐…… 그건 그렇죠."

기자르 장군의 힘은 디오르도 공국에서도 손꼽힐 수준이다. 지금은 공적이 부족하지만 머지않아 대장군으로 승진할 거라고 란드불은 생각했다.

근위단장으로서는 안심이지만 대신 다양한 잡무를 떠넘기는 통에 란드불의 일거리는 줄어들 줄을 모른다.

사흘 후, 가바타오 상회의 상관에 도착했다. 물론 은밀히 행동하기 위해서 호위는 란드불을 포함해 몇 명뿐이다.

"오래 기다리셨습니다. 그럼 안내하겠습니다."

푸근한 인상의 상인에게 안내를 받아서 방에 들어가 보니 그곳에는 신경질적인 인상의 군인이 앉아 있었다.

"제2대대 소속, 제4중대의 모스피처 중위입니다."

"장군인 기자르야. 여기 오래 있을 생각은 없어. 용건만 짤막하게 말해봐."

"한 달 후…… 『사백』 미 실의 군대가 북방 가르나 요새에 집결합니다. 아르게이드 요새를 함락시키기 위해서죠."

"……."

기자르는 모스피처의 얼굴을 쳐다보면서 사람 됨됨이를 관찰했다. 진실이라면 큰 문제지만 거짓이라면 가짜 정보에 놀아나는 게 된다.

"증거는?"

"여기에 양측에서 오간 서한의 사본이 있습니다."

그 서한 안에는 상세한 내부 정보와 관계자의 이름이 적혀 있었다.

"……좋아. 일단 우리 쪽 정보부에 확인을 시키지. 그런데 중위라면 장교일 텐데? 왜 제국을 배신하는 거지?"

전황만 본다면 제국이 우세하다. 국력도, 국가의 격도, 인재의 질도, 전부 디오르도 공국보다 훨씬 앞서고 있다. 신경질적인 이 남자는 부자연스러울 정도로 머리가 벗겨져 있었다. 그리고 손톱을 잘근잘근 깨물면서 몽유병자처럼 중얼거렸다.

"……헤이젠 하임이라는 신입 소위 탓에 저는 모든 것을 빼앗겼습니다."

"소위?"

"평범한 소위가 아닙니다. 그놈은 쿠민족과 정전협정을 체결했죠."

"……."

기자르와 란드불은 무심코 서로의 얼굴을 쳐다봤다. 일개 소위가 군에 그만한 영향력을 행사할 수 있단 말인가. 이어서 정전 문서의 사본을 비롯해 증거가 될 만한 문서가 계속 나왔다.

이것은 명백한 반역 행위다.

실제로 접하니 불쾌하기 그지없지만 이만큼의 자료가 있다면 사실 여부를 확인하는 데 그리 긴 시간이 걸리지 않을 것이다.

"만약 이 정보가 사실이라면 나는 제국의 요새를 공격할 테지. 그쪽은 뭘 원하는데?"

"로렌초 대위…… 그리고 헤이젠 소위의 목숨. 반드시 죽여

주십시오."

"……알았어."

아마 미 실이 파견된 후에 요새를 되찾을 속셈일 것이다. 하지만 기자르 또한 순순히 영토를 다시 내줄 생각은 없다.

"그러면 교섭이 성립한 것으로 알죠."

"그래."

모스피처 중위는 웃었고 기자르도 웃었다.

그로부터 며칠이 흘렀다. 기자르가 자기 방의 침대에서 쉬고 있을 때 근위 단장인 란드불이 들어왔다.

"확인을 마쳤습니다. 『사백』 미 실이 이쪽으로 향하고 있는 듯합니다. 또한 쿠민족의 영토와 제국을 상단이 빈번하게 오가고 있다는 보고가 들어왔습니다. 아무래도 정전협정을 맺은 게 틀림없는 듯하군요."

"확실한 거네. 즉시 긴급회의를 열겠어. 간부들을 모아!"

기자르는 침대에서 벌떡 일어나더니 활기찬 목소리로 지시를 내렸다. 이제까지 축 늘어져 있었다는 게 믿기지 않을 정도다. 이 남자에게 전장 이외에는 전부 지겨운 공간에 지나지 않는다. 싸움만이 유일하게 그의 피를 끓게 한다.

30분 후 집무실에 간부 다섯 명이 모였다. 디오르도 공국에서는 장군 휘하에 각 군단장이 배치된다. 기마 부대를 이끄는 니델 기마단장, 중갑 부대를 이끄는 조난 중갑단장, 궁병 부대를 이끄는 코나하완 궁병단장, 보병 부대를 이끄는 노유다타 보병단장. 그리고 군무 전반을 조정하는 근위단장인 란드불이다.

"와줘서 고마워. 전쟁이야."

"……네?"

조난 중갑단장이 물었다.

"제국의 요새를 공격할 거야. 즉시 준비에 착수하도록 해."

"그, 그 전에 이유를 알려 주십시오! 왜 쳐들어가려는 겁니까!"

비난하는 듯한 어조로 추궁했지만 기자르는 태연했다. 대신 란드불 근위단장이 허둥지둥 상황을 설명했다.

"송구합니다. 설명이 부족했군요."

"아니, 란드불 근위단장님이 사과할 일이 아닙니다."

"그래! 너는 잘못 없어."

"기, 기자르 장군님! 당신이 제대로 설명하지 않는 게 문제라고요!"

"그런가? 으하하하!"

기자르가 호쾌하게 웃자 조난 중갑단장은 한숨을 내쉬었다. 란드불 근위단장과 니델 기마단장 이외의 세 사람은 이 장군을 잘 알지 못한다. 하지만 지시가 세세하지 못한 데다 억지로 밀어붙이는 게 특기란 점은 이 한 달 동안 파악했다.

"란드불. 본국에 타진해서 5만의 군대, 베즈라일 대장군, 가나드랄 장군을 불러."

"그 정도의 막강한 전력을… 너무 쉽게 말씀하시는 것 아닙니까?"

"쉽게 말하는 게 아니야. 너니까 믿고 말하는 거라고."

"하아……. 알겠습니다."

베즈라일 대장군은 디오르도 공국 최강의 남자다. 이름값만 본다면 미 실이 더 높지만 방어전이라면 충분히 대응할 수 있다. 제국의 요새를 먼저 함락시키고 거기서 방어전을 펼쳐서 적의 군대를 막아내는 것이다.

제국의 본군이 오는 건 한 달 뒤 일이다. 디오르도 공국의 수도에서 여기까지는 열흘 거리다. 늦게 준비를 시작하지만 지리적 이점을 생각하면 충분히 먼저 도착할 수 있을 것이다. 그렇게 되면 미 실도 요새 탈환을 포기하리라. 기자르는 뼛속까지 군인이다. 제국 놈들이 미 실에게 의지한다면 그녀를 능가하는 힘으로 대항하면 된다는 생각이다.

"쿠민족의 대처는 어떻게 하죠?"

조난 중갑단장이 물었다. 그는 주로 주위의 복병에 대비하는 역할을 맡았다. 그래서 항상 적대하고 있는 그들의 존재가 신경 쓰이는 것 같았다.

하지만 기자르는 별것 아니라는 투로 대답했다.

"5천 정도 배치해 두면 되겠지?"

"그 정도로 충분하겠습니까?"

"충분해."

기자르는 단언했다. 정전협정은 동맹이 아니다. 협조해서 협공하는 관계는 아닐 것이다. 게다가 어차피 그들은 소수 민족이다. 미리 준비해 두진 않는 한 만 단위의 대군을 일으킬 수 없으리라.

"열흘 안에 군을 소집해서 전군을 동원해 제국의 요새를 차지하겠어. 자아, 피가 끓어오르는걸."

"우오오오오오오! 따끔한 맛을 보여주죠."

기자르가 그렇게 말하자 니델 기마단장은 흥분을 감추지 못했다. 이쪽은 기자르보다 더 혈기 왕성한 군인이다. 원래 기마병에 특화된 부대이니 실질적으로 그가 전투 개시 순간에 선봉에 서게 된다.

란드불 근위단장은 어디까지나 냉정 침착했다. 다들 열의를 불태우는 가운데 분석에 임했다.

"그건 그렇고 그 헤이젠 소위의 책략이 아이러니하게도 역효과를 냈군요."

"재미있는 수였어. 밀고가 없었다면 여기가 함락됐을지도 모르지."

"어떤 남자일까요?"

"글쎄. 뭐, 생포하는 것도 재미있겠는걸."

"그러면 모스피처란 남자와의 약속은 어쩌실 겁니까?"

"아군을 배신하는 천박한 놈과의 약속 따위 애초에 지킬 마음 없었어."

기자르에게 있어서 적이라 이용하지만 아군에 그런 자가 있다면 구역질이 날 정도로 분노가 치밀었을 것이다.

"상대의 병력은 어떻게 되지?"

"3만 정도입니다. 그리고 이쪽은 5만이죠."

"미 실 합류까지 열흘인가……. 할 수 있어. 그리고 배반하는 세력이 있을 가능성도 있지."

그것이 이전부터 해온 조사 및 분석의 결과다. 적 요새에는 수장인 게도르 대령과 반목하는 파벌이 존재한다. 아무래도 그

파벌의 세력이 더 강한 것 같으며 이런 긴급 사태가 발생하면 발걸음을 맞추지 못할 것이다.

"……선발대로 대대 하나를 보내볼까요?"

"아니, 전군을 동원해 공격하겠어. 인근 마을은 무시해."

아군이 배반하면서 사기가 떨어졌을 때 단숨에 쓸어버린다.

기자르는 흉포한 눈빛을 머금으며 웃음을 흘렸다.

*

그 보고가 들어온 것은 나흘 뒤 일이다. 군 사령실에서 서둘러 돌아온 로렌초 대위가 헤이젠에게 말했다.

"기자르 장군이 이끄는 대군이 이 요새를 향하고 있다고 하는군. 이미 가리스트 마을 근처까지 온 것 같아."

"……정보 전달이 느리군요."

"상층부에서 논의하느라 하부까지 전달되지 않은 거야. 젠장, 한심하군!"

로렌초 대위는 주먹을 말아쥐며 책상을 내려쳤다. 온화한 성품의 상관인 그가 평소와 다르게 언성을 높이고 있었다. 그만큼 위기 상황이리라.

"저희 군의 행동 방침은 어떻게 됩니까?"

"후퇴할지 항전할지로 갈린 상황이야."

"……당연히 어떻게 지킬지를 논의하는 줄 알았습니다만."

어디에나 남의 발목을 잡는 족속들이 있는 것일까. 적보다 아군이 성가실 때도 있다. 이야기를 들어보니 게도르 대령의 적대 파벌인 발로사그 중령이 후퇴를 주장하고 있는 것 같았다.

"최악의 경우 이대로 논의가 끝나지 않는다면 발로사그 중령의 파벌만 후퇴할 수도 있어."

"아뇨……. 이제 와서 어떻게 설득해 본들 그런 상황을 피할 수 없을 겁니다."

발로사그 중령이 노리는 것은 게도르 대령의 실각일 것이다. 우두머리가 교대되는 사태가 벌어진다면 다른 파벌의 수장이 그 자리를 이어받는다. 이제는 게도르 대령이 후퇴를 선택할지 말지에 달렸다. 아마 발로사그 중령의 진영은 이미 후퇴 준비를 마쳤을 것이다.

로렌초 대위는 크게 한숨을 내쉬었다.

"게도르 대령은 후퇴하지 않아. 적대 파벌의 의견을 채용해서 자기 판단을 꺾는 게 불가능한 사람이거든."

"그렇다면 빨리 발로사그 중령의 진영을 포기하고 전투에 대비하는 편이 좋겠죠."

"그렇게 되면 절반 이상의 병사가 후퇴하게 될 테니 이 요새를 지켜낼 수 없어."

"지켜낼 수 있습니다."

"적에게는 기자르 장군도 있지. 말처럼 간단하진 않아."

"간단하다고는 말하지 않았습니다. 하지만 지켜내겠습니다."

"……작전이 있나 보군."

"네."

"좋아. 지금부터 군 사령실로 향하겠어. 따라오도록."

"알겠습니다."

로렌초 대위는 헤이젠을 데리고 군 사령실로 향했다.

노크한 다음 안으로 들어갔다. 그곳에는 게도르 대령과 그의 파벌에 속한 시먼트 소령, 마카자르 대위, 피제 대위, 바크나타 대위, 고저러셀 대위가 있었다.

그들은 이미 체념한 분위기였다. 게도르 대령은 자포자기한 투로 중얼거렸다.

"발로사그 중령의 파벌은 전군이 후퇴했다는군."

"……게도르 대령님. 헤이젠 중위에게 작전이 있다고 합니다."

로렌초 대위는 자포자기한 게도르 대령을 자극하지 않게끔 주의를 기울이며 그렇게 대답했다.

"말해보게."

"발로사그 중령님들이 이미 떠났다니 다행입니다. 언제까지고 그들의 전력을 기대하고 있었다면 죽도 밥도 안 됐을 테니까요."

"……."

"제 의견은 매우 단순합니다. 기자르 장군만 제압한다면 그들의 전선은 무너질 테죠."

그렇게 말하자, 게도르 대령은 어처구니없다는 표정을 지으며 말했다.

"그게 무슨 소리지? 애들 소꿉장난 같은 헛소리는 나가서 해라. 발로사그 중령이 후퇴했으니 기자르 장군을 제압할 전력은 없어. 그에게 위협할 수 없는 존재도 말이지."

"여기 있습니다."

"……너, 지금 제정신으로 지껄이는 거냐?"

게도르 대령이 불쾌하다는 표정을 지었지만 헤이젠은 개의치 않았다.

"제가 기자르 장군을 제압하겠습니다."

"흥! 중위 주제에 어디서 말대꾸냐!"

"제가 중위인 것은 군에 들어온 지 얼마 안 되어서입니다. 그게 다죠. 군에서의 계급과 지급되는 보주의 질은 비례합니다만 전투력까지 비례하진 않습니다."

"……어처구니가 없군! 로렌초 대위, 왜 이딴 멍청이를 데려온 거지?"

"그를 믿어보는 게 어떨까 합니다. 헤이젠 중위는 단독으로 쿠민족과의 정전협정을 체결한 실적이 있지 않습니까."

"그건 교섭이 잘 풀렸을 뿐 아닌가?"

"아닙니다. 쿠민족은 무력을 중시하는 민족입니다. 그는 마법사로서의 자기 실력을 과시해서 정전협정을 성공시켰습니다."

"하지만 일개 중위 따위가…… 장군과? 그런 이야기를 믿으라는 건가……. 으음."

그 말을 듣고도 게도르 대령이 뜨뜻미지근한 기색을 드러내자 헤이젠은 크게 한숨을 내쉬었다. 결단력이 없는 상관은 싫어한다. 발로사그 중령도 이 남자의 이런 미적지근한 부분이 마음에 안 들었던 게 틀림없다. 바로 이때 헤이젠은 최전선의 상층부까지 썩어들어가고 있다는 것을 인식했다.

"대령님에게 있어 마법사란 어떤 의미를 지닌 존재입니까?"

"그건…… 마법을 쓰는 자이지."

"저에게 있어 마법사란 불가능을 가능케 하는 자입니다. 예를 들자면 수만 명의 병사를 혼자서 섬멸하거나 성보다 거대한 마수를 순식간에 소멸시키거나…… 절대로 고칠 수 없는 난치병을 치료하는 자이죠."

헤이젠은 그렇게 답했다.

"……지금 그런 허풍을 늘어놔서 뭘 어쩌잔 거지? 너무 황당무계해서 더는 들어줄 마음도 안 드는군."

"말보다는 결과로 보여드리고 싶습니다. 어차피 선택지는 없지 않습니까? 여기서 후퇴했다간 당신은 실각을 면치 못합니다. 운이 좋으면 허름한 지방 군정관으로 좌천되려나요. 어쨌든 겁쟁이라는 오명을 쓰고 중앙에는 평생 돌아가지 못할 겁니다."

"……."

군인은 공적을 쌓아야 군인이라고 헤이젠은 설파했다. 그 어떤 강적이 상대라도 겁먹지 않고 승리를 쟁취하지 않는 한 군인에게 가치는 없다. 전략적 철수는 있을지언정, 겁에 질려 꽁무니를 빼는 패주는 있을 수 없다.

"그렇다면 저에게 걸어보는 편이 나을 겁니다. 죽을 때까지 손가락질을 당하며 한심하게 살아남을 것인가. 아니면 죽음의 위기 속에서 활로를 찾아서 큰 공적을 쌓을 것인가. 선택지는 이 두 가지뿐입니다."

"……으음. 하지만……."

여전히 망설이고 있는 게도르 대령에게 헤이젠은 얼굴을 내밀면서 날카로운 눈빛으로 노려봤다.

"제가 당신의 소망을 이뤄드리겠다는 겁니다."

"헤, 헤, 헤이젠 중위. 이 자식, 무례하구나!"

옆에 있던 시먼트 소령이 분노를 터뜨리며 고함을 질렀지만 헤이젠은 말을 멈추지 않았다.

"무례? 사실을 말했을 뿐인데 뭐가 무례하다는 겁니까. 애초에 서둘러 공세에 나섰다면 적어도 공격을 받지도 않았을 겁니다."

"……네놈이 쿠민족과 정전협정만 맺지 않았어도……."

서로의 이마가 맞닿을 만한 거리에서 게도르 대령이 그런 소리를 늘어놨다. 이 상황을 전부 헤이젠의 탓으로 돌리고 있다. 하지만 헤이젠은 동요하지 않았다. 이 대령도 결국 위기 상황을 타인의 탓으로 돌려서 자아를 유지하려 하는 썩어빠진 인간인 것이다.

"저는 제안을 올렸을 뿐입니다. 그것을 활용할 방법도 있었죠. 하지만 당신을 비롯한 상층부가 잘못된 판단을 내려서 그것을 망쳤습니다. 전장에서의 실수는 곧 죽음을 의미합니다. 당신들의 운명은 이미 끝이 난 거죠."

"……."

"하지만 당신들은 운이 좋습니다. 이 싸움을 저에게 맡겨주신다면 누구도 상상해 본 적 없는 대역전극을 보여드리죠."

검은 머리의 청년은 표정을 일그러뜨리며 웃음을 흘렸다.

*

헤이젠 중위가 군 사령실에서 나가고서 게도르 대령은 주먹으로 책상을 내려쳤다.

"뭐냐. ……저놈은 대체 뭐냔 말이다!"

"……."

"가만히 있지 말고 말 좀 해보게, 로렌초 대위! 저 태도는 뭐지?! 겨우 중위 따위가 요새 존망이 걸린 전략을 세우다니 그게 말이 되냔 말이다!"

분노를 터뜨리는 것도 무리는 아니다. 여기 있는 건 자신의 파벌── 즉, 게도르 대령의 손발인 자들이다. 그런 이들 앞에서, 신인 장교에게 협박을 받은 것이다. 주위에 있는 시먼트 소령도, 다른 대위들도, 헤이젠의 무례하기 그지없는 태도를 보고 아연실색하고 있었다.

하지만 다른 상관보다 그를 오랫동안 봐온 로렌초 대위는 조용한 어조로 대답했다.

"……그게 헤이젠 하임이란 자입니다. 적이든 아군이든 상관이든 상층부 전체를 적으로 돌리더라도…… 설령 황제 폐하 앞에서도 자신의 의지를 관철하는, 그런 남자죠."

"부, 불경하다! 그딴 건 의지가 아니다! 단지 제멋대로 구는 것뿐이야!"

"……."

격분한 게도르 대령을 로렌초 대위는 차분히 응시했다. 대체 어떻게 달래면 좋을까. 좋은 아이디어가 떠오르지 않았다. 하지만 그가 헤이젠 중위를 인정하게 하는 것이 이 싸움에서 승리할 유일무이한 방법이라고 확신했다.

"……의지와 고집. 대령님은 그 둘의 차이점이 뭐라고 생각하십니까?"

"뭐?"

"전자는 힘 있는 자가 품은 야망. 후자는 힘 없는 자가 내뱉는 객기죠. 저는…… 그를 보며 그렇게 생각했습니다."

"……저 정신 나간 놈의 말대로 하라는 건가?"

"그럴 수밖에 없을 겁니다."

어쩌면 자신은 이렇게 되기를 바라고 있었던 걸지도 모른다. 로렌초 대위는 몰래 그렇게 생각했다. 후퇴할지 말지 계속 고민하고 있다간 순식간에 점령당하고 만다. 그렇다면 억지로라도 항전 준비 쪽으로 방향을 틀게 만들 수밖에 없다.

그것이 너무나도 아이러니하게 느껴진 나머지 무심코 자학적인 미소를 머금고 말았다.

"모스피처 소위의 심정이 이해되는걸."

"그, 그딴 무능한 놈과 똑같이 취급하는 거냐?! 우리는 제국의 상급 장교라고!"

시먼트 소령이 게도르 대령을 대신해서 격분했다. 그는 이 파벌의 2인자다. 하지만 그의 실력이 부족한 탓에 발로사그 중령의 파벌이 커졌다고도 할 수 있다.

"……아마 헤이젠 하임이란 남자에게는 매한가지였겠죠. 요새 방위라고 하는 제국의 임무를 맡고 있으면서 저희는 추악한 파벌 다툼만 되풀이해 왔으니까요."

“헛소리 마라! 결단코 우리는 그놈들과 달라! 놈들은 우리의 발목을…… 제국의 발목을 잡기만 했다고!”

“…….”

말이 통하지 않는다. 로렌초 대위는 더는 말하지 않았다. 하지만 말하든 하지 않든 마찬가지라고 그는 생각했다. 결국 게도르 대령은 파벌의 뜻을 하나로 모으려 하지 않았다.

어디까지나 자신의 파벌을 강화하는 것에만 힘을 쏟으며 발로사그 중령과의 대립 구도를 항상 만들어 왔다. 그것은 조직에 있어 가장 큰 죄다.

즉, 게도르 대령은 이 요새를 이끌 그릇이 아니었다. 방어에 치중하고 있을 때는 그래도 괜찮았다. 하지만 공세에 나서려는 시점에 그의 밑천이 드러났다. 압도적인 수준의 진짜배기 앞에서 자신의 무능함을 드러내고 만 것이다.

적어도 헤이젠은 바람을 일으켰다. 이 불협화음을 일으키는 파벌을 두 동강 내어 억지로라도 한쪽이 현실을 직시하게 만드는, 거칠고, 사납고, 난폭한 폭풍을 말이다.

그것은 자신들의 무력함을 깨닫게 하는 잔혹한 폭풍이었다.

“게도르 대령님. 저는 일시적으로 대위의 자리에서 물러나 헤이젠 중위에게 그 권한을 양도하겠습니다.”

“……그런 짓이 허용되리라고 생각하나?”

“그렇게 할 수밖에 없습니다.”

이 싸움에서 승리하기 위해서는 그 남자가 필요하다. 다들 그것을 알면서 하나같이 그 사실에서 눈을 돌리려 하고 있다.

유일하게, 모스피처 소위의 추태를 보았던 로렌초 대위만이 그럴 수 있는 것이다. 그딴 남자처럼 될 바에야 자기 자식뻘인 그에게 자리를 넘겨주는 편이 낫다.

자신의 등 뒤에는 만 명이 넘는 병사가 있다. 누구 한 명 신경 쓰지 않은 이 사실을 짊어질 사람은 자신뿐이다.

"부탁드립니다, 게도르 대령님. 대위 권한을 헤이젠 중위에게 양도하는 것을 허가해 주십시오."

"……안 돼! 그놈은 대군을 이끈 경험이 없어! 그딴 미숙한 자에게 맡길 수는 없다!"

"문제없습니다. 헤이젠 중위는 아랫사람들과 깊은 신뢰를 쌓았습니다."

원래 문제아 집단이었던 제8소대는 요새 제일의 전사 집단이 됐다. 제4중대는 순식간에 다른 중대에 인정받는 존재가 됐다.

어째서일까.

헤이젠은 부하의 능력과 공적만을 평가하기 때문이다. 그 외에는 아무것도 고려하지 않는다. 신경도 쓰지 않는다. 다들 올바르다고 여기는 지시를 내린다. 그것이 부하에게 있어 얼마나 받아들이기 쉽고 구원이 됐을까.

그것은 누구나 할 수 있을 것 같지만 실은 누구도 할 수 없는 일이다.

"……."

이윽고 게도르 대령은 체념한 듯이 한숨을 내쉬었다. 남에게 결단을 떠넘기는 것만이 이 상관이 할 수 있는 유일한 일이다. 그런 생각이 들 정도로 헤이젠 중위와 비교도 안 될 만큼 그릇이 작다. 어째서 이런 남자를 받들어온 것인지 그 이유도 생각이 안 날 정도다.

"……실패는 허락 못 해. 패배하면 네놈들을 극형에 처할 거다."

"네."

"이 싸움이 끝나면 네놈들을 이동시키겠다. 두 번 다시 이 땅에 발을 들이지 마라."

"알겠습니다."

로렌초는 대답하면서 생각했다. 다음에 그들이 헤이젠을 만날 때면 전원이 그의 앞에 엎드려 있을 것이다.

그들이 한탄하며 울부짖는 광경이 그의 뇌리에 떠올랐다.

"……로렌초 대위에게 명한다. 네놈의 대위 권한을 헤이젠 중위에게 양도하도록."

"명 받들겠습니다."

로렌초 대위는 경례하고 군 사령실을 나섰다.

그리고 복도를 걸으면서 헤이젠이 당연한 듯이 내뱉었던 말을 입에 담았다.

"상명하복……인가……. 크크, 크크크큭……."

무심코 로렌초 대위는 빈정거리는 듯한 미소를 머금었다.

*

헤이젠이 방에서 지도를 펼쳐보고 있을 때 로렌초 대위가 들어왔다. 그 표정에 비장함 따윈 없었다. 우선 이 상관이 자신이 바라는 대답을 가져왔다고 생각했다.

"헤이젠 중위, 자네에게 대위 권한을 양도하지. 이 요새를 지켜줘."

"……알겠습니다."

"나는 자네의 지휘하에 들어갈 건데 뭘 하면 되지?"

"앞으로도 제가 의도한 전술을 상관 여러분에게 전해 주시겠습니까? 당신께는 상층부와의 파이프 역할을 부탁드리고 싶습니다."

자신의 지시에 따르는 것을 그들의 자존심은 허용하지 않을 것이다. 하지만 로렌초 대위의 말이라면 받아들이리라. 그런 조정 능력은 자신보다 그가 더 뛰어나다고 헤이젠은 생각했다.

"의외인걸. 『존댓말을 써』란 소리를 들을 줄 알았는데 말이지."

로렌초 대위는 그렇게 말하며 웃었다. 보고에 따르면, 모스피처 소위는 밤이면 밤마다 대위의 방에 찾아와서 『가혹한 짓을 당하고 있다』고 울면서 탄원한다고 한다.

헤이젠은 무심코 쓴웃음을 머금었다.

"확실히, 모스피처 소위에게는 존댓말을 강요했습니다. 하지만 경의는 마음속에서 우러나는 것입니다. 그러니 사적인 자리에서는 이제까지와 마찬가지로 경의를 담아 대하는 것을 허락해 주셨으면 합니다."

"경의? 자네 입에서 그런 말이 나오다니 정말 의외인걸. 내가 자네보다 뛰어난 점은 『처세술』 뿐이라고 생각하는데 말이지."

"너무 괴롭히지 마십시오."

"하하! 자네한테 그런 말을 들을 줄이야. 정말 의외군."

"……로렌초 대위는 제가 상관에게 바라는 조건이 뭔지 압니까?"

"음? 군인으로서의 종합적인 능력일까?"

"아닙니까?"

"뛰어난 판단력."

헤이젠은 고개를 가로저었다.

"부하에 대한 포용력……은 아니겠지."

"물론입니다."

"……능력과 공적을 공평하게 평가하는 것."

"뭐, 그것도 있기는 하지만 최우선 순위는 아닙니다. 그것은 사태가 해결된 후에 할 일이죠."

"으음, 정말 모르겠는걸. 답을 가르쳐줘."

"부하의 의견에 성실하게 귀를 기울이고 우수한 의견이라면 채용하는 점입니다."

"……."

"지휘하는 사람이 많으면 많을수록 다양한 의견이 나오기 마련입니다. 그 안에는 자기가 내놓은 것보다 뛰어난 의견이 존재하는 게 당연하죠. 그것을 허영이나 자존심, 출세욕 때문에 묵살하는 자를 저는 상관으로 인정하지 않습니다."

"……."

"그래서 게도르 대령과 발로사그 중령도 다른 기회주의자들도 저는 상관으로 여기지 않습니다. 그래도 결국은 직업 군인이기에 겉으로는 경의를 표하지만 말이죠."

"……전혀 안 느껴지던데 말이야."

로렌츠 대위는 한숨을 내쉬며 어깨를 으쓱했다.

"그것은 제 모자란 점일 겁니다. 부디 로렌츠 대위님의 힘을 빌려주셨으면 합니다. 물론 이제까지처럼 존댓말을 쓰지 않아도 됩니다. 그리고 적당한 타이밍에 지휘권을 돌려드릴 생각입니다. 어디까지나 형식상의 대위급으로 여겨주셨으면 합니다."

"……진심인지 아닌지 모르겠는걸."

"지, 진심입니다. 저를 어떻게 보고 그런 소리를 하시는 거죠?"

"하하. 헤이젠 중위는 거짓말이 능하고 나에게 그만한 그릇이 있는지도 솔직히 모르겠군. 하지만 자네 같은 남자에게 그런 말을 들으니 기분이 썩 나쁘지 않은걸."

"……대위님은 특이한 분이시군요."

"그래? 자네에게 그런 말을 들으니 내가 괴짜라도 된 것 같군."

"……."

"하하……. 하지만 자네는 역시 부하를 다룰 줄 아는군. 좋아. 잘 부탁하지."

"잘 부탁드립니다."

로렌츠 대위가 손을 내밀자 헤이젠은 미소를 머금으며 그 손을 움켜쥐었다.

서로의 입장을 확인하고 두 사람은 지도에 말을 두면서 전술을 논의했다. 헤이젠은 아군 요새의 사방에 말을 하나씩 뒀다.

"우선 부대 배치부터 해야겠군요. 당연한 말이겠지만 농성전을 펼칠 겁니다."

"견실한걸."

"상대는 5만. 하지만 이쪽은 다른 파벌의 진영이 빠져나간 탓에 1만 5천 정도입니다. 게다가 제2대대의 병력은 3천 정도밖에 안 되죠. 야전으로는 승산이 낮습니다."

"……."

"하지만 농성전으로 이 요새를 지키기엔 충분한 숫자입니다. 동서남북에 각 대대를 균등하게 배치하는 거죠. 최종적으로 제가 기자르 장군의 부대를 맡겠습니다."

"상대는 대장군급이야. 게다가 그의 부대에는 근위단장이라는 굴지의 강자도 있지."

"그래서 제가 맡으려는 겁니다."

"……알겠어. 상층부도 대장군이 이끄는 군과 정면 대결을 펼치고 싶어 하지는 않을 테니 그 제안은 받아들여지겠지."

구구절절 불만이야 산더미처럼 쏟아내겠지만, 하고 로렌초 대위는 덧붙여 말했다.

"그러면 『이 역할을 양보해 드리겠습니다』하고 제안하면 되지 않겠습니까?"

"그런 말을 어떻게 해! 자네의 문제점은 바로 그거야."

"흠……. 잘 모르겠군요. 난색을 늘어놓는다는 건 불만이 있다는 것 아닙니까? 하지만 대안을 내놓지도 않고 대신 싸우려고도 하지 않는 건가요. 대체 뭘 하고 싶은 건지 모르겠군요."

"하아…… 역시 내가 파이프 역할을 맡아야겠군."

로렌초 대위는 크게 한숨을 내쉬었다.

"작전은 그게 다인가?"

"농성전에서 할 일은 방어뿐이니까요. 그리고 로렌초 대위님은 제가 자리를 비웠을 때 지휘를 맡아주셨으면 합니다."

"……자리를 비워?"

"저는 마법사니까요. 여러분이 버티는 사이 어느 정도 상대의 전력을 교란하며 줄여둘 필요가 있습니다."

"뭘 할 생각이지?"

"……."

역시 완전히 신용하지는 않는 것 같았다. 하지만 그것으로 됐다. 이 상관의 우수한 점은 유연한 사고력을 지녔다는 것이다. 결코 맹신적으로 상대를 신뢰하는 실수를 저지르지 않는다. 그래서 판단을 실수하는 일이 적다.

"뭐, 그 점은 나중에 설명해 드리겠습니다. 아무튼 로렌초 대위님은 복잡한 역할을 맡아주셔야 합니다. 자신이 배치된 곳을 지켜야 하는 건 물론이고, 동서남북 어디서 나타날지 모르는 기자르 장군의 맹공을 다른 부대와 협력해 버텨내야만 하죠."

"……솔직히 말해 자신이 없는걸."

"디오르도 공국은 기마 부대가 강합니다. 돌파를 당한다면 아마 문 쪽이겠죠. 그러니 레이 화를 활용해 주십시오."

"자네의 호위사 말인가. 하지만 중과부적 아닐까?"

"걱정하실 필요 없습니다. 레이 화는 이럴 때를 대비해 호위사로 고용한 것이니까요. 문이 돌파될 것 같을 때 배치하면 재미있는 광경을 볼 수 있을 겁니다."

"……알았어."

"이 싸움은 셋째 날에 승부가 갈릴 겁니다."

로렌초 대위는 그 말을 듣더니 눈을 치켜떴다.

"그런 초단기 결전이 된다는 건가?"

"압도적 대승 혹은 대패. 둘 중 하나일 테죠."

"……대패할 수도 있는 건가."

"전장에 절대적인 건 없으며 충분히 벌어질 수 있는 미래입니다."

"자네답지 않은 약한 소리군."

"어떤 가능성도 존재한다는 뜻일 뿐입니다."

"그렇게 되지 않도록 신에게 빌지."

"……아무튼 우선은 첫날의 방위에 전력을 기울여야 합니다."

헤이젠은 담담한 목소리로 대답했다.

제6장 개전

개전 당일. 최근은 흐린 날씨가 이어져 왔지만 오늘은 쾌청했다. 헤이젠은 중앙문에 배치됐다. 문 앞에 배치된 이는 2천 명 그리고 성곽에 천 명이 배치됐다.

검은 머리의 청년은 성곽에서 적병을 둘러봤다.

눈앞에는 만 명이 넘는 대군이 있었다. 예전에는 혼자서도 너끈히 상대할 수 있었지만, 지금 실력으로 그러려면 무리에 가깝다. 그러니 군을 활용하지 않는다면 이 싸움은 지고 만다.

형세만 본다면 디오르도 공국이 압도적으로 유리했다. 세 배가 넘는 병력을 보유했고 사기 또한 하늘과 땅만큼 차이 났다. 그들은 일제히 함성을 지르면서 이쪽을 위협하고 있었다.

헤이젠은 말을 타고 순회하면서 아군 병사들을 살폈다. 하나같이 얼이 나가 있었으며 몸에 힘이 들어가 있지 않았다.

제국 병사들은 이미 포기한 상태였다. 대부분의 병사가 고개를 푹 숙이고 있었으며 패기도 느껴지지 않았다. 죽은 목숨이라고 생각하는 건지 주저앉아 있는 이까지 있었다.

"……."

그대로 말을 타고 순회하다 보니 이상하게도 사기가 하늘을 찌르는 부대가 있었다.

제8소대였다.

"앗, 헤이젠 중위님! 수고 많으십니다!"

버즈 준위가 경례를 하자 제8소대 전원이 일제히 경례했다.

"……너희는 절망에 지배당하지 않은 것 같군."

"물론입니다! 저희에게는 헤이젠 중위님이 계시니까요."

버즈 준위가 딱 잘라 대답했다.

"상대는 5만이나 되는 대군이다."

"문제없습니다!"

"대륙에 이름을 떨치고 있는 기자르 장군도 있지."

"헤이젠 중위님이라면 이길 수 있습니다!"

"……나는 너희 전원을 생존시켜 줄 수는 없어."

"저희는 군인입니다! 각오는 되어 있습니다. 중위님께서 말씀하셨잖습니까! 『남을 죽일 거면 죽을 각오를 해라』라고요."

"……."

헤이젠은 아무 말 없이 그 자리를 벗어났다.

그리고…….

디오르도 공국의 대군과 대치한 상황에서 성곽 위로 올라서더니 주위를 다시 둘러보았다. 그곳에는 제국 군인들이 있었다. 여전히 그들에게서는 패기가 느껴지지 않았다.

"하아…… 군인이란 것들은 정말 성가신 것들이군."

한숨을 내쉰 헤이젠은 눈을 감으며 입을 열었다.

"제국 군인이여. 들리는가?"

갑자기 병사들이 술렁거렸다.

"놀라지 말도록. 나는 제2대대의 헤이젠 대위다. 지금은 마장을 이용해 전원에게 들리도록 말하고 있다."

게도르 대령도, 로렌초 대위도, 다른 상관도 그 목소리가 들린 건지 다들 놀란 표정으로 서로를 쳐다보고 있었다. 아마 그런 마장은 본 적도 들은 적도 없을 것이다.

"내가 하고 싶은 말은 단 하나다. 사흘. 사흘 후 정오. 태양이 가장 높이 떴을 때 승부는 갈린다. 이기든 지든 말이다."

그 말을 들은 순간 다들 마른침을 삼키며 침묵했다.

"하사관 제군들. 자네들은 자신의 의지로 이곳에 온 게 아닐 것이다. 그러니 이곳에 배속된 것에 절망을 느끼고 있는 이도 있겠지."

그 말을 들은 순간 하사관들은 지면을 쳐다봤다.

"적 앞에서 도망치면 극형에 처해진다. 하지만 눈앞에는 5만의 대군이 있어. 지휘관은 그 유명한 뇌명장군이다."

그 말을 들은 순간 상관들은 절망에 찬 표정을 지었다.

"너희에게 남은 선택지는 단 두 가지뿐이다. 도망을 쳐서 극형을 당할 것인가…… 내 말을 믿고 사흘간 이 요새를 지킬 것인가."

그 말을 들은 순간, 하사관들은 서로의 얼굴을 쳐다봤다.

"후자를 선택해서 싸울지라도 죽을 놈은 죽는다. 이것은 피할 수 없는 사실이지."

당혹과 결의의 빛이 그들의 얼굴에 뒤섞였다. 그것은 그들의 마음이 흔들리고 있다는 것을 가르쳐주고 있었다. 결코 절망에만 빠진 것은 아니었다.

헤이젠은 하사관들에게 희망을 줬다.

"하지만 약속하지. 내가 너희 중 절반은 살리겠다고 말이다."
머릿속에 그런 목소리가 울려 퍼지자 하사관들은 무심코 고개를 들었다.
"기자르 장군을 무찌르고 5만의 대군을 격퇴해서 너희 중 절반을 이 절망적인 전황에서 구원하겠다는 거지."
그 말에는 망설임이 느껴지지 않았다. 거기에는 절대적인 자신감만이 존재했다. 헤이젠을 눈으로 볼 수 있는 이는 적지만 보이는 이들은 그에게서 느껴지는 압도적인 존재감에 전율했다. 그리고 그 고양감이 잔물결처럼 퍼져나갔다.
"그러니 사흘이면 돼. 이것은 초단기 농성전이다. 필사적으로, 죽을힘을 다해, 죽음을 두려워하지 않으며 맞서 싸워라. 뒤쪽에는 활로가 없다. 삶을 쟁취하려면 앞으로 나아가는 수밖에 없어."
그 말에 서서히 희망의 목소리가 솟구치기 시작했다.
"평소에 해온 힘든 훈련을 믿어라. 이제까지 단련해 온 자기 몸을 믿어라. 함께 전장을 달려온 동료를…… 믿어라."
크나큰 환성이 곳곳에서 터져 나왔다.
"상명하복. 상관의 지시를 믿고 몸을 맡겨라. 결코 초조해하지도 당황하지도 않으며 행동해라. 평소처럼 전력을 다하면 못 이길 싸움이 아니다."
그 환성이 으르렁거림이 되자…….
헤이젠은 그들의 등을 쳐다보며 외쳤다.
"전군, 함성을 질러라!"

"""우오오오오오오오오오오!"""

지면이 뒤흔들릴 정도의 함성이 적군을 향해 울려 퍼졌다. 헤이젠은 뒤편에서 그 함성을 들으면서 작게 한숨을 내쉬었다. 한편 레이 화도 뜻밖이라는 표정을 지었다.

"별일도 다 있네. 헤이젠이 이런 식으로 연설도 다 하고 말이야."

"사기를 올려야 하거든. 로렌초 대위 이외의 상관은 신용할 수가 없어."

"하아……. 그러면 아까 그 멋진 연설은 뭔데?"

"나답지 않은 짓을 했군. 뭐, 죽게 두고 싶지 않은 이들도 있거든."

헤이젠은 그렇게 말하면서 제8소대를 떠올렸다. 레이 화는 그런 그의 뒷모습을 쳐다보면서 미소 지었다.

"솔직하지 못하다니깐."

"……그러면 뒷일을 부탁해."

?!

"어, 자, 잠깐만! 어디 가는 건데?"

지휘관이 갑자기 이탈하려 하자 레이 화는 당황했다.

"이 정도 사기면 아무리 무능한 지휘관이라도 하루는 버티겠지. 그렇다면 나는 나밖에 못하는 일을 하겠어."

"어엇! 제2대대는? 누가 지휘하는데?!"

"로렌초 대위에게 부탁해 뒀어."

"대위 권한을 빼앗아놓고 갑자기 모습을 감추는 거야?!"

“대위 권한으로 대위에게 위임하는 거야. 아무 문제 없어.”

“문제 천지란 생각이 들거든?! 그 말을 내가 해야 해?”

“걱정하지 마. 로렌초 대위는 사고방식이 유연한 상관이야.”

“……너한테 인정받은 그 사람을 동정할래.”

레이 화의 한숨 소리를 들으면서 헤이젠은 성곽 아래로 내려가더니 그대로 모습을 감췄다.

*

개전 첫날. 기자르는 부대를 동서남북에 배치했다. 그리고 자신의 군대는 중앙문을 통해 진군을 개시했다. 정석대로 각각 1만 정도를 배치하고 물량으로 밀어붙이는 작전이다.

눈앞에는 수많은 병사가 싸움이 시작되길 이제나저제나 기다리고 있었다.

“이 싸움은 매우 중요한 의미를 지닌다! 이제까지 제국 상대로 쓴맛을 봐왔지만 그 설욕을 할 때가 찾아온 거다!”

“오오오오오오오!”

기자르가 연설을 하자, 병사들이 호응했다. 그들의 높은 사기를 느낀 그가 그대로 돌격 신호를 내리려 한 바로 그때였다.

“““우오오오오오오오오오오오!”””

제국 측에서 엄청난 고함이 들려왔다.

“……사기가 왜 저렇게 높은 거지?”

기자르는 무심코 그렇게 중얼거렸다. 보통 사지에 몰린 이들은 대부분 전의를 상실한다. 병사들이 죽음 속에서 활로를 찾게 하는 것은 웬만큼 뛰어난 지휘관이 아니고선 불가능하다.

하지만 제국군이 한목소리로 토한 그 함성은 섬뜩할 정도의 열기로 가득 차 있었다. 란드불 근위단장도 뭔가 이상하다는 것을 느낀 건지 입을 열었다.

"장기전으로 하시겠습니까?"

"……아니, 단기 결전이야. 처음부터 전력으로 공격하겠어."

"재고해 주십시오. 일단 적의 사기가 수그러들기를 기다리는 게 순서 아니겠습니까?"

"수그러들지 않는다면 어쩔 건데?"

"……."

"우리도 시간이 남아돌지 않아. 적의 정보를 전부 파악한 것도 아니지."

"뭔가를 기다리고 있다는 겁니까?"

"……."

아마 『사백』 미 실일 것이다. 그 군신은 몇 번이나 열세를 뒤집으며 항상 전쟁에 승리를 가져왔다. 이쪽이 침공을 시작했다는 보고를 받는다면 바로 말을 몰며 예측보다 일찍 도착할 가능성이 크다. 그들은 미 실의 조력을 기대하며 기력을 쥐어 짜내고 있는 것이라고 기자르는 추측했다.

물론 본심을 털어놓자면 한 명의 군인으로서 미 실과 싸워보고 싶었다. 하지만 그것은 디오르도 공국에게 불이익을 가져다줄 것이다.

"저쪽이 『버텨낸다』는 것으로 승리의 기회를 잡으려 한다면 어설픈 공세는 역효과만 낳을 뿐이야. 이렇게 되면 전심전력을 다한 공격으로 완벽하게 박살을 내주겠어."

"……알겠습니다."

기자르 장군은 손을 들더니 병사들을 진군시켰다.

우선 궁병이 활을 쐈다. 그리고 보병이 성곽을 기어 올라갔다. 하지만 제국병이 지지 않겠다는 듯이 활을 쏘면서 저지했다. 정오까지는 서로가 드높은 사기를 뽐내며 교착 상태가 형성됐다.

"괜찮은 병사들이군."

제국 병사는 그 기이한 열기 속에서도 휩쓸리지 않고 지휘 체계에 따르고 있다. 그것은 혹독한 훈련의 성과이며 거대한 영토를 자랑하는 제국의 이름에 걸맞았다.

하지만 병사 수준으로 본다면 이쪽도 뒤지지 않는다. 디오르도 공국은 평균적인 능력으로 본다면 제국 군인들에게 뒤처질지도 모르지만 병과(兵科)만 따로 본다면 그들을 능가한다.

기마 부대를 이끄는 니델 기마단장, 중갑 부대의 조난 중갑단장, 궁병 부대의 코나하완 궁병단장, 보병 부대의 노유다타 보병단장. 각각 특기 병과에 특화된 훈련을 쌓아왔다.

"……."

그런데도 전황은 열세였다. 역시 상대방의 사기가 너무 높았다.

"단장을 투입할까요?"

"……아니, 아직 일러."

확실히 마법사 간의 일대일 대결은 전장에서 사기를 역전시킬 수 있다. 하지만 제국 측의 장교에게는 미지수의 인물이 존재한다.

"그 피자…… 뭐시기 중위가 말한 자의 이름이 헤이젠 하임이었나?"

소위에 불과한 인물이면서 전투 민족인 쿠민족과의 정전협정을 체결시켰다. 그것은 지극히 어려운 일이다. 제국과 쿠민족 사이에서는 너무나도 많은 피가 흘렀다. 그 역사를 생각하면 교섭 테이블에서 바로 서로를 죽이려 들더라도 이상할 게 없다.

게다가 상대는 『푸른 여왕』이라 칭송되는 버시아다. 소수민족의 우두머리지만 개인의 실력은 장군급이리라고 디오르도 공국에서는 추정하고 있다.

게다가 쿠민족에게는 강자를 인정하는 경향이 강하다. 정전협정 성립 과정에서 상대가 어느 정도의 실력을 지녔는지 확인하기 위해 전투 행위가 발생했으리란 것은 쉬이 상상됐다. 그런데도 헤이젠이란 자는 살아남았다.

"현장, 전장에 눈길을 끄는 마법사가 있나?"

"마법사는 아닙니다만 로렌초 대위의 곁에 있는 전사가 심상치 않습니다."

"심상치 않아?"

기자르가 보고 받은 방향을 쳐다보니 한 여전사가 커다란 활로 병사들을 차례차례 쏴 죽이고 있었다.

"확실히 저 완력은 위협적인걸. 로렌초 대위는 어디서 저런 인재를 손에 넣은 거지?"

그가 우수하다는 것은 디오르드 공국도 파악하고 있다. 유능한 지휘관이자 인망이 있다. 그런 상관의 휘하에는 유능한 부하가 있기 마련이다.

해 질 녘이 됐다. 각 군단이 병사를 물리기 시작했을 때 사색이 된 병사가 숨을 헐떡이며 뛰어왔다.

"무슨 일이지?"

"하아…… 하아…… 코나하완 궁병단장님이…… 전사하셨습니다."

"뭐?!"

기자르는 아연실색했다. 물론 전쟁에서는 사람이 죽어 나가기 마련이다. 용맹한 자일수록 빨리 죽는다. 하지만 코나하완 궁병단장은 30년 넘게 전장에서 살아남은 강자다. 함부로 적에게 접근할 전사가 아니다.

"어떻게 된 거지?"

"근처에 있던 자의 말에 따르면, 『갑자기 코나하완 궁병단장님의 머리가 지면에 떨어졌다』고 합니다."

"……암살인가."

기자르는 분한 표정으로 이를 악물었다.

"모든 단장에게 주변의 주의를 게을리하지 말라고 전해라."

"네!"

하지만 당했다. 코나하완 궁병단장은 공성전에 없어선 안 되는 활의 명수다. 그런 자를 정확히 노린 것이다.

"마법사가 아닌 코나하완 궁병단장은 마법 내성이 약하지.

그 점을 노린 거야."

"하, 하지만 대체 어떻게 한 걸까요? 그의 주위에는 아군뿐이었습니다."

"……아마 단독으로 숨어들었을 거야."

"아군 중 누구도 눈치 못 챘다는 겁니까? 말도 안 돼……."

"도저히 믿기지 않지만, 그렇게 생각할 수밖에 없어."

아마 헤이젠 하임은 암살 계통 마법사일 것이다. 소리 없이 등 뒤로 접근할 수 있는 마법을 쓸 수 있는 것이리라.

"……하지만 이건 좋은 소식이기도 해."

"네?"

"뛰어난 암살자는 뛰어난 군인이 아니지."

즉, 전쟁 같은 집단전에는 적성이 없다. 게다가 암살에 특화된 성능으로는 다른 단장을 죽이는 것이 불가능하다.

"그렇군요. 『헤이젠 하임의 밑천이 드러났다』는 겁니까."

"내일부터는 각 부대 단장을 공세에 참여시키겠어. 일단 퇴각하고 대열을 다시 짜도록."

"그러면 각 단장에게 알리겠습니다."

"부탁해."

그날 밤 디오르도 공국 진영의 각 단장이 모였다. 전원이 코나하완 궁병단장의 죽음에 적지 않은 충격을 받은 것 같았다.

"보고는 받았지만 믿기지 않아. 그렇게 우수한 전사가 이렇게 간단히……."

"우수한 암살자야. 너희도 주변에 충분히 주의를 기울이도록 해."

"네!"

"니델 기마단장. 내일은 마음껏 날뛰어줘야겠어."

"맡겨만 주십시오. 기다리고 있었습니다."

"목적은 서문 돌파야. 문 앞의 병사들을 쓸어버리고 노유다타 보병단장의 마법으로 단숨에 문을 열겠어."

"하지만 두 부대를 한곳으로 집중시킨다면 저들도 그곳을 집중적으로 지키지 않겠습니까?"

"그렇게 되어도 걱정할 건 없어. 내일부터는 나도 전선에 설 거니까 말이야."

"오오. 오래간만에 뇌명장군이 전장을 질주하는 모습을 볼 수 있는 건가."

조난 중갑단장이 흥분한 어조로 그렇게 중얼거렸다.

"내가 나서면 적은 내 쪽으로 몰려들겠지. 하지만 본래 목적은 어디까지나 중앙 돌파다. 란드불 근위단장은 후방에서 대기하며 나를 대신해 전체를 지휘하도록 해."

"하지만 저는 장군님을 지켜야만 합니다."

"혼자 꿀 빨려고 하지 마라. 나를 지키는 건 이 대륙에서도 손꼽힐 만큼 편한 일이잖아."

기자르가 장난스레 그렇게 말하자 다들 일제히 웃음을 터뜨렸다.

"그건 그래. 저희보다 훨씬 강한 장군님을 지키는 건 누워서 떡 먹기만큼 손쉬운 일이겠지."

"그렇다면 확 어린애들에게 지키게 할까."

다들 그런 농담을 주고받자 란드불은 인상을 찡그렸다.

“알겠습니다. 하지만 기자르 장군님. 방심하지 마십시오. 특히 헤이젠 하임이란 남자는 아직 능력의 전모가 확인되지 않았습니다.”

“란드불은 걱정이 너무 많다니깐. 하지만 나는 지지 않아. 이 자리에 있는 단장들도 마찬가지지.”

기자르는 그렇게 단언했다. 코나하완 궁병단장은 분명 무척 원통하게 죽었을 것이다.

그는 평민 출신이지만 뛰어난 군인이었다. 중요한 전장에서 공을 세웠으며 부하 또한 잘 다스렸다.

“자아, 딱딱한 이야기는 이쯤하고 다 같이 딱 한 잔만 하기로 할까. 코나하완 궁병단장의 넋을 위로하는 의미에서 말이야.”

기자르 장군은 잔과 와인을 준비하게 하더니 이 자리에 있는 이들 전원에게 따라주고 다 같이 건배했다.

*

헤이젠이 로렌초 대위의 곁으로 귀환한 것은 해가 지고 난 후였다.

“잘했어. 코나하완 궁병단장을 암살한 건 자네지?”

“전공이 되지 않는 살생은 하고 싶지 않지만 이기기 위해서니 어쩔 수 없군요.”

헤이젠은 담담한 어조로 그렇게 대답했다. 안 그래도 수적으로 열세인데 활에 의해 인원이 줄어드는 건 매우 뼈아프다. 그래서 우선하여 없애야만 하는 적측의 인재였다.

"하지만 용케 거기까지 숨어들었는걸."

"전장에서는 피아 구별은 깃발과 복장으로만 하니까요. 게다가 궁수가 조준할 때는 한점에만 정신을 집중합니다. 그 점을 교묘하게 이용했죠."

"하지만 코나하완 궁병단장은 마법을 못 쓴다고는 해도 상당한 정예야."

"이쪽의 사기가 높은 만큼 분위기를 반전시키기 위해 상대도 활을 쏴댈 수밖에 없죠. 그리고 쫄지 않는 배짱과 평정심만 있으면 됩니다."

"……적에게 포위당한 상황에서 그런 게 가능한 사람이 비정상이야. 전부 미리 계산한 점도 포함해서 말이지."

로렌초 대위는 쓴웃음을 머금었다.

"하지만 내일은 상대방도 본격적으로 공세를 펼칠 겁니다. 기자르 장군도 움직이겠죠."

"……그러면 내일 그와 대치하는 건가?"

"아뇨, 내일은 대치하지 않을 겁니다."

"어째서지?"

이 요새에는 기자르 장군의 맹공에 맞설 전력이 없다. 그리고 그것은 헤이젠 본인도 잘 알고 있는 바다.

하지만 헤이젠은 담담한 목소리로 이유를 말했다.

"어디까지나 양동이라서입니다. 장군이 단독으로 움직여봤자 문을 여는 건 무리죠. 저는 핵심 책략을 박살 내야 합니다."

"하, 하지만 그러면 누가 기자르 장군과 대치하지?"

"시먼트 소령님, 마카자르 대위님과 피제 대위님. 이 셋이서 어떻게든 버텨줬으면 합니다."

"……그래도 무리라면?"

모든 지휘관이 당한다면 그 문의 사기는 괴멸적인 상태가 될 것이다. 확실히 기자르 장군의 군에는 문을 열기 위한 특수 부대가 없다. 하지만 성벽을 넘어서 안으로 들어올 수도 있다. 이쪽의 병사들이 도망친다면 불가능하지는 않을 것이다.

"로렌초 대위님. 당신은 상황을 봐서 레이 화를 투입해 주십시오."

"그자라면 기자르 장군에게 이길 수 있나?"

"아뇨. 이길 수는 없을 겁니다."

"그렇다면 개죽음 아닐까?"

"괜찮습니다. 이기지 못하지만 지지도 않을 테죠. 게다가 레이 화의 상대는 군 전체입니다."

"군…… 전체?"

"말로 설명하기 어려우니 전장에서 직접 보시죠."

헤이젠은 그 말을 남기고는 그 자리를 벗어나더니 각 부대의 상황을 확인했다. 예상했던 것보다 피해가 2할가량이나 적었다. 이것은 기쁜 오산이다.

"버즈 준위."

"네!"

"내일 싸울 수 있을지 미묘한 상태의 중상자를 한곳에 모으도록."

"……혹시 그들을 마법으로 치료하시려는 겁니까?"

"이쪽은 병사의 숫자가 부족하다. 병사를 조금이라도 더 전선에 동원할 필요가 있어."

"하, 하지만 그랬다간 헤이젠 중위님의 마력이……."

"문제없다. 내일 그리고 모레 필요한 몫을 남겨두면 돼."

"……하지만 헤이젠 중위님도 피곤하시지 않습니까? 어제도 작전 입안을 위해 거의 주무시지 않았다고 얀에게 들었습니다."

"당연하지. 나는 상관이니 말이다. 하사관보다 더 최선을 다해야 할 의무와 책임이 있어."

"……."

"음? 왜 그러지?"

"그런 말, 이제까지 살면서 처음 들었습니다."

"하아. 한탄스럽군. 더 많은 녹봉을 받는 만큼 당연한 처사일 텐데."

"하지만 출세는 공적을 받아서 하는 것 아니겠습니까?"

"그렇다면 포상만으로 충분하겠지. 군인의 출세란 더 많은 이를 지휘하기에 걸맞은 존재로 인정받았을 때 하는 거라고 나는 생각한다."

"……."

"『명령만 내리며 으스대는 것』을 지휘라고 생각하는 상관도 있기는 하지만 그들은 능력이 없거나 노력이 충분하지 않은 것들이다. 그럴 경우 더 높은 상관에게 그자의 추태를 까발려주면 되지."

"여, 여전히 무시무시한 말을 아무렇지 않게 하시는군요."

"너에게 해주는 조언이다. 나는 여기에 쭉 있지는 않을 테니 말이야."

"……."

버즈 준위의 표정이 한순간 일그러졌지만 헤이젠은 개의치 않았다. 그는 부하가 자신을 어떻게 생각하는지에 그다지 관심이 없는 것이다.

"이야기가 옆으로 샜군. 아무튼 나는 그런 보잘것없는 상관을 경멸한다. 그런 자를 따르는 사람은 없다. 따르는 부하가 없으면 지휘도 성립하지 않아. 그러니 나는 너희의 상관으로서 당연한 일을 하는 것이다."

"헤이젠 중위님. 당신을 존경합니다."

"존경할 필요 없어. 너는 부하로서 할 일을 하면 돼. 그와 동시에 너도 부하에게 해야 할 일을 하는 것이다. 그러면 필연적으로 군은 강해지겠지."

"네. 하지만 저는 당신을 존경하겠습니다. 현실에서 그런 생각은 좀처럼 할 수 없습니다. 그런데도 그것을 주저 없이 실천하는 헤이젠 중위님을 저는 따르고 싶습니다."

"……멋대로 해."

"네! 멋대로 하겠습니다."

버즈 준위는 힘차게 답하고 돌아갔다.

이틀째. 아침. 기자르 장군이 이끄는 군이 서문으로 진군하고 있다는 정보가 들어왔다. 한편 기마 부대가 중앙문으로 진군하고 있다.

제국은 작전대로 시먼트 소령. 마카자르 대위. 피제 대위. 이

세 명을 서문에 배치했다.

"로렌초 대위님과 레이 화도 그쪽을 지원해 주십시오."

"저, 정말 괜찮겠나?"

헤이젠 일행이 있는 중앙문에서는 니델 기마단장이 이끄는 기마 부대가 맹위를 떨치면서 문 앞에 있는 제국 병사를 쓸어버리고 있다. 뒤편에서는 노유다타 보병단장이 이끄는 보병 부대가 명상을 하면서 마력을 모으고 있다.

"……확실히 예상보다 더 강하군요."

단장급은 제국으로 치면 대위급이지만 니델 기마단장은 그 이상이다. 적어도 소령급의 실력을 지닌 것 같았다.

"하지만 문제없습니다. 그것보다 레이 화. 서문을 부탁해."

"알았어! 나한테 맡겨."

레이 화는 풍만한 가슴을 손으로 두드리더니 로렌초 대위와 함께 달려갔다. 그 모습을 지켜본 헤이젠은 성곽 위에 서더니 맹위를 떨치고 있는 기마단을 응시했다.

"자아, 나도 시작해 볼까."

헤이젠은 그렇게 중얼거리면서 도약했다. 손에는 마장인 『부우(浮羽)』를 쥐고 있다. 이것은 자신의 체중을 제로로 만들어 주는 마장이다. 그래서 몸을 날린 방향으로 부유할 수 있다.

그리고…….

또 하나의 마장을 기마단을 향해 휘둘렀다.

"크억……."

그 순간 적이 탄 말의 다리가 픽 꺾이며 무너졌다. 기마병도 균형을 잃으면서 말갈기에 얼굴을 묻었다.

“크. 활을 쏴라.”

니델 기마단장이 무기를 활로 바꾸더니 헤이젠을 향해 활을 쐈지만 닿지 않았다.

헤이젠이 마장을 휘두를 때마다 그 활이 지면에 떨어졌기 때문이다.

“지금이다! 돌격!”

버즈 준위가 이끄는 제8소대가 그 움직임에 호응하듯 돌격을 개시했다. 보병들은 태세가 무너진 기마단을 차례차례 해치웠다. 그들의 움직임에 맞춰 제2대대도 공격을 감행했다.

한편 헤이젠은 니델 기마단장의 눈앞에 내려섰다.

“마장을 두 개나 쓰다니 재주가 좋군.”

“나한테는 당연한 일이라 그런 생각이 안 드는걸.”

“하나는 하늘을 나는 마장. 다른 하나는 바람을 조종하는 마장인가.”

“아냐. 자신의 체중을 제로로 만드는 마장. 그리고 특정 범위에 중력을 부여하는 마장이야.”

지부(地負). 그 적용 범위는 30제곱미터이며 위력은 3배다. 보주가 10등급이라서 이 정도가 한계인 것이다.

하지만 말을 주저앉게 해서 낙마시키는 정도는 충분히 가능하다.

“……중력?”

“이 지상에 존재하는…… 됐어. 곧 죽을 자가 알아봤자 의미 없는 지식이야.”

“……네놈이 헤이젠 하임인가?”

"그래. 나한테 지고 제국에 투항한다면 살려줄 수도 있어."

"헛소리 마라. 내가 너 같은 놈의 실력에 겁먹고 투항할 것 같으냐?"

"……만약 내가 너보다 훨씬 강하다면 투항할 가능성이 있을까?"

"없다. 나는 디오르도 공국에 충성을 맹세했지."

"유감이군. 우수한 마법사는 아끼고 싶은데 말이야. 어쩔 수 없지. 네 목을 가져가겠어."

헤이젠은 날카로운 눈빛으로 니델 기마단장을 응시했다.

"……하나만 묻겠다."

"음? 좋아."

"코나하완 궁병단장. 네놈이 그를 죽였느냐?"

"그래. 우수한 궁병 부대가 방해됐거든. 전열을 흐트러뜨리고 죽였지."

"……하나 더."

"응?"

"네놈을 죽일 이유가 하나 더 생겼다. 그는 내 둘도 없는 친구였어."

"그래, 알았어."

헤이젠은 별일 아니라는 투로 그렇게 말하고 전투태세를 취했다.

"……큭."

다음 순간, 니델 기마단장은 무심코 질문을 던졌다.

"그, 그게 뭐냐?"

헤이젠의 등 뒤에는 마장 여덟 개가 떠 있었다.

"역시 대륙에는 다수의 마장을 다루는 마법사가 드문 건가."

헤이젠은 지부를 내던지더니 다른 마장을 손에 쥐었다.

"크……."

니델 기마단장이 마장을 쥐었다.

하지만 헤이젠은 이미 하늘 높이 날아올라 있었다. 『부우』의 효과인 도약의 힘을 이용하면 그 정도는 간단했다.

그리고…….

헤이젠은 끝부분이 날카로운 작살 같은 마장을 던졌다. 그것은 고속으로 날아가서 지면에 꽂히더니, 그 일대에 있는 기마병을 소멸시켰다. 그 엄청난 위력에 니델 기마단장은 아연실색했다.

"미안하지만 저 마장은 주위를 견제하는 데 썼어."

"……크, 기병단을 건드리지 마라! 그리고 어서 그 마장을 회수해!"

"안심해. 홍련은 한 번의 공격에 특화된 마장이거든. 하루에 한 번밖에 못 쓰니까 이 전투에서 저걸 또 쓰기 위해 회수할 필요는 없어."

"……저 마장 없이 나와 싸우겠단 거냐?"

"모처럼의 실전이니 말이야. 이것저것 시험해 볼까 싶거든."

헤이젠은 자신만만한 웃음을 흘렸다.

등 뒤에 여덟 개의 마장이 출현했다. 그것은 물체를 보이지 않게 하는 마장인 『환투(幻透)』와 자유자재로 물질을 움직일 수 있는 마장 『염도(念導)』를 구사한 결과다.

한편 니델 기마단장도 자신의 마장을 휘둘렀다. 그러자 죽은 병사들의 주위에서 검과 창이 떠오르더니 허공에 떠 있는 헤이젠을 향해 쇄도했다.

"염도의 상위 호환인가. 멋진걸."

그렇게 말한 헤이젠은 다른 마장을 손에 쥐었다. 부채 형태의 마장을 휘둘러 즉시 그 자리에서 이동하더니 지면에 착지했다. 헤이젠은 이 마장을 『풍명(風鳴)』이라고 불렀다.

"자유자재로 날아다니다니…… 괴물인가."

"그럴 수 있다면 고생하지 않겠지. 궁리와 개선의 결정체야."

헤이젠은 솔직하게 대답했다. 하늘을 나는 능력은 그가 특히 가지고 싶었던 능력이다. 하지만 해내지 못했다. 보주의 질이 나빠서 자기 자신을 띄울 수 있을 정도의 부력을 만들어내지 못했다.

그래서 헤이젠은 자신의 체중을 제로로 만들고 도약의 힘을 이용하거나 풍명이 일으키는 바람을 이용해 이동하자는 생각을 했다.

그리고…….

지면에 착지해서 풍명을 다시 휘두르자 대량의 검과 창이 일제히 튕겨 날아갔다.

"이런 식으로 이용하는 것도 가능해. 편리하지?"

"……큭, 그렇다면……!"

니델 기마단장이 고함을 지른 순간 거대한 바위가 허공으로 떠오르더니 헤이젠을 향해 쇄도했다.

"그래. 확실히 그건 풍명으로 대처 못 하겠지."

헤이젠은 남은 손에 다른 마장을 쥐었다. 그것은 낫 같은 형태를 지닌 창 길이의 무기였다. 커다란 바위를 향해 그것을 휘두르자 바위가 두 동강이 났다.

"아……니."

"물질을 절단하는 것을 추구한 마장이야. 강산(鋼山)이라고 부르지. 강철 정도는 푸딩처럼 썰어버릴 수 있어서 아끼고 있어."

"……큭."

"자아. 너한테 다른 수가 없다면 이쯤에서 체크메이트를 두도록 할까."

"……노, 노유다타 보병단장, 나 혼자서는 무리다! 힘을 합치자."

니델 기마단장이 시선을 뗀 순간 헤이젠은 주저 없이 얼음으로 된 고리를 날렸다. 그 숫자는 100개가 넘었다. 그리고 니델 기마단장의 오른팔과 오른발이 그대로 잘려나갔다.

"크아아아아아아아아아악!"

"전장에서 한눈을 팔면 안 되지. 자기를 노려달라고 말하는 거나 다름없어."

헤이젠은 이미 다른 마장을 손에 쥐고 있었다. 일전에 싸운 쿠민족의 코사크에게서 빼앗은 마장 『빙원(氷円)』이다. 그가 지닌 마장 중에서 유일하게 7등급 보주가 쓰인 것이다. 직접 개조해서 하나만이 아니라 다수의 고리를 만들어내는 데 성공했다.

"단순한 구조지만 효과가 좋지. 특히 한꺼번에 적을 쓸어버리고 싶을 때 말이야."

“……크, 노유다타 보병단장.”

니델 기마단장의 시선은 방금 고리에 휘말려서 산산조각이 난 보병단의 병사들을 향하고 있었다. 노유다타 보병단장의 머리 또한 지면을 굴러다니며 무참한 광경을 자아내고 있었다.

“유감이야. 어떤 반격을 해올지 기대했는데…… 이래서야 그의 마장이 어떤 능력을 지녔는지 알 수 없지. 뭐, 나중에 해석하도록 할까.”

“……원통하구나. 네놈 같은 괴물이 존재할 줄이야.”

이제 죽음은 피할 수 없다. 하지만 몸의 절반을 잃었음에도 니델 기마단장은 당당했다.

“이 정도로는 괴물이란 거창한 호칭은 어울리지 않는다고 생각하는데 말이야.”

“하지만 네놈은 기자르 장군님에게는 이길 수 없다.”

“……호오. 그는 그렇게 강한 건가?”

“강하지. 내가 지금까지 본 이들 중에서 가장 강하다.”

“그거 기대되는걸.”

“먼저 지옥에서 기다리고 있겠다.”

“그래.”

헤이젠은 고개를 끄덕이면서 그의 목을 쳤다. 그 압도적인 광경을 본 제2대대는 사기가 치솟았다.

반면 니델 기마단장이 이끌던 기마 부대는 이미 시체나 다름없었다.

그러나 검은 머리의 청년은 공세를 늦추지 않았다.

이윽고 제2대대를 향해 손을 들었다.

"이대로 그들을 쓸어버려라!"

그렇게 외친 후…….

이어서 빙원을 몇 번 휘둘러서 적진에 괴멸적인 타격을 입혔다.

"허억…… 허억……."

"헤, 헤이젠 중위님. 괜찮습니까?"

"그래. 좀 지쳤지만 말이야."

아무래도 마장을 지나치게 쓴 것 같다. 특히 100개 이상의 얼음을 만들어내는 빙원은 아직 익숙하지 않아서 그런지 소모가 극심했다.

"하지만…… 이제 이길 수 있겠군요."

"아니, 아직 모른다……. 서문 쪽이 어떻게 되느냐에 달렸어."

헤이젠은 그렇게 중얼거렸다.

*

같은 시각. 요새 서문에서는 진군을 시작한 디오르도 공국군의 맹공을 제국군이 필사적으로 막고 있었다. 전선은 피제 대위, 마카자르 대위가 이끌었고 시먼트 소령은 그들의 옆에 대기하며 전황을 지켜봤다.

제국군은 제1대대와 제3대대가 이쪽에 투입됐으며 그 숫자는 약 8천이다. 그리고 디오르도 공국군 또한 숫자는 비슷했다.

"얕보였군. 공성전에도 비슷한 병력으로 쳐들어오다니 말이야."

시먼트 소령은 자신만만한 웃음을 흘렸다.

“기자르 장군이 이름을 떨치고 있는 건 디오르도 공국이 중견 국가라서지. 제국 같은 대국이었다면 대위나 될 수 있었으려나.”

“푸하하! 그래. 두려워할 것도 없어. 그런데 로렌초 대위…… 아니, 대위 자리를 양도했던가. 아무튼 헤이젠 중위에게 쫓겨났나?”

“……이쪽을 엄호하란 지시를 받았습니다.”

“필요 없어. 대위의 수치 같으니……. 네놈 같은 망신거리가 엄호라니 잠꼬대나 늘어놓고 있군.”

“그래. 헤이젠 중위에게 고개를 숙이며 제발 제2대대에 있게 해달라고 애원이나 하라고.”

“…….”

시먼트 소령과 마카자르 대위가 로렌초 대위를 조롱하며 비웃었다. 남을 헐뜯으며 억지로라도 자기 자신을 북돋고 있는 것일까. 아니면 진심으로 그렇게 생각하는 것일까. 어느 쪽이든 간에 큰 기대는 못 할 것 같았다.

로렌초 대위는 옆에 있는 레이 화를 쳐다봤다.

“준비됐나?”

“언제든 명령만 하세요. 지금 나설까요?”

“……아니. 잠시 상황을 살피도록 하지.”

싸움은 이제 막 시작됐다. 헤이젠 중위는 긴박한 순간에 이를 때까지 최대한 기다리는 편이 좋을 거라고 말했다. 바로 그때 디오르도 공국군의 중심에서 기자르 장군이 말을 타고 달려왔다. 혼자서 당당히 이쪽으로 오고 있었다.

"혼자서 나서다니 배짱 한번 두둑하군. 좋아, 나한테 맡겨."

마카자르 대위가 말을 타고 앞으로 나섰다.

몇 분 후에 둘이 전장에서 대치한 순간 전선에 있는 이들이 움직임을 멈췄다. 디오르도 공국군도 제국군도 일단 공격을 멈추며 물러났다.

"기자르 장군이지? 내 이름은 마카자르. 일대일 승부를 원한다."

"그래. 좋아. 이 녀석의 장명(杖銘)은 『뇌절공작(雷切孔雀)』이다."

"크하하! 내 마장의 장명은 『황암란파(黃岩亂波)』. 네놈을 죽일 마장이다."

두 사람은 서로의 마장을 고쳐 쥐었다. 장인이 만든 마장은 명장(名杖)이라 불리며, 각각 장명이 붙는다. 마카자르 대위는 대위 중에서 유일하게 명장을 지닌 마법사다. 기자르 장군의 뇌절공작은 날카로운 칼 같은 형태였다. 한편 마카자르 대위의 황암란파는 거대한 망치 같은 형태다.

"……."

그 광경을 보고 있는 로렌초 대위의 이마에서 땀 한 방울이 흘러내렸다.

『일대일 대결은 철저하게 피하라』고 전투가 시작되기 전에 헤이젠이 몇 번이나 강조해서 말했지만 마카자르 대위는 그 지시를 완전히 무시한 것이다.

실력에 자신 있는 마법사 간의 일대일 대결은 흔히 벌어진다.

마카자르 대위 또한 무투파이기에 강하다. 하지만 그것은 대위 중에서 강한 수준일 뿐이다. 로렌초 대위가 그런 걱정을 하고 있을 때 그는 힘차게 마장을 치켜들었다.

“그럼 시작할까. 내 마장을 똑똑히 봐라!”

“미안하지만 이미 끝났어.”

“뭐? 무슨 소리지?”

그렇게 말한 마카자르 대위의 머리는 기자르 장군의 손바닥 위에 있었다. 그리고 참수된 몸통이 한 박자 늦게 쓰러지며 피를 뿜었다.

기자르 장군은 아까 위치에서 전혀 움직이지 않았다.

평범한 이의 눈에는 보이지 않을 정도의 고속 공격.

다들 주목하고 있는 상황에서 누구의 눈에도 보이지 않을 정도로 빠르게 마카자르 대위의 목을 베고서 여유롭게 원래 위치로 돌아온 것이다. 로렌초 대위는 무심코 마른침을 삼키면서 레이 화를 쳐다봤다.

“저것이…… 마장……『뇌절공작』. 자네 눈에는 보였나?”

“……안 보였어요.”

“…….”

번개와 동등한 속도로 이동하기에 상대가 눈치챘을 때는 이미 죽음을 맞이한 상태다. 그 이야기는 들은 적 있다. 하지만 이야기로 들은 것과 두 눈으로 본 것은 하늘과 땅만큼 차이 났다. 설마 이 정도일 줄은 몰랐다. 그 절대적인 능력을 기자르 장군은 완전히 자기 것으로 만들었다.

시멘트 소령도, 피제 대위도, 아연실색한 채 아무 말도 하지 못했다. 기자르 장군은 피제 대위를 향해 마카자르 대위의 머리를 던졌다.

"다음은 누구지?"

"히익…… 어, 어이! 전군, 기자르 장군을 유린하라!"

피제 대위가 당황한 목소리로 그렇게 외쳤다.

"우……우오오오오오오!"

제1, 3대대가 각오를 다지며 기자르 장군에게 쇄도했지만 다음 순간에는 그의 모습이 사라졌다.

"어디…… 어디 간 거지?"

"여기다."

주위를 두리번거리는 피제 대위의 뒤편에 기자르 장군이 나타났다.

"히익……."

피제 대위는 너무 놀란 나머지 무너지듯 쓰러졌다.

"한심한 남자군. 부하를 전진시키고 자기만 후방으로 물러나는 거냐."

"부, 부, 부탁이야! 목숨만…… 목숨만은……."

"……나는 너 같은 놈을 가장 싫어하거든. 죽어."

기자르 장군은 그렇게 내뱉듯이 말하더니 피제 대위의 심장에 뇌절공작을 찔러넣었다.

"후, 후, 후퇴! 후퇴하라!!"

시먼트 소령은 고함을 지르면서 앞다퉈 말을 몰며 도망쳤다.

"어처구니가 없군. 대뜸 후퇴하는 거냐. 하지만 이건 기회인가."

기자르 장군이 손을 들자 디오르도 공국의 전군이 서문을 향해 돌격했다. 시먼트 소령은 가장 먼저 문 앞에 도착하더니 피가 날 정도로 문을 두들겨댔다.

"아, 안 됩니다, 시먼트 소령님! 이 문을 열었다간……."

"시끄러워! 상관 명령이다! 열어라, 열어라, 열어라, 열어라, 열어라, 열어라! 열어라열어라열어라열어라! 열어라열어라열어라열어라열어라열어라아아아아아아아!"

"……크."

틀렸다. 시먼트 소령은 완전히 공포에 휩싸였다. 소령의 지시에 따를 수밖에 없다는 건 알지만 그랬다간 적까지 요새로 쏟아져 들어가고 말 것이다.

"나한테 맡겨."

옆에 있는 레이 화가 그렇게 중얼거렸다.

"뭐?"

"헤이젠이 말했어. 로렌초 대위가 곤란에 처하면 도와주래. 그러니까 괜찮아."

"하, 하지만……."

"걱정하지 마. 여기는 내가 지키겠어."

그렇게 말한 장신의 여전사는 디오르도 공국의 병사들 앞에 서더니 거대한 검처럼 생긴 마장을 지면에 찔러넣었다. 그 존재를 눈치챈 것은 기자르 장군뿐이었다. 다른 병사들은 앞다퉈 서문으로 돌진했다.

"멈춰! 기다…… 크."

이미 늦었다. 거리가 너무 멀어서 뇌절공작을 발동할 수 없다.

레이 화가 지닌 비정상적으로 거대한 그 마장에는 방패를 연상케 하는 강철이 붙어 있었다. 기자르 장군의 눈에는 그것이 기묘할 정도로 흉흉해 보였다.

"가자……. 흉개파골(凶鎧爬骨)."

그렇게 외친 순간, 마장에 달린 강철이 레이 화의 몸을 감쌌다. 순식간에 전신갑옷이 된 모습은 마치 미쳐 날뛰는 짐승을 연상케 했다.

"내가 1등…… 꾸엑?!"

서문에 도착한 디오르도 공국 병사를 주먹질 한 방에 머리째 뭉갰다.

그 광경을 본 기자르 장군은 무심코 이렇게 중얼거렸다.

"……인간을 초월한 완력이야."

레이 화는 그대로 몰려드는 적병을 격투전으로 으깨버린다. 죽이는 게 아니라 으깨버렸다. 그렇게 표현할 수밖에 없었다. 주저 없이, 주먹을 휘두를 때마다, 갑옷째, 적의 몸을 그대로 뭉개버렸다.

"젠장! 까불지 마라!"

건장한 전사가 커다란 도끼를 휘둘렀지만 레이 화의 전신 갑옷에 막히고 말았다.

"크…… 우오오오오오오…… 으기익?!"

레이 화는 공격을 버텨내더니 도끼를 휘두른 건장한 전사의 목을 힘으로 뜯어냈다. 그리고 주위에 있는 적병을 해치운 전신 갑옷 차림의 여전사는 하늘을 향해 포효를 터뜨렸다.

"크오오오오오오오오오오오오오오오오!"

너무나도 큰 그 목소리와 기묘함, 흉흉함 탓에 디오르도 공국군은 진군을 멈추고 말았다.

"헤이젠 하임…… 네놈은 부하에게 저런 마장을 준 거냐!"

기자르 장군은 전율하며 고함을 질렀다.

흉개파골. 헤이젠이 유일하게 장명을 붙인 이 마장에는 5등급의 상급 보주가 박혀 있다. 이것은 헤이젠이 가진 보주 중에서 가장 높은 등급이다. 온몸에 마력이 흐르면서 시각, 후각, 미각, 촉각, 청각이라는 오감과 함께 완력이 초인적인 수준으로 상승한다.

하지만 그 대신 레이 화는 자아를 잃고 광전사(버서커)가 된다.

아군조차도 알아보지 못하게 되는 것이다.

그저 능력을 해방한 그 순간에 자기 자신에게 부과한 명령만을 수행한다.

이번에 레이 화가 자기 자신에게 내린 명령은 『요새를 공격으로부터 지켜라』다. 이렇게 살육 이외의 지시도 가능하지만 그녀의 내면에 발생하는 방대한 폭력 욕구를 견뎌내야만 한다.

헤이젠은 레이 화의 탁월한 완력과 전투 센스 그리고 질 좋은 마력에 주목했다. 하지만 동시에 그녀의 비정상적일 정도로 자상한 성격에도 주목했다.

그 자상함은 일상적인 생활에서는 미덕이지만 군인에게는 족쇄가 된다.

게다가 이 상냥한 여성은 학문을 질색하니 문무겸비를 추구하는 장교가 되기는 어려우며 그녀가 할 수 있는 일은 용병 같은 것뿐이다.

그래서 헤이젠은 생각했다. 비정상적인 폭력 욕구를 발생시키는 극약 같은 마장을 조합해서 레이 화의 타고 난 이성이 그 욕구를 억누르게 하는 것이다.

이 마장은 현시점에서 헤이젠이 제작한 마장 중에서 최고 역작이다.

제국 병사가 전부 문 안으로 들어간 순간, 레이 화는 오른손에 쥔 마장을 휘둘렀다.

"크오오오오오오오오오오오오오오오오오오오오오오!"

그것은 쇠사슬로 된 검이었다. 수십 미터 이상의 신축성을 자랑하는 그 무기는 기묘하기 그지없었다. 흉개파골은 공방 일체 타입의 마장이다.

순식간에 서문 일대는 디오르도 공국 병사의 피로 물들었다.

"우하하하하! 이거, 끝내주는걸! 그 헤이젠 중위라는 놈! 말도 안 되는 비밀 병기를 가지고 있었잖아!"

성곽으로 올라간 시먼트 소령은 환성을 질렀다.

"어이, 해치워! 그 힘으로 기자르 장군을 처치해!"

"……시, 시먼트 소령님! 무슨 소리를 하시는 겁니까?!"

"맹공을 그친 지금이 기회라고!"

"……."

로렌초 대위는 무심코 입을 다물었다. 겨우겨우 진군을 막았는데 기자르 장군 손에 그녀가 죽었다간 이곳을 지킬 방법이 없다.

"레이 화에게는 이곳을 지키게 해야 합니다. 이 서문에는 디오르도 공국의 병사를 막을 병력이 없습니다."

"이익! 닥쳐, 닥쳐어어어어어어엇! 너 따위가 감히 내 뜻을 거역하는 거냐?!"

"……큭."

어리석기 그지없다. 구역질이 날 정도로 말이다. 어쩌면 헤이젠 중위는 일부러 그들을 기자르 장군에게 희생되는 쪽으로 계획을 짠 것일지도 모른다.

"무능한데 의욕만 앞서는 아군은…… 죽여라, 였던가."

헤이젠이 과거에 제안했던 말이 뇌리에 떠올랐다. 하지만 그런 비정한 결단을 도저히 내릴 수 없는 자기 자신을 저주했다.

하지만…….

레이 화는 그대로 미동조차 하지 않았다.

"어이! 어이, 괴물! 움직여라! 상관 명령이다!"

"……."

시먼트 소령이 그렇게 외쳤지만 그녀는 미동조차 하지 않았다. 아까까지만 해도 흉포하게 날뛰던 그녀는 정적에 휩싸여 있었다.

"설마…… 이미 힘이 다한 건가?"

로렌초 대위는 그렇게 중얼거렸다. 확실히 저 폭발적인 능력은 비정상적이다. 디오르도 공국의 병사들도 같은 생각을 한 건지 수십 명의 소대가 돌격을 개시했다. 하지만 그들의 기대와 달리 레이 화는 쇠사슬 형태의 검을 채찍처럼 휘둘러서 수십 명의 목을 순식간에 잘라버렸다.

"우, 움직이잖아."

"어이! 레이 화, 내 말 들리나?!"

"……으…… 으그그그그극."

"틀렸어."

로렌초 대위는 레이 화가 그저 한 가지 명령에만 따라 움직인다는 것을 눈치챘다. 하지만 시먼트 소령은 그것을 눈치채지 못한 건지 날뛰면서 고함을 지르고 있다.

기자르 장군도 그 점을 눈치챈 것 같았다. 그는 병사들을 물러서게 하고 뇌절공작으로 레이 화를 공격할 수 있는 거리까지 접근했다.

"이대로 시간만 끌어도 좋겠지만 그건 그쪽 꾀에 넘어가는 꼴일 테니까."

"……위험해."

로렌초 대위는 입술을 깨물었다.

레이 화의 능력은 명백하게 자신의 한계를 초월했다. 그런 만큼 활동 시간은 꽤 한정될 것이다.

이 상황에서 적 측에게는 두 가지 선택지가 있다. 하나는 군을 계속 투입해서 레이 화의 체력을 빼앗는 방법이다. 그리고 다른 하나는 레이 화와 정면 대결을 펼쳐서 결판을 내는 방법이다.

이 강자는 주저 없이 후자를 선택했다.

"간다……. 『준뢰(駿雷)』."

준뢰는 뇌절공작의 정식 기술명이다. 자신이 지정한 지점까지의 고속 이동. 단순하기에 막기 어려운 필살검이다. 기자르 장군은 순식간에 레이 화의 등 뒤로 이동하더니 검을 휘둘렀다.

카강! 하는 금속음이 울려 퍼지더니 검이 튕겨 나갔다. 그리고 잠시 움직임을 멈춘 레이 화가 고속으로 공격을 펼쳤다. 기자르 장군은 아슬아슬하게 준뢰를 발동시켜서 그 공격을 피했다.

그리고 이번에는 찌르기로 갑옷의 빈틈을 노리려 했지만 그 공격마저 튕겼다.

"크…… 뭐가 이렇게 튼튼해."

무심코 그렇게 중얼거리면서 다음 공격을 펼치려던 순간, 레이 화가 기자르 장군을 향해 공격을 날렸다. 그는 또 준뢰를 펼쳐서 일단 거리를 벌렸다.

"푸하앗…… 하아…… 하아…… 뭐 저런 녀석이 다 있어."

결코 준뢰의 속도에 반응하고 있는 건 아니다. 하지만 공격을 받은 순간의 반격 속도는 기자르 장군을 능가했다.

준뢰의 발동 범위는 일련의 동작에 따라 한정된다. 그러니 동작이 중단된다면 연속적으로 준뢰를 발동시킬 수 없으며 그 사이에는 일반적인 움직임이 되는 것이다.

하지만 눈에 보이지 않는 방향에서 날린 공격이 운 좋게 막힐지라도 즉시 반응할 수 있는 자는 없다.

레이 화는 탁월한 전투 센스와 기묘한 마장의 효과로 그것을 이뤄낸 것이다.

"성가시군. 전신 갑옷이라서 어디를 공격해도 튕겨."

눈가도 완전히 가리고 있어서 공격을 비집어 넣을 빈틈이 아예 없었다.

"크하하하하핫! 기자르 장군도 별것 아니군! 뭐냐. 겨우 이 정도로 끝이냐?"

시먼트 소령이 희희낙락하며 웃음을 터뜨렸다. 그러자 기자르 장군이 그런 그를 노려보며 고함을 질렀다.

“쓰레기가 짖어대지 말라고! 내려와서 나와 싸울 거냐?!”

“히익…….”

“괜한 짓은 자제하는 편이 신변에 좋을 듯합니다. 그라면 순식간에 여기까지 올라오는 게 가능할지도 모르니까요.”

로렌초 대위는 경솔한 상관의 입을 틀어막았다.

하지만 기자르 장군의 준뢰가 어떤 것인지도 조금은 알 것 같았다. 확실히 그 압도적인 속도는 경이적이다. 일대일의 결투 같은 개인전에서는 그 능력이 유감없이 발휘되겠지만 집단 전투에서는 레이 화가 우위였다.

그리고 기자르 장군에게 유효한 공격 수단이 없다면 공세를 펼치는 것도 여의찮다. 로렌초 대위는 약간이지만 이 싸움의 승기를 잡은 듯한 느낌이 들었다.

하지만…….

“이건 소모가 꽤 심하지만 어쩔 수 없지.”

기자르 장군은 다시 준뢰로 레이 화가 있는 곳까지 고속으로 이동하더니 뇌절공작을 레이 화의 등에 댔다. 다음 순간 전신 갑옷에서 방전에 의한 불똥이 무수히 튀었다.

“크아아아아아아아아아아앗!”

레이 화는 큰 비명을 지르더니 그 자리에서 무릎을 꿇었다.

“……하아…… 하아……. 『무공작(舞孔雀)』을 쓰는 건 오래간만인걸.”

기자르 장군은 다시 준뢰를 펼쳐서 원래 위치로 돌아가더니 이윽고 숨을 헐떡이며 무릎을 꿇었다.

무공작. 원래 속도로 변환하는 번개를 단순한 전류로 바꿔 적에게 흘려 넣는 기술이다. 기자르 장군은 뇌절공작의 능력을 속도로 특화시켰기 때문에 이런 식으로는 거의 사용하지 않는다.

그렇기에 그 마력 소모량은 속도를 높였을 때와는 비교도 안 될 만큼 많으며 출력 또한 그렇게 높지 않다. 하지만 전신 갑옷에는 충분히 효과적이었던 것 같았다.

“어잇! 어이! 괴물, 대답해!”

“레이 화! 괜찮나?”

반응이 없었다.

기자르 장군도 마력이 바닥난 것 같다. 그러니 그녀가 몸을 일으킨다면 공격을 단념할 수밖에 없을 테지만…….

그러나 레이 화는 미동조차 하지 않았다.

“……좋아.”

승리를 확신한 기자르 장군은 손을 들더니 돌격을 지시했다. 그러자 전군이 서문으로 돌격을 개시했다.

바로 그때였다.

“크아아아아아아아아아앗!”

포효를 지르면서 레이 화가 다시 일어섰다. 그 엄청난 박력에 적병은 걸음을 멈췄다.

더 나아갈 수는 없다…… 그런 생각이 들게 하기에 충분하고도 남았다.

“……물러나라.”

기자르 장군은 이윽고 그런 지시를 내렸다.

해 질 녘이 되자 헤이젠이 레이 화의 곁을 찾았다. 그 사이 누구도 그녀에게 다가가지 않았다. 이미 디오르도 공국의 병사들은 후퇴했다.

"……해방(아크)."

헤이젠은 미동조차 하지 않는 레이 화의 갑옷에 손을 대면서 그렇게 말했다. 그러자 갑옷이 검과 동화했다. 그대로 무너지는 레이 화의 몸을 헤이젠이 부축했다.

"어이, 괜찮아?"

"헤……이……젠?"

"……."

겨우겨우 목소리를 내는 느낌이었다. 몸을 만져보니 온몸의 뼈와 근육이 망가진 것이 느껴졌다. 예전에 몇 번 시험해 보기는 했지만 이렇게 증상이 심각하지는 않았다.

"……잘 지켜냈어, 레이 화. 네가 없었다면 이 요새는 함락됐을 거야."

"키히히…… 배고파~."

갑자기 레이 화는 옛날의 앳된 말투로 그렇게 말했다. 학생 시절의 웃음소리를 낸다는 것은 의식이 꽤 몽롱한 상태란 증거다.

"오늘은 평소보다 100배는 일했으니까, 100배는 먹어도 돼."

"키히, 키히히…… 좋……네."

"……어이, 이 용사를 의무실로 옮기도록."

헤이젠은 주위에 있는 병사에게 지시를 내렸다.

하지만 누구도 다가오지 않았다.

바로 그때, 검은 머리 청년의 눈동자에 처음으로 불쾌함이 어렸다.

"왜 그러지? 너희는 생명의 은인에게 그딴 식으로 예를 표하는 것이냐?"

"……아니, 내가 옮기지."

"로렌초 대위님은 이제부터 저와 작전 입안을 하셔야 합니다. 어이, 빨리 와라."

"하, 하지만……."

"이봐…… 나를 너무 화나게 만들지 마라."

"……윽."

강대한 위압감이 주위의 병사들을 덮쳤다.

"제, 제가 하겠습니다! 어이, 가자."

방금 이 자리에 도착한 버즈 준위가 이끄는 제8소대가 레이 화를 부축했다. 그를 본 헤이젠은 일단 심호흡을 하며 차분하게 물었다.

"……왜 여기 있는 거지?"

"헤이젠 중위님을 찾고 있었습니다. 감사 인사를 드리고 싶어서 말입니다."

"그래……. 그럼, 부탁한다."

헤이젠은 담담히 대답했다. 그 와중에 로렌초 대위는 미안하다는 투로 말했다.

"그 비정상적인 전투 방식을 보고 아군인 그들도 레이 화를 두려워하는 것 같군."

"기자르 장군으로부터 도망치는 그들을 레이 화가 지켰다고 들었습니다. 그런 영웅을 두려워한다고요? 이해가 안 되는 감정이군요.”

“사람은 누구나 자네처럼 강하지 않아.”

“정말 이해가 안 됩니다. 개조차도 밥 한 끼의 은혜는 잊지 않는데 말이죠.”

“…….”

헤이젠은 경멸에 찬 눈길을 보내며 그렇게 내뱉듯 말했다.

중앙문과 서문은 감도는 열기가 달랐다. 제2대대는 헤이젠을 영웅으로 칭송하고 있다. 그의 전투가 신화의 한 장면 같았다며 칭송하고 있다.

원래 제2대대에 속해 있는 제4중대는 헤이젠의 실력을 볼 기회가 많았다. 그리고 로렌초 대위의 부대이기에 다들 그에게 호의적인 시선을 보내고 있었다.

그에 비해 레이 화의 존재는 이단 그 자체였다.

제1대대와 제3대대는 레이 화의 존재 자체를 모르고 있었다. 갑자기 나타난 야수 같은 전사의 비정상적인 살상 능력을 보고 혼란에 빠지고 말았다.

“저런 괴물을 기르고 있는 건 헤이젠 중위, 네놈이냐?”

바로 그때 시먼트 소령이 거만한 태도로 걸어왔다.

“……윽.”

그 순간 로렌초 대위는 온몸의 솜털이 곤두섰다. 헤이젠이 뿜는 살기가 이제까지와는 비교도 안 될 만큼 강해진 것이다.

“……괴물이라니, 레이 화를 말하는 겁니까?”

“그럼 누가 있지? 이야, 정말 무시무시하던걸. 하지만 덕분에 우리 군은 구원받았다. 제1대대와 제3대대가 기자르 장군의 맹공을 멋지게 격퇴했다고 보고하지."

"……격퇴한 건 레이 화일 텐데요?"

"헛소리 마라. 결코 그 괴물만의 힘으로 이룬 게 아니다. 우리의 서포트가 없었다면 기자르 장군을 격퇴하지는 못했어. 그렇지? 로렌초 대위."

"……."

"왜 그러지? 네놈, 설마 소령인 내 의견에 이의가 있는 거냐?"

"……아뇨."

로렌초 대위는 기어들어 가는 목소리로 대답했다.

그 모습을 지켜보고 있던 헤이젠은 체념한 듯이 한숨을 내쉬었다.

"그렇습니까……. 알겠습니다."

"그 괴물은 내일도 써먹겠다. 기대하지."

"내일? 레이 화는 쓰지 않을 겁니다."

"뭐? 이 요새 존망의 위기에 무슨 소리를 하는 거지? 아무리 혹사해도 상관없다. 아직 써먹을 수 있지?"

"쓰려고 하면 쓸 수 있습니다. 하지만 쓸 마음이 안 드는군요."

"……뭐라고?"

시먼트 소령의 목소리와 낯빛이 확 달라졌다.

"안 들렸습니까? 레이 화는 쓰지 않을 겁니다. 앞으로의 전투에 레이 화를 투입할 생각은 눈곱만큼도 없습니다."

헤이젠은 담담히 말했다.

시먼트 소령은 아연실색했다. 그럴 만도 했다. 헤이젠은 명확하게 명령 위반을 범했다. 상명하복의 원칙을 자기 스스로 짓밟은 것이다.

하지만 헤이젠은 전혀 개의치 않으면서 시먼트 소령과 병사들에게 내뱉듯 말했다.

"목숨을 구원받아놓고 괴물이라 부르는 놈이나 부축조차 하지 않는 놈을 위해 제 소중한 부하를 쓰고 싶지 않군요."

"이, 이 자식! 그 괴물도 제국 군인일 거 아냐! 상관의 명령은 절대적이라고!"

"뭔가 착각하고 계시는가 본데 레이 화는 저의 호위사입니다. 그러니 군에 소속된 것이 아니라 어디까지나 저의 부하죠."

"그, 그렇다면! 네놈에게 명령하겠다. 이건 상관 명령이야!"

"싫습니다."

헤이젠은 딱 잘라 말했다.

"이, 이 자식!"

"오늘 공적이 제1대대와 제3대대의 성과라고 주장한다면 내일은 당신들만으로 싸우면 되지 않겠습니까? 레이 화만큼 공적을 거둘 수 있다면 어디 해보시죠."

"크윽……."

시먼트 소령이 이를 악물며 침묵한 가운데 헤이젠은 다른 병사들을 둘러봤다.

"그래요……. 오늘 거의 피해가 없었으니 내일 하루 정도는 절반이 죽을 각오로 싸우면 요새를 지켜낼 수 있겠죠."

"허, 헛소리 마라. 상관 명령에 따르지 않겠다는 거냐?"

"네."

"이 자식이이이이이이이이이이!"

시먼트 소령이 주먹을 휘둘렀지만, 헤이젠은 그것을 피하며 풍참을 휘둘렀다. 그러자 날카로운 풍압이 시먼트 소령의 볼을 스쳤다. 다리가 풀린 그는 그대로 주저앉고 말았다.

"어……어버버."

"실례했습니다. 소령님의 머리카락에 쓰레기가 붙어 있어서 말이죠."

헤이젠은 환한 미소를 지으면서, 두 동강이 난 쓰레기를 보여줬다. 물론, 미리 준비해 둔 것이다.

"이, 이 자식! 나를 죽이려고 했지?"

"아뇨. 저는 쓰레기를 털어드렸을 뿐입니다."

"거, 거짓말 마라."

"거짓말이 아닙니다. 이 쓰레기를 털어냈을 뿐이죠. 저는 깨끗한 걸 좋아하니까요. 저는 쓰레기를 제거합니다……. 적국이든, 제국이든…… 철저하게 말입니다."

"히익……."

헤이젠은 그 쓰레기를 발치에 떨어뜨리더니 자근자근 밟았다.

"사, 상관 명령은 절대적이다! 이런 유사시에 거역하다니 즉결 처형감이라고!"

"마음대로 하십시오."

"뭐라고?!"

"빨리 게도르 대령님께 알리십시오. 『제가 헤이젠의 부하를 우롱한 바람에 그가 더는 돕지 않겠다고 합니다』 하고 어린애

응석 같은 소리를 늘어놓는 겁니다."

"……윽."

"미리 말해두겠습니다만, 저는 레이 화와 합력해서 기자르 장군에게 대항할 생각이었습니다. 상대는 비정상적으로 강하니까요. 하지만 레이 화는 투입하지 않겠습니다."

"그, 그랬다간 제국이 지고 말 거야."

"어쩔 수 없죠. 당신이 남의 부하를 괴물이라고 부른 탓이니까요."

헤이젠이 환한 미소를 머금으며 그렇게 말했다.

"……잘못했어."

"네?"

"내가 잘못했다! 그러니까, 괴물…… 레이 화를 투입해다오."

"싫습니다."

?!

"이, 이 자식…… 내가 사과했잖아!"

"네. 하지만 용서 안 했습니다."

"내……내가 어쩌면 되지?"

"우선…… 너무 들고 있군요."

헤이젠은 작게 중얼거렸다.

"뭐, 뭘 말이지?"

"머리 말입니다."

?!

헤이젠이 발치를 내려다봤다.

"이 자식…… 제정신이냐?"

"아무것도 안 보이는군요. 하다못해 저와 시선을 맞춰주시지 않겠습니까? 그러면 생각해 보죠."

"큭……."

시먼트 소령은 잠시 이를 악물더니 이윽고 지면에 두 손바닥과 이마를 댔다.

"내가 잘못했어. 부디 레이 화를 내일 전투에도 투입해 줘."

"되게 건방진 말투군요. 그게, 남에게 부탁하는 태도입니까?"

"……이, 이 자식…… 뭐 하자는 거냐?"

"모르겠습니까?"

헤이젠은 환한 미소를 짓더니…….

시먼트 소령의 머리에 자기 발을 얹고…….

딱 잘라 말했다.

"저는 말이죠……. 당신의 약점을 잡고 흔드는 겁니다."

"……윽."

"이 싸움은, 저와 레이 화가 없으면 끝장입니다. 그것도 모를 만큼 무능하니까 이딴 짓을 당하는 거라고요."

헤이젠은 환한 미소를 머금으면서 시먼트 소령을 자근자근 짓밟았다.

"……탁, 입니다."

"뭐라고요? 잘 안 들리는군요. 다시 한번 말씀해 주시겠습니까?"

"부탁입니다. 부디, 레이 화를 내일 전투에 투입해 주십시오."

"네. 참 잘했어요."

헤이젠은 방긋 웃었다.

"……크."

"하지만 싫습니다."

?!

"조, 존댓말까지 썼잖아!"

"네. 그래서 0.001초 생각해 봤습니다."

"새, 생각해 보지 않은 것과 마찬가지 아냐?! 그런 건 생각해 봤다고 할 수 없어!"

"연대책임입니다. 흔히 말하잖아요? 부하의 책임은 감독자의 책임이라고 말이죠."

"서, 설마…… 게, 게도르 대령님께 보고하고 같이 부탁하라는 거냐?"

"게도르 대령님? 뭘 몰라도 한참 모르는군요. 그래서는 제 성에 안 차거든요."

"더, 더 위…… 네놈…… 제정신이냐?"

시먼트 소령이 노려보자, 헤이젠은 환한 미소를 머금었다.

"황제입니다."

"……뭐?"

"정 원하신다면 황제 폐하라도 데려오시죠."

"……."

"……."

몇 초 동안 정적이 감돌았다. 이 자리에 있는 모두가 헤이젠이 한 말을 이해하는 데 시간이 걸린 것이다. 그것은 제국 군인……

아니, 제국 국민이라면 절대로 입에 담을 수 없는 말이었다.

이윽고, 시먼트 소령이 맹렬한 기세로 외쳤다.

“부, 불경불겨어어어어어어엉!”

“그게 어쨌단 거지?”

“……커억!”

시먼트 소령은 몸을 일으키려 했지만 헤이젠은 머리를 밟고 있는 발에 더욱 힘을 줬다. 이 마법사에게는 발에 마력을 모아서 상대가 움직이지 못하게 하는 것 정도는 손쉬운 일이었다.

“이, 이 자식…… 제정신이 아니구나……. 미쳤어……. 정신이 나, 갔, 구, 나……. 알고 있는 거냐? 불경죄는 자기만이 아니라 친족마저 즉결 처형이다!”

“그러면 나를 죽여봐.”

“……윽.”

“못할걸? 나 없이 싸우면 어떻게 될지 알고 있으니 말이지.”

“큭…….”

“알고 있어? 불경죄는 즉결 처형이지. 안 그러면 집행하는 이에게도 죄를 물을 정도의 중죄라고. 그 어떤 이유가 있을지라도 말이지. 하지만 네 머리는 지금 어디 있지? 나 같은 극악무도한 범죄자에게 무릎을 꿇고 머리를 숙이고 있는걸?”

“……그가가가가갸갸갸갸갸갸갸갹.”

시먼트 소령은 버둥댔지만 몸이 꼼짝도 하지 않았다. 마치

쇠사슬에 꽁꽁 묶인 것처럼 말이다.

“선택하게 해주지. 불경죄를 범한 내 힘을 빌려서 자기들의 목숨을 건질 건가. 아니면 불경죄를 적용해서 나를 죽일 건가. 어느 쪽을 고르겠어?”

“……그갸갸그기기기그거거거그고고고고고고고.”

이제는 무슨 말을 하는 건지 알 수가 없었다. 하지만 시멘트 소령은 알아들을 수 없는 소리를 늘어놓으며 어떻게든 참으려 했다.

이성과 분노의 틈바구니에서 흔들리고 있는 그의 모습을 헤이젠은 그저 묵묵히 응시했다.

이윽고…….

입에 거품을 물면서도 시멘트 소령은 어찌어찌 말을 쥐어짰다.

“……크아악! 불경죄는 불문에…… 붙이겠다.”

“네, 참 잘했어요. ……하지만 이것으로 너도 불경죄인걸.”

“헉…… 큭…….”

“방금, 너는 결정한 거야. 불경죄를 저지른 자의 힘을 빌려서 자기가 이익을 누리기로 말이지. 그 한마디는 매우 치명적이거든?”

“……나는! 이 요새를 위해…… 제국을 위해…….”

“아니잖아? 너는 그럴 그릇이 아냐. 이제 그만 인정하지 그래? 너는 제 목숨 하나 건지겠다고 대역죄인인 나한테 목숨을 구걸한 거야. 제국을 위해? 웃기지도 않는 농담 말라고.”

헤이젠이 발에 더욱 힘을 주며 발치를 내려다본 바로 그때 로렌초 대위가 주먹을 휘둘렀다. 그 주먹에 맞은 헤이젠은 그대로 날아가며 지면에 쓰러졌다.

"적당히 해라! 더 했다간 돌이킬 수 없게 돼."

"……."

"대체 왜 이러는 거냐! 진정해. 이건 선을 넘는 짓이야."

"……."

헤이젠은 그 말을 듣고 하늘을 올려다봤다. 그리고 눈을 감더니 이윽고 입을 열었다.

"나라면 이 싸움에서 가장 큰 공을 세운 레이 화를 괴물이라고 부르지 않아."

"히익……."

헤이젠의 날카로운 눈동자를 본 시먼트 소령은 전율했다.

"이 요새에 남은 당신들 상관들도, 전투에 참여한 제1대대와 제3대대에게도 공은 있겠지. 하지만 레이 화는 이 순간, 이 시점에서 당신들보다 훨씬 제국에 공헌했어."

"……나는, 그저 평등하게 다들 전력을 다했다고 말했을 뿐이다."

"평등? 착각하지 마. 공적이란 누구에게나 균등하게 주어져도 되는 게 아니야. 가장 공을 세운 자에게, 가장 많이 주어져야 마땅하지."

"큭……."

"제2대대는 적 앞에서 도망치지 않고 싸웠어. 제1대대와 제3대대는 기자르 장군이 무서워서 비겁하게도 문 안까지 도망쳤지……. 상관들까지도 말이야. 레이 화는 그런 당신들을 지키기 위해 목숨을 내던졌어. 그게 엄연한 사실이야."

"……."

헤이젠은 제1대대와 제3대대를 향해 외쳤다.

"너희한테도 가족은 있을 텐데? 지켜야 할 가족 말이야. 지켜준 가족이 너희에게 아무런 경의도 표하지 않으면 어떤 생각이 들지? 목숨을 걸고 용감히 적과 싸워서 지켜줬는데 그들이 괴물이라고 부른다면 기분이 어떨 것 같지?"

"……."

"잘 생각해 봐. 적어도 나는 지켜지고도 감사하지 않는 자를 지켜줄 마음은 눈곱만큼도 없어. 그게 지켜야 하는 위치의 사람이라면, 특히 더 그렇지."

"……."

헤이젠은 그런 말을 내뱉고 돌아갔다.

방으로 돌아가 보니 얀이 침대에서 책을 읽고 있었다. 방 밖에 전장이 펼쳐져 있는데도 이 여유로운 모습을 보니 무심코 한숨이 새어 나왔다.

"이제부터 레이 화를 치료하러 갈 거니까 따라와."

"어, 다쳤나요?!"

벌떡 몸을 일으킨 얀은 걱정스러운 표정을 지었다.

"괜찮아. 목숨에는 지장 없어."

"빠, 빨리 가죠. 스승님의 괜찮단 말은 믿을 게 못 되거든요."

"……."

그렇게 말하면서 헤이젠의 옆을 지나친 얀은 그대로 전력으로 뛰어갔다. 그 광경을 본 헤이젠은 표정을 누그러뜨렸다.

"하지만 사고 쳤는걸."

헤이젠은 마뜩잖다는 듯 그렇게 중얼거렸다.

무심코 감정적으로 행동하고 말았다. 레이 화는 자신과 다르게 상냥하다. 그런 이는 하나같이 남의 감정에도 민감하다.

그런 그녀가 깨어났을 때 괴물이라 불리는 것을 참을 수 없었다. 하지만 타산적으로 생각한다면 시먼트 소령은 몰라도 제1대대와 제3대대를 경멸하는 발언은 자제해야 했다.

"……뭐, 어쩔 수 없나."

전쟁에서는 예상치 못한 일이 벌어지기 마련이다. 자신이 지휘를 맡는단 사실을 그들이 불만스럽게 여긴다면 로렌초 대위에게 지휘를 맡기는 것도 괜찮을지도 모른다.

그런 생각을 하면서 의료실에 가보니 병사들이 대기하고 있었다. 제1대대와 제3대대의 중위, 소위, 준위들이었다.

"무슨 일이지?"

"앗, 헤이젠 중위님. 아니, 저기…… 저분에게 실례되는 태도를 보였던지라……."

"……."

"기자르 장군을 보고, 무심코 죽음의 공포에 사로잡히고 말았습니다. 그런데, 저분은…… 그 광경을 보고도 자기 목숨을 아끼지 않고 나서서 저희를 지켜줬습니다. 그런데……."

"하아……. 너희도 마찬가지인가?"

헤이젠이 주위를 둘러보자 다들 면목이 없는 듯한 표정으로 고개를 끄덕였다.

"대위급 권한으로 명한다. 돌아가서 식사하도록. 그리고 푹 쉬어라."
"하, 하지만……."
"너희가 여기서 할 수 있는 일은 없다. 그리고 레이 화는 투입하지 않을 거다. 솔직히 말하자면 레이 화는 한 달 이상 전투에 참여하지 못할 테지. 그러니 이제 너희를 대신해 싸울 사람은 없는 거다."
"……알겠습니다. 내일은 저분을 대신해 저희가 싸울 차례입니다. 이미 다 같이 결심했습니다."
"……."
"목숨을 걸고 지켜준 사람에게 보답할 방법은, 감사의 마음을 전할 방법은 그것뿐일 테니까요."
"……하아. 그 기세로 내일 전투에 임하도록."
"네!"
"참고로 내일은 내가 단독으로 기자르 장군과 대치할 거다."
"네? 하지만 레이 화 씨 없이는……."
"애초부터, 사흘째는 나 홀로 싸울 예정이었다. 하지만 병력차를 생각하면 잠시라도 긴장을 풀었다간 바로 당하겠지."
"아, 네!"
"미리 말해두겠는데, 너희를 용서한 건 아니다."
"……네."
"하지만 레이 화는 너희의 그 마음을 감사히 여기겠지. 이 싸움이 끝나고 운 좋게 살아남는다면, 레이 화에게 맛있는 먹거리를 선물해라. 분명 기뻐할 거다."

"아, 네!"

헤이젠이 의무실에 들어가 보니 로렌초 대위와 얀이 이미 와 있었다.

"군인도 쓰레기만 있는 건 아니다 싶지 않나?"

"……글쎄요. 그래도 생각보다 사기가 떨어진 것 같지 않아서 안심했습니다."

병문안을 온 이는 중, 소위급이나 준위급이 많았다. 우선 각 부대의 대표가 자발적으로 온 것 같았다.

"하지만 시먼트 소령에게 한 짓은 과했어. 어떻게 수습하더라도 강등을 면치 못하겠지. 모처럼 큰 공을 세웠는데 전부 부질없어졌잖아."

"……그렇겠죠. 하지만 용서할 수 없었습니다."

"어째서지? 그도 흥분 상태였어. 헤이젠 중위라면 그 정도도 간파 못 할 리가 없을 텐데?"

"……."

잠시 침묵하던 헤이젠은 이윽고 입을 열었다.

"옛날…… 목숨을 걸고, 생애를 걸고, 혼마저 걸고, 제가 사랑하는 이를 구원하려 한 자가 있었습니다."

"……그자를 괴물이라 부른 자가 있었나. 그거 너무한걸. 어떤 녀석이지?"

"접니다."

"뭐?"

"저였습니다. 자신을 아득히 능가하는 힘을 보고 저는 그에게 이기기 위해 그렇게 불렀습니다. 몇 번이고, 몇 번이고……."

"……."

"그러지 않으면 막을 수 없었다. 죽었을 것이다. ……사랑하는 이를 지키기 위해서였다. 변명이라면 얼마든지 할 수 있습니다. 하지만 저는 평생 저를 용서하지 못하겠죠."

"……."

한동안 침묵이 흐른 후…….

로렌초 대위는 이윽고, 크게 한숨을 내쉬었다.

"하아……. 알았어."

"쓸데없는 소리를 했군요. 잊어 주십시오."

"그래. 자네도 인간이라는 것을 알았어."

"……정말 괜한 이야기를 했군요."

헤이젠은 짜증 섞은 투로 그렇게 중얼거렸다.

사흘째. 최전선인 중앙문 앞에는 헤이젠이 이끄는 제2대대가 서 있었다. 그리고 그들의 눈앞에 나타난 이는 기자르 장군이 이끄는 기마 부대였다.

예상대로의 행동이다.

이틀 동안 상대방의 주요 전력을 해치웠다. 그러면 장기전이 될 가능성이 떠오른다. 그러니 기자르 장군이 직접 대치하는 것이 최선책이라 여기게 만든다. 그것이 헤이젠의 전략이었다.

그리고…….

기자르 장군은 자신의 의지로 대치했으며…….

헤이젠 또한 자신의 의지로 대치했다.

어제와 마찬가지로 기자르가 홀로 앞으로 나서자 헤이젠 또한 무방비하게 다가갔다. 그리고 그의 마장 『뇌절공작』의 사정거리 안으로 들어갔다.

하지만 두 사람은 꼼짝도 하지 않으며 상대를 응시했다.

만약 이 상황에서 뇌절공작을 발동시켰다면 기자르 장군은 헤이젠의 목을 칠 수 있었을 것이다. 하지만 그는 그러지 않으리라 예상했다.

왜냐하면 기자르 장군은 이 간격에서 패배한 적이 없다. 그러니 이 거리에서는 절대적인 우위성을 지닌다.

생사여탈의 권리를 넘겨줘서 생사여탈의 기회를 앗아간다. 그것이 바로 헤이젠이 생각하는 그와의 일대일 상황에서의 대처법이었다.

"처음 뵙겠습니다. 헤이젠 하임이라고 합니다."

"……디오르도 공국의 장군인 기자르다."

"괜찮다면 일대일의 결투로 승부를 내고 싶습니다만 어떠신지요?"

"좋아."

"다행이군요. 그런데, 내기를 하지 않겠습니까?"

"내기?"

"제가 이긴다면 기자르 장군, 당신이 제 부하가 되는 겁니다."

"……하하! 그럼 내가 이기면 네가 내 부하가 되는 건가."

"물론입니다."

"대단한 자신감이군."

"자신감이 아니라 확신입니다."

헤이젠이 그렇게 말한 순간 기자르 장군의 표정이 변했다.

"……좋아. 그 내기, 받아주지. 결투 시작의 신호를 뭐로 할까?"

"단순한 게 좋겠죠……. 이 동전이 지면에 떨어진 순간부터 둘 중 한 명이 항복할 때까지 싸우는 겁니다."

헤이젠은 쥐고 있던 동전을 보여줬다.

"좋아. 그렇게 하지."

기자르 장군은 전투태세를 취했다. 헤이젠 또한 미소를 머금었다.

계약이란 속박이다. 이로써 자신이 무슨 준비를 하든 상대가 먼저 공격해 올 일은 없다.

헤이젠은 당당히 여덟 개의 마장을 등 뒤에 출현시켰다. 당연히 상대는 공격해 오지 않았다.

"이야기는 들었지만 진짜로 마장을 여덟 개나 쓰는 건가."

"한 번의 전투에서 다 쓰는 경우는 흔치 않죠. 하지만 상대에게 맞춰 마장을 쓸 수 있다는 점이 유리하게 작용하긴 합니다."

헤이젠은 양손에 각각 마장을 쥐었다.

"……이 마장의 이름은 뇌절공작."

기자르는 그렇게 말하며 전투태세를 취했다.

"멋진 마장이군요. 레이 화의 흉개파골을 뚫을 만합니다."

"……상성이 좋았을 뿐이야. 마장의 질만 본다면 오히려 뒤졌어."

"그렇지 않습니다. 오히려 상성이 나빴죠."

속도에 특화된 기자르 장군을 상대로는 흉개의 튼튼함이 큰 효과를 보였다. 그런 의미에서 본다면 상대의 계획을 무너뜨렸다고도 할 수 있을 것이다.

"너도 내 뇌절공작을 막아낼 수단을 가지고 있는 거냐?"

"뭐, 아이디어는 몇 가지 있지만 쓸 생각은 없습니다."

"……무슨 소리지?"

"기자르 장군. 저는 당신을 원합니다. 그러니 실력 차를 과시하며 정정당당히 이길 생각입니다."

"……."

기자르 장군에게 이긴다는 것. 그것은 잔재주로 뇌절공작의 약점을 찌르거나 함정을 빠뜨리겠다는 것이 아니다.

뇌절공작에게…… 기자르 장군에게 승리하겠다는 말이다.

그것은――.

"저는 속도로 당신을 압도해서 이길 생각입니다."

당당히 말했다. 10등급의 마장으로 적어도 4등급 이상의 명장을 압도하겠다고 말이다. 일개 중위가 대장군급의 진짜 강자에게 실력 차이를 과시하겠다고 선언한 것이다.

"……마음이 바뀌었어. 하찮은 놈이라면 그 목을 단칼에 베어주마."

"크큭…… 그러시죠. 승자에게는 생사여탈의 권리가 있으니까요."

"들어주지. 네 마장의 장명은 뭐지?"

"장명 말입니까. 공교롭게도 장명이 붙을 만한 마장은 없습니다. 그건 레이 화에게 양보했죠."

"나를 가지고 노는 거냐?"

"아뇨. 하지만 이름이라면 있습니다……. 이건 자뢰(磁雷). 당신의 뇌절공작을 무너뜨릴 마장입니다."

그렇게 말한 헤이젠은 동전을 손가락으로 튕겼다. 하늘 높이 솟구친 그 동전은 빙글빙글 회전하면서 지면에 떨어졌다.

그 순간 헤이젠과 기자르 장군은 병사들의 시야에서 사라졌다.

*

기자르는 『준뢰』를 써서 헤이젠의 곁으로 고속 이동했다. 헤이젠 또한 『자뢰』의 능력을 써서 다른 장소로 이동했다.

그 순간 기자르는 자신의 승리를 확신했다.

느리다.

보주가 10등급이란 말은 거짓일 가능성이 크다. 7이나 6…… 아니, 헤이젠의 끝을 알 수 없는 실력을 생각하면 8등급 정도일까. 확실히 번개 속성의 마장이기는 하지만 준뢰에 비하면 속도가 10분의 1 정도였다.

준뢰는 자신의 속도를 높여주기만 하는 게 아니다. 몸이 그 속도를 버텨내게 해준다.

즉, 시각과 사고능력조차도 그 엄청난 속도에 대응하게 되는 것이다.

동전이 지면에 닿은 직후의 반응 자체는 헤이젠이 빨랐다. 하지만 순수한 속도가 열 배 이상 차이 났다. 이동 중에 방향을 바꿀 수는 없지만 다음 이동으로 따라잡을 수 있다.

"……."

하지만 저 자신감은 뭘까. 이 정도 능력 차를 사전에 고려하고 있다면 승리의 기회 또한 찾아뒀을 것이다. 헤이젠 하임은 책사에 가까운 인상이니 자기가 향하고 있는 곳에 함정을 쳐뒀을 가능성도 머릿속에 맴돌았다.

기자르는 중간 지점을 설정하고 헤이젠 쪽으로 방향을 바꾸기로 했다.

"……윽."

하지만…….

준뢰를 발동시킨 순간, 이변이 발생했다는 것을 눈치챘다. 헤이젠이 그 자리에 없었다.

시야를 넓혀 보니 이미 다른 위치로 이동하기 시작했다.

어째서일까. 속도로는 이쪽이 압도하고 있는데도 헤이젠이 사라졌다. 그리고 지금도 이동속도가 느렸다. 그러니 그의 목적지를 착각할 리가 없다.

목적지에 도착한 순간, 헤이젠의 곁으로 이동하기 위해서 또 준뢰를 펼쳤다.

"말도 안 돼……."

없다. 헤이젠은 이미 오른쪽 대각선 10미터 위치에서 느릿느릿하게 이동하고 있었다. 속도는 역시 느리다. 하지만 준뢰는 도중에 목적지를 바꿀 수 없다. 그러기 위해서는 준뢰를 한 번 더 발동시켜야 한다.

그런 기자르의 마음을 꿰뚫어 본 것처럼 헤이젠은 천천히 미소를 머금었다.

"크……."

도발에 걸려들지 마라. 자기 자신에게 몇 번이나 그렇게 말한 다음 일단 한참 뒤편으로 물러났다. 그리고 고속 이동 중에 헤이젠의 행동을 감시했다. 움직임은 여전히 굼떴다. 그리고 목적지에 도착하자 헤이젠의 움직임은 완전히 정지됐다. 거기서 미동조차 하지 않았다.

그 순간 기자르는 미소를 머금었다. 정지 순간을 포착했으니, 자신이 이긴 것이나 다름없다. 평소처럼 준뢰를 펼쳐서 상대의 목을 베면 된다.

"끝이다."

목적지에 도착한 순간 주저 없이 준뢰를 펼쳤다.

"……어째서냐……. 어째서냐고오오오오!"

기자르는 이동 중인데도 불구하고, 흐트러진 목소리로 고함을 질렀다. 그 자리에 있어야 하는 헤이젠이 없다. 없는 것이다. 이번에는 눈에 보이지도 않았다.

이런 일은 있을 수 없다.

상대의 속도를 잘못 가늠한 것일까? 그럴 리가 없다. 뇌절공작은 3등급 보주가 쓰인 명장이다. 중위 따위가 그것을 능가하는 마장을 지녔다고 보기는 어렵다.

지금도 상대의 이동속도는 굼뜨다고 느껴질 지경이었다. 물론 정지한 순간에는 다음 움직임을 취할 때까지 일반인과 똑같으니 그 타이밍을 노린다면 분명 포착할 수 있어야 한다.

뭘까. 대체 무슨 일이 일어나고 있는 것일까.

목적지에 도착해서 주위를 둘러보려던 순간 등 뒤에서 기척이 느껴졌다.

"모르겠습니까?"

그 낮은 목소리는 기자르의 배 깊은 곳까지 울려 퍼졌다.

"큭……."

그 순간 준뢰를 펼친 기자르는 그대로 뒤돌아서며 검을 휘둘렀다. 하지만 헤이젠은 그 자리에 없었으며 이미 다른 곳으로 이동했다.

대체 뭐가 어떻게 된 건지 알 수가 없었다.

알 수 있는 건 방금 적에게 등을 내줬다는 것이다. 완전히 자신을 우롱하고 있다. 하지만 기자르는 인정할 수 없었다.

이것은 헤이젠이 말한 속도 승부가 아니다. 상대는 뭔가 수상한 짓을 하고 있다. 그렇게 자기 자신에게 말하며 전투를 이어갔다.

계속해서 기자르는 몇 번이나 준뢰를 펼쳤다. 수백 번이 넘도록 말이다. 하지만 단 한 번도 헤이젠을 포착하지 못했다.

"허억…… 허억…… 어째서지?"

이윽고 기자르는 준뢰 발동을 멈췄다.

"모르겠습니까? 당신이 느린 겁니다."

뒤편에서 헤이젠의 목소리가 들려왔다. 거리는 모르겠지만 분명 또 등을 내준 것이리라. 번개 속성을 쓰는 자에게 등을 내준다는 것은 패배를 의미한다. 그것도 이미 세 번째다.

원래라면 이미 죽었을 것이다.

"느리다고? 뇌절공작이 네 마장보다 못하다는 거냐?"

"아뇨. 제가 느리다고 말하는 건 바로 당신입니다. 기자르 장군."

"내가……."

그 순간 기자르는 눈치챘다.

눈치채고 말았다.

느린 것은 준뢰의 속도가 아니라 마법의 발동 속도라는 것을 말이다.

"알겠습니까?"

등 뒤에서 헤이젠의 목소리가 들려왔다. 벌써 이겼다고 여기는 거냐, 하고 생각한 기자르는 분하다는 듯이 이를 악물었다.

"……뇌절공작의 능력은 어느 한 점까지의 거리를 초고속으로 이동하는 거야. 그건 일련의 동작이 종료될 때까지 지속돼. 그리고 네 자뢰도 마찬가지인 거지?"

"약간 다릅니다만 얼추 비슷합니다."

"어떻게 다르지?"

전투 중인데도 불구하고 물어볼 수밖에 없었다. 지금 일어나고 있는 일을 자신은 도저히 이해할 수가 없었다.

"자뢰는 끝부분에 두 종류의 마력을 담을 수 있습니다. 저는 편의상 음과 양이라 나눠서 부르죠."

"……그래서?"

"그리고 이 음과 양은 여러 지점에 마킹을 할 수 있습니다. 이곳이 전장이 되리라고 예측한 저는 미리 준비를 해뒀습니다."

"……."

처음부터 헤이젠의 손바닥 위에서 놀아난 것인가. 그리고 용의주도하게 함정을 쳐놨다. 하지만 불쾌하지는 않았다. 오히려 이 상황도 우연이 아니라는 사실에서 바닥을 알 수 없는 실력이 느껴졌다.

"음과 양은 서로를 잡아당기는 성질을 지녔죠. 그리고 자뢰의 음과 양을 조작해서 마킹한 지점으로 고속으로 이동할 수 있는 겁니다."

"그거…… 복잡한걸."

"제약은 위력을 증대시키죠. 거꾸로 말하자면 그 정도 제약을 걸지 않는다면 이만한 속도를 낼 수 없습니다. 그것도 그럴 것이 10등급 보주니까 말이죠."

"……."

그 말을 들은 순간, 이제까지의 자부심이 전부 무너지는 듯한 느낌이 들었다. 그런 저등급 보주로 이런 게 가능할 줄이야.

"헤이젠 하임. 내가 너보다 뒤떨어지는 건 사고(思考) 속도지?"

"정답입니다."

"……."

"목적지에 도착하고 마력을 집중해서 제 곁으로 향하는 속도. 기자르 장군은 0.3초 정도 걸리죠. 그것은 레이 화와의 전투에서 확인했습니다. 하지만 제 사고 속도는 평균 0.04초. 자뢰를 단순히 음과 양의 조작에 특화시켜서 가능케 했습니다."

"……."

그 말을 들은 순간 헤이젠과 자신 사이에서 아득할 정도의 거리가 느껴졌다.

"뇌절공작이 아무리 빠를지라도 인간의 몸으로 펼치기에 제 자뢰와의 차이는 1만분의 1초 정도밖에 안 됩니다. 설령 10배 차이라 해도 0.1의 초 단위조차 바뀌지 않죠. 그렇다면 승부는 누가 더 빨리 생각하느냐에 달렸습니다."

"……하나만 묻겠어. 어째서 너는 그런 사고 속도를 발휘할 수 있는 거지?"

"훈련했으니까요. 미리 적을 상정해서 대책을 짠다. 전투에 있어 당연한 준비입니다."

"그래……."

마장의 힘에 취한 적은 없다고 생각한다. 하지만 정정당당한 일대일의 결투로는 절대 지지 않을 거라고 자부한 것도 사실이다.

하지만 이 헤이젠이란 남자는 준비를 했다. 마치 자기보다 강한 적과 싸우는 게 당연하다는 듯이 말이다. 온갖 상황을 상정하며 온갖 대책을 짜고서 실천에 옮겼다.

"자아……. 아직도 패배를 인정하지 않을 겁니까?"

"……그래. 끝까지 서 있는 쪽이 승자지. 조금만 더 발버둥을 치도록 하겠어."

기자르는 뇌절공작을 허리춤으로 가져가더니 발도 자세를 취했다.

"오호라. 그렇게 나오는 겁니까. 대단합니다. 확실히 그게 저한테 이길 유일한 방법이겠죠."

"……네 자뢰의 속도를 고려하면 일격에 승부를 내려 하겠지. 특히 상대가 나라면 말이야.”

기자르는 뇌절공작의 속도 특화를 포기했다. 자신의 몸에 번개를 둘러서 적의 공격에 대처하는 방향으로 변경했다. 시각에 능력을 집중하고 다른 것을 버린다. 그것은 레이 화 때의 대처법과 동일하다. 단, 이번에는 기자르 장군이 레이 화의 입장이다. 헤이젠에게 뇌절공작 같은 순간적인 발도(拔刀) 능력이 없다고 판단했다. 따라서 마법을 펼칠 때는 준비 시간이 필요할 터. 그렇다면 공격을 보고 받아쳐서 승리할 수 있다.

상대가 한순간이라도 빈틈을 보이면 준뢰로 쫓아가서 베는 것이다.

“전술적 유연성마저 뛰어나군요. 더욱 마음에 듭니다. 그러면 저도 전력을 다하도록 하죠.”

“……덤벼.”

헤이젠이 이동을 개시했다. 그것은 조금 전의 느릿느릿한 움직임과는 비교도 안 될 만큼 빨랐다. 마치 섬광이 어지러이 춤추고 있는 것처럼 잔상만이 눈에 보였다.

평소에 쓰지 않는 능력인 탓에 최대 시력의 100분의 1도 발휘되지 않았다. 하지만 약화된 뇌절공작으로도 어찌어찌 상대의 움직임을 쫓을 수 있었다.

이제 헤이젠이 한순간만, 한순간만이라도 멈춰준다면…….

멈춰…… 준다면…….

멈춰…….

"헉…… 큭……."

쫓아갈 수 없다. 몇 번이나 눈으로 놓치면서 치명적인 빈틈을 보였다. 다시 눈으로 쫓으려 했지만, 쫓을 수가 없다.

이렇게까지 다른 건가.

차이가 나는 건가.

그리고…… 몇 번째인지 모르지만 헤이젠의 움직임을 또 놓쳤을 때였다. 그 순간 갑자기 지면에 커다란 구멍이 뚫리면서 암석이 공중으로 튀어나왔다.

"큭…… 어디냐?!"

완전히 헤이젠의 움직임을 놓친 기자르는 주위를 둘러봤다. 하지만 보이지 않았다.

그림자…….

그 순간 지면에 존재할 리가 없는 그림자를 발견했다. 하지만 말도 안 된다.

"이럴…… 수가!"

거기에 헤이젠이 있었다. 상공에 거꾸로 선 상태로 말이다. 깨진 암석에 거꾸로 서 있었다. 검은 머리의 청년은 히죽 웃더니 다른 마장을 힘껏 휘둘렀다.

그 순간 기자르 장군의 몸이 지면에 파묻히면서 꼼짝도 못 하게 됐다. 그리고 이제까지 살아오면서 경험해 본 적 없는 충격이 그의 온몸을 덮쳤다.

"크아아아아아아아아악!"

"하아…… 하아…… 하아……."

숨을 헐떡이면서 지면에 착지한 헤이젠은 기자르 장군을 향해 걸어갔다.

"크……. 컥……."

"허억…… 허억……. 이, 이 정도면 승부가 갈렸다고 봐도 되겠죠?"

헤이젠은 기자르 장군의 옆에 털썩 드러눕더니 하늘을 올려다봤다. 그것은 기묘한 광경이었다. 전장 한복판에서 적군의 대장 옆에 드러누웠으니 말이다.

온몸의 뼈가 어긋난 기자르는 숨을 헐떡이면서 물었다.

"마지막에…… 너는 왜, 상공에 있었던 거지?"

"『부우』라는 마장을 썼습니다. 이건 제 체중을 제로로 만들어주는 효과를 지녔죠. 공중에 띄운 암석 파편을 이동하는 데 썼습니다. 물론 미리 마킹해둔 암석입니다."

"……나를 공격한 마장은 뭐야?"

"마장 『지부』. 그 적용 범위는 30제곱미터이며 3배의 중력을 가할 수 있죠. 보주가 10등급이라 그 이상의 출력은 낼 수 없습니다만 극한적으로 범위를 줄인다면 30배의 중력을 가할 수 있습니다. 이것은 집중이 필요하다 보니 당신의 시야에서 벗어나야만 했습니다."

"……."

이제까지 전후좌우로의 평면 이동만 했던 것은 헤이젠이 상공으로 이동하는 일은 없다고 기자르가 착각하게 만들기 위해서다. 그 정도로 면밀한 계산을 이 헤이젠 하임이란 마법사는 해낸 것이다.

기자르 장군의 표정은 밝았다.

"대단해……. 내가 졌어."

"그러면 너는 이제 내 것이야, 기자르 장군."

헤이젠이 웃으며 그렇게 말하자…….

기자르 장군 또한 미소를 지으며 눈을 감더니 고개를 끄덕였다.

"……그래. 세상에는 너 같은 무시무시한 괴물도 있었구나. 완패야."

"하아……. 좋아. 휴식은 이쯤에서 끝내도록 할까."

헤이젠은 바로 몸을 일으키더니 스트레칭을 했다.

"디오르도 공국을 공격할 거냐?"

"물론이야. 전쟁이니까 말이지."

"……내가 네 부하가 됐더라도 디오르도 공국은 공격을 멈추지 않을걸?"

"아니, 멈춰."

"무슨 소리야? 병력이 이렇게 차이 나잖아. 아무리 디오르도 공국의 장병이 소모되더라도 란드불 근위단장과 조난 중갑단장도 있지. 그들은 강하다고."

아무리 헤이젠이라도 이 싸움에서 힘을 꽤 소모했을 것이다.

"흐음. 그러면 포로로 삼으라고 말해둬야겠는걸."

"……무슨 소리지?"

기자르 장군의 질문에 답하기 전에 버즈 준위가 헤이젠의 곁으로 달려왔다.

"이쪽은 포로다. 정중히 대하도록."

"알겠습니다. 저, 저기, 적군이 물러나지 않고 진군을 시작했습니다."

"……."

역시 기자르 장군의 예측이 적중했고 헤이젠의 생각은 빗나갔다. 하지만 검은 머리의 청년은 딱히 분통을 터뜨리지 않았다.

"그래……. 살짝 어긋났나. 뭐, 나는 신이 아니지. 여기서부터는 단순한 소모전이다. 앞으로 몇 시간만 버티도록."

"아, 알겠습니다."

버즈 준위는 기자르 장군을 부축하면서 대답했다.

"이 공격은 며칠 동안 그치지 않을걸? 내가 이 요새에 온 지 얼마 안 된 만큼 장병들이 받은 충격도 적었다는 거지."

"……뭐, 곧 알게 될 거야."

헤이젠이 그렇게 중얼거린 순간 다른 전령이 이쪽으로 뛰어왔다.

"하아…… 하아…… 헤이젠 중위님. 디오르도 공국의 전군이 후퇴하고 있습니다!"

"……마, 말도 안 돼."

기자르 장군은 무심코 그렇게 중얼거렸다.

"그래. 다소 어긋나기는 했지만 늦지는 않았군. 그러면 추격대를 보내서 그들을 돌려보내지 말도록."

"……별동대인가."

기자르는 믿기지 않는다는 표정을 지었다. 물론 그는 무능하지 않다. 별동대가 존재할 가능성은 디오르도 공국 측도 꼼꼼하게 검토했을 것이다.

하지만 헤이젠은 『분명 오판할 것이다』라고 추측했다.

"버즈 준위…… 잠시 귀를 막고 있도록."

"네!"

그는 힘차게 대답하더니 양손으로 귀를 막았다. 여기서부터는 제국 군인에게 들려줄 수 없는 이야기다. 나중에 확인해서 훔쳐 들었다면 죽여야만 하겠지만 버즈 준위는 임무에 충실한 자다. 문제없을 것이다.

기자르도 거기까지 눈치챈 건지 헤이젠에게만 들릴 목소리로 말했다.

"우리 요새에는 5천 이상의 병사가 남아 있어. 그들을 위협할 정도의 병력이 제국에 있는 건가?"

"아니, 제국에는 없어. 그래서 대신 다른 이에게 부탁했지."

"……쿠민족."

"정답이야."

"하지만 쿠민족과 제국은 동맹 관계가 아니잖아? 어디까지나 정전협정을 맺었을 뿐이라고 들었는데……."

"그렇게 생각할 줄 알았어."

"……가짜 정보인가?"

"아니, 모스피처 소위에게 그런 연기는 무리지."

"알고 있었던 거냐?"

"이쪽도 그만 무능한 놈에게 뒤통수를 맞을 만큼 비보는 이니거든.”

일부러 자신과 레이 화의 대화를 엿듣게 하느라 꽤 애먹었다. 자연스럽게 연기하니 오히려 관심을 가지지 않아서 삼류 배우처럼 큰 목소리로 이야기를 나눠야만 했다.

“하지만 그렇다면 정전협정인 것은 변함없을 텐데? 어떻게 쿠민족을 설득한 거지?”

“설득 안 했어. 이쪽은 그저 정보를 흘렸을 뿐이지. 이 싸움으로 요새가 허술해질 거란 정보를 말이야.”

“……어디까지나 제국이 아니라 쿠민족이 점령하게 했다는 건가?”

헤이젠은 그 말을 듣더니 고개를 끄덕였다.

“하지만 그 정도로 쿠민족이 나섰다는 게 믿기지 않는걸. 그들은 산악 민족이야. 평지의 요새를 손에 넣어봤자 지켜내지 못할 텐데?”

“그래. 사물의 가치는 일정하지 않아. 제국과 디오르도 공국에게는 전략적 요충지더라도 그들에게는 다르지. 하지만 그 반대의 경우도 있어.”

“……영지 교환인가!”

기자르는 깜짝 놀란 표정을 지었다.

“그래. 제국은 쿠민족의 영역인 산악지대 중 다수를 가지고 있어. 하지만 그 땅은 이쪽에겐 이용 가치가 낮아.”

“…….”

한겨울이 되면 혹한이 몰아치는 이 토지에서 산악지대의 개발은 매우 어렵다. 차지하기는 했지만 거의 활용되지 않는 토지가 다수 존재한다.

"정전협정을 맺은 현재, 실질적으로 제국의 디오르도 공국 침공은 곤란해졌지. 그렇다면 제국 측이 가능한 것은 그런 토지와의 교환뿐이야."

"전부, 미리 계산했던 거냐?"

"물론 아냐, 기자르. 네가 온 덕분에 상황이 꽤 복잡해졌어."

"……이해가 안 되는걸. 왜 위험을 감수하면서까지 정보를 흘린 건지?"

기자르는 이해가 안 될 것이다. 만약 디오르도 공국이 아무것도 몰랐다면 요새는 함락됐을 테니까 말이다. 『사백』 미 실과 헤이젠이 상대라면 설령 요새에서 방어전을 펼치더라도 지켜내지 못했을 것이다.

하지만 검은 머리의 청년은 별것 아니라는 투로 대답했다.

"나는 제국 측의 이익을 생각하며 행동하는 게 아니야. 어디까지나 개인의 이익을 최우선으로 삼거든. 뭐, 간단히 말해 공을 다른 사람에게 빼앗기기 싫은 거지."

"……어처구니가 없는걸. 이렇게 대놓고 군인답지 않은 발언을 할 줄이야."

"어쩔 수 없어. 나에게는 나만의 사정이 있거든. 뭐, 결과적으로 가장 이익을 볼 수 있게 됐지."

헤이젠은 그렇게 말하더니 양피지 한 장을 내밀었다.

"이건 뭐지?"

"이 자리에서 주종관계의 계약 마법을 맺어줘야겠어. 약속했잖아?"

기자르는 강력한 마법사다. 그에게 암살당할 가능성을 고려해서 반역하지 못하도록 족쇄를 채워두려는 것이다. 기본적으로 헤이젠은 충심 같은 것은 신용하지 않는다.

"그건 이의가 없지만 괜찮겠어? 나는 디오르도 공국을 배신하고 제국 군인이 될 줄 알았다고."

"그래선 내 부하가 안 되잖아? 아까도 말했다시피 나는 제국에 이익이 되고 나에게는 이익이 되지 않는 행동을 취하고 싶지 않아."

"하하하핫! 너무 어이가 없어서 웃음이 다 나는걸."

"그러니까 체포된 다음 너는 빨리 사라져 줘야겠어."

"도망치란 거냐?"

헤이젠은 그 말을 듣고 고개를 끄덕였다.

"며칠 뒤 모스피처 소위가 열쇠를 가지고 감옥을 찾겠지. 너를 도망 보내려고 말이야."

"하지만…… 괜찮겠어? 그는 처분당할 거야."

"그건 어쩔 수 없어. 자기 의지로 한 일이니까 말이지. 싫다면 그런 짓을 안 하면 돼."

그래도 그는 하겠지만 말이지, 하고 말한 이 검은 머리의 청년은 확신에 찬 미소를 머금었다.

"……하나만 물어도 될까?"

"뭐야?"

"헤이젠. 너, 나이가 어떻게 돼? 겉보기에는 꽤 젊어 보이는데 말이야."

"……왜 그런 걸 묻는 거지?"

"10대 후반…… 많이 쳐줘도 20대 초반으로 보이지만 모든 행동이 그 나이에 걸맞지 않아. 너는 대체 정체가 뭐야?"

"……."

"세상에는 천재라 불리는 자가 있어. 『사백』 미 실 같은 걸물(傑物)도 있지. 하지만 그런 그들과 비교해 봐도 너는 그야말로 차원이 달라."

"기자르. 충고 하나 하지. 나를 알려고 하지 마라. 분명 후회하게 될 거다."

"……명심하겠어."

기자르는 고개를 끄덕이더니 양피지를 넘겨받았다.

에필로그

요새 방어전 종결 다음 날. 병사들이 승리의 미주에 취한 가운데 군 사령실에는 게도르 대령과 시먼트 소령이 모여 있었다.

"……『황제 폐하를 데려와라』…… 헤이젠 중위가 분명 그렇게 말했다는 거지?"

"아, 네. 틀림없습니다."

"크…… 크크큭…… 크크크크크크하하하하하하핫! 하하하하하하하핫!"

"게, 게도르 대령님. 웃을 일이 아닙니다."

시먼트 소령은 분노를 표출하며 책상을 내려쳤다.

"저는 그때만큼 저 자신을 저주한 적이 없습니다. 황제 폐하께 모든 것을 바치며 살아온 제가 이런 굴욕을 맛보다니……."

"아, 미안하네. 시먼트 소령을 비웃은 게 아니지. 당연히 그 불경한 놈을 비웃은 거야."

"……하지만 제가 그 자리에서 묵인해버린 것도 사실입니다."

"무슨 소리를 하는 거지? 헤이젠 중위의 말장난이 통할 것 같나? 그리고 자네는 불가항력적으로 그를 거스를 수가 없었어. 안 그렇나?"

"무, 물론입니다."

"그렇다면 문제 될 건 없네. 그 남자가 불경죄를 저지른 건 사실이니 말이야. 그 어떤 공적을 쌓더라도 그를 기다리고 있는 건 극형이지."

"그, 그렇습니까?! 아, 아니, 그렇게 되어야 마땅합니다."

시먼트 소령은 진심으로 안심했다.

"설마 그 남자가 이런 하찮은 실수를 저지를 줄이야. 게다가 우리에게 가장 좋은 결과를 가져다준 후에 말이지."

"그, 그렇습니다!"

이 싸움으로 적과 싸우지 않고 도망친 발로사그 중령 파벌은 끝까지 항전한 게도르 대령에게 평생 기를 펴지 못하게 됐다.

그것도 그럴 것이 그들은 이 요새의 수장인 게도르 대령을 버리고 독단적으로 후퇴한 것이다. 결국은 게도르 대령 파벌도 후퇴하리라고 생각했겠지만 그 계산은 완전히 어긋났다.

이제 그들을 살려둘지 죽일지는 게도르 대령과 시먼트 소령에게 달려 있다.

이미 승전보는 그들에게 전해졌을까. 지금쯤 거품 물고 나자빠져 있진 않으려나. 아니면 아연실색하며 서둘러 이 요새로 오고 있을지도 모른다.

"크크큭……. 뭐, 헤이젠 중위가 무릎 꿇고 싹싹 빈다면 용서해 줄 수도 있지만 말이지. 아니, 시먼트 소령은 용서하지 않으려나?"

"후후후…… 네. 그 자식이 말똥을 먹게 할 겁니다. 아주 게걸스럽게 말이죠."

게도르 대령과 시먼트 소령의 웃음소리가 복도까지 울려 퍼졌다.

"……."

바로 그때, 문에 뒤통수를 댄 검은 머리의 청년이 작게 한숨을 내쉬었다. 이윽고 버즈 준위가 찾아와서 물었다.

"헤이젠 중위님, 무슨 일 있으십니까?"

"아니, 아무 일도 아니다."

헤이젠은 구김 없는 미소를 머금더니 상쾌하게 그 자리를 벗어났다.

END

후기

처음 뵙겠습니다. 하나네 코사카라고 합니다. 이 책을 읽어주셔서 진심으로 감사드립니다. 그리고 서적화에 힘써주신 관계자 여러분, 일러스트를 맡아주신 쿠로기리 님(일러스트 최고였습니다) 덕분에 이날을 맞이할 수 있었습니다.

하지만 역시 가장 감사를 드려야 할 분은 이제까지 이 작품을 읽어주신 독자 여러분입니다.

현재 저는 WEB소설 사이트 『카쿠요무』에서 집필을 하고 있습니다만, 글쟁이는(저만 그럴지도 모릅니다만) 읽어주시는 분이 없으면 좀처럼 글을 쓸 수 없습니다. 그래서 『읽어주신다』라는 실감이 집필을 이어가는 데 큰 영향을 끼칩니다. 이 작품은 운 좋게도 독자 여러분 사이에서 큰 반향을 일으켰고 덕분에 어찌어찌 여기까지 올 수 있었습니다.

이미 백만 자가 넘었으며 앞으로도 이야기는 계속될 것입니다. 앞으로도 오랫동안 잘 부탁드립니다.

딱딱한 이야기는 이쯤 하기로 하겠습니다.

『제국 장교』의 콘셉트는 『무능한 상사 참교육』 입니다. 헤이젠 하임이란 인간이 무능하면서 자기 집안만 믿고 거들먹거리는 상관들을 쓸어버리는 이야기죠. 하지만 꽤 단순명쾌한 데

비해 설정은 복잡합니다.

헤이젠 하임의 정체는 대체 무엇인가.

그의 목적은 대체 무엇인가.

그런 부분도 이 작품의 재미 중 하나라고 생각하니 기대해 주시기 바랍니다.

그리고 얀의 디~잉에 관해 이야기를 드릴까 합니다. 이건 어디까지나 개인적 생각입니다만, 꽤나 괜찮은 표현이라 자화자찬하고 있습니다. 대~앵도 쿠~웅도 아니고 디~잉입니다. 이것뿐입니다. 진짜 이것뿐이라고요. 결국 제가 하고 싶은 말이 무엇이냐면 앞으로도 얀이 계속 디~잉 할 거란 겁니다. 부디 이 소녀의 성장을 따스한 눈길로 지켜봐 주시기를 바랍니다.

이야기가 진행되면서 헤이젠, 얀 그리고 다른 캐릭터들이 여러분의 마음속에서 힘차게 뛰놀기를 진심으로 빕니다.

부디 앞으로도 잘 부탁드립니다.

하나네 코사카

모스피처의 말로

한창 승전 파티가 펼쳐지고 있을 때였다.

"하아…… 하아……."

모스피처 소위는 숨을 죽인 채 살금살금 걷고 있었다. 어둑어둑한 감옥 안으로 들어가 수면제로 재운 간수의 품속에 손을 집어넣으려 한 바로 그때였다.

"……뭐 하는 거지?"

"히익."

흠칫하며 몸을 부르르 떨면서 뒤를 돌아보니 그 자리에는 로렌초 대위가 서 있었다.

"대, 대위님. 아니, 이건, 저기……."

"……설마……."

로렌초 대위는 그렇게 중얼거리더니, 모스피처 소위가 손에 쥔 것을 몰수했다.

"자네가…… 디오르도 공국의 스파이였나."

"아, 아닙니다! 오, 오해예요! 오해, 오해, 오해, 오해애애애애애애!"

"그러면 이 열쇠는 뭐지?!"

"히끅…… 그, 그, 끄게……."

“무슨 일입니까?”

“……윽.”

바로 그때였다.

검은 머리의 청년이 뒤편에서 모습을 보였다.

“헤이젠 중위…… 마침 잘 왔군. 이 남자가 디오르도 공국의 스파이였어. 기자르 장군의 도망을 방조하려 한 혐의가 있지. 나는 서둘러 상층부에 알려 계엄 태세를 취하지. 자네는 기자르 장군을 체포하도록.”

“……알겠습니다.”

로렌초 대위는 즉시 간수 방을 나서더니 서둘러 이 자리를 벗어났다. 한편 헤이젠은 당황할 대로 당황한 모스피처 소위를 딱히 서두르지도 않으며 내려다봤다.

“힉…… 히히히히힛! 꼬, 꼴좋다! 꼴좋아! 이히…… 이히히히히히…….”

“…….”

입에 거품을 물면서 의기양양하게 웃는 이 소인배에게 헤이젠은 천천히 다가갔다.

“고마워. 너를 부하로 둬서 정말 다행이야.”

“이…… 이히히…… 어엇?”

“네가 내 뜻대로 움직여준 덕분에 내가 직접 풀어줄 필요가 없어졌거든.”

“무, 무, 무, 무슨 헛소리를 늘어놓는 거냐?!”

“네 움직임을 모를 만큼 나는 어리석지 않아. 네 밀고 또한 전~부 알고 있지.”

"허걱…… 거, 거, 거, 거짓말이야! 거짓말이야! 거짓말이야! 거짓말이야! 거짓말이야! 거짓말이야! 거짓말이야! 거짓말이야! 거짓말이야! 거짓말거짓말거짓말거짓말! 거, 거어어어어어어어짓마아아아아아아알……."

"……."

헤이젠은 모스피처 소위의 머리카락을 움켜쥐더니 칠흑색 눈동자로 응시했다.

"다행히도 상급 귀족이니까 사형은 안 당하지 않으려나? 이제부터는 어엿한 상급 노예로서 어딘가의 상급 귀족의 장난감이 되어 분발해 보라고. 전직 상관으로서 멀리서나마 응원하지."

"헉…… 큭 ……히익…… 우엥…… 우에에에에에에에에에엥, 우에에에에에에에에에에에에에엥!"

너무나도 아름다우면서도 어딘가 일그러져 보이는 미소를 머금으며 그렇게 말한 헤이젠은 엉엉 울고 있는 모스피처를 힐끗 쳐다보고 밖으로 나갔다.

평민 출신의 제국 장교, 무능한 귀족 상관을 짓밟고 출세하다 1

2026년 01월 30일 제1판 인쇄
2026년 02월 10일 제1판 발행

지음 하나네 코사카
일러스트 쿠로기리

제작 · 편집 노블엔진 편집부

발행 미스터블루(주)
등록번호 제 2008-000035호
주소 07551 서울특별시 강서구 양천로 570 NH서울타워 19층
대표전화 02-2013-5665

ISBN 979-11-380-6682-2
ISBN 979-11-380-6681-5 (세트)

구매 시 파손된 도서는 구매처에서 교환하실 수 있습니다.
기타 불편사항, 문의사항이 있으신 독자님께서는 노블엔진 홈페이지
[http://novelengine.com] 에서 Q&A 게시판을 이용해 주시기 바랍니다.

정신을 차린 세계는 〈200년이 지난 게임 세계〉?
애니메이션 방영작! 자유로운 몸으로 세계를 누비는 신세계 판타지!

리아데일의 대지에서

1~8

사고로 생명유지 장치 없이는 살 수 없는 소녀 '카가미 케이나'는
VRMMORPG 『리아데일』에서만 자유로울 수 있었다.
그러던 어느 날, 생명유지장치가 멈추고 정신을 잃었다 깨어난 케이나는
자신이 플레이한 게임 세계에서 200년이 지난 곳에 있었다?!

현실이 된 게임 세계, 하이엘프 캐릭터 '케나'가 된 케이나는
200년 동안 무슨 일이 있었는지 알아보면서 새로운 세계를 접해 나가는데——.

Ceez 지음 / 텐마소 일러스트

「세계 최강」의 소원은 조용한 은둔생활!?
최강에서 학생이 되어 미소녀 마법사들(후임)을 육성하는 영웅담!

최강 마법사의 은둔계획

1~12

마물이 날뛰는 세계. 최전선에서 항상 목숨을 걸고 싸운 젊은 천재 마법사 아르스 레긴.
마침내 의무 복무를 마치고, 16세 나이에 퇴역을 신청한다.
하지만 10만 명이 넘는 마법사의 정점에 군림한 한 자릿수 넘버, '싱글 마법사' 인
아르스를 국가에서는 놓아주려고 하지 않고,
우여곡절 끝에 후임 양성을 조건으로, 아르스는 신분을 숨긴 채
일반 학생으로 마법학원에 다니며 후임을 육성하기로 하는데——

모든 것은 평온한 은둔생활을 쟁취하기 위해! 최강 마법사의 은퇴 영웅담!!

이즈시로 지음 / 미유키 루리아 일러스트